오늘도 옆집 가게가
문을 닫았습니다

오늘도 옆집 가게가 문을 닫았습니다

펴 낸 날 2024년 6월 11일 초판 1쇄

지 은 이 부자형아
펴 낸 이 박지민
책임편집 김정웅
편 집 윤주서, 민영신, 이경미
책임미술 롬디
마 케 팅 박종천, 박지환

펴 낸 곳 모모북스
서울특별시 동대문구 왕산로81, 203-1호(두산베어스 타워)
전화 010-5297-8303 팩스 02-6013-8303
등록번호 2019년 03월 21일 제2019-000010호
e-mail pj1419@naver.com

ISBN 979-11-90408-58-5 03810

오늘도 옆집 가게가 문을 닫았습니다

부자형아 지음

추천사

청울림(유대열) 다꿈스쿨 대표, 『나는 오늘도 경제적 자유를 꿈꾼다』 저자

그동안 성공한 사람의 이야기는 많이 들어보지 않았는가? 이번엔 망한 사람 이야기다. 그런데 꽤 읽을 만하다. 재미있고 유익하고 감동적이기까지 하다. 특히 창업의 길을 가려는 사람에게는 깜깜한 밤 등대와 같은 길을 열어준다. 그것도 실패를 통해서 말이다.

내가 저자를 처음 만난 건 1년 전 일이다. 그는 내가 운영하는 부동산 실전투자반에 수강생으로 들어왔다. 그때 그는 절박해 보였다. 누구보다 열심이었다. 매일 새벽에 일어나 하루 종일 분주하게 공부하고 움직였다. 무엇이 그를 이렇게까지 밀어붙이는가 궁금했는데 나중에 알고 보니 사업에 실패한 경험 때문이었다.

저자는 부모님이 운영하는 의류회사에서 직원으로 일하며 코로나 때 멀쩡한 회사가 속절없이 망해가는 걸 똑똑히 지켜봤다. 성실하게 일해도 운이 나쁘면 망할 수 있음을 알았다. 코로나로 인해 어쩔 수 없이 망했다고 생각한 저자는 근거 없는 자신감을 가지고 프랜차이즈 반찬가게를 창업했다가 시원하게 말아먹는다. 짧은 시간 동안 많은 고생과 값진 경험을 했다. 이번에도 그는 누구보다 성실하게 해야 할 것을 다했다. 그럼에도 되지 않는 것이 있음을 알았다. 이것이 장사의 세계, 사업의 세계다.

세계에서 자영업자 비중이 가장 높은 나라, 자영업자 5년 생존율이 가장 낮은 나라, 이게 대한민국 자영업의 현실이다. 누구나 자유와 성공을 꿈꾸며 호기롭게 직장을 나와 그 세계에 뛰어들지만 세상은 호락호락하지 않다. 열심히 하는 건 기본이요 조금이라도 차별화하지 못하면 금세 뒤처지고 외면을 받는다.

끝없이 노력하고 모색해야 한다. 그야말로 진검승부의 세계다.

그 척박한 세계에서 저자는 장렬히 전사하는 지경까지 갔다가 다시 살아났다. 그는 지금 부동산 투자와 강사 쪽으로 길을 옮겨 빠르게 성장하고 있다. 실패의 경험이 많았기 때문일까? 보란 듯이 잘나가고 있다. 다행한 일이 아닐 수 없다. 모름지기 열심히 사는 사람은 언젠가는 성공하기 마련이다.

창업의 앞모습은 화려하고 달콤하다. 유혹적이다. 그러나 그는 힘들고 위험하고 고단한 뒷모습을 숨기고 있다. 저자가 이 책을 통해 그 두 가지 모습을 잘 보여주고 있다. 오늘 야심차게 창업을 준비하는 미지의 그대에게 이 책이 작은 등불이 되기를 기대한다.

꿈꾸는서여사(서미숙) <꿈꾸는부자여행> 대표, 『**50대에 도전해서 부자되는 법**』, 『**50대에 시작해서 돈 버는 이야기**』, 『**눈덩이투자법**』 **저자**

저자를 처음 만났을 때 그는 개인적으로 가장 힘든 시기를 보내고 있었다. 30대의 젊음만으로 자영업에 뛰어들며 최선을 다했지만, 자영업자 비중이 많은 한국에서 살아남지 못하고 2년 6개월 만에 문을 닫게 되었다.

나와 만났을 때가 딱 폐업 신고하던 때였다. 요즘 젊은 사람들은 중장년층에게 '꼰대'라는 꼬리표를 달고 이야기를 들으려 하지 않는데, 그는 자기보다 훨씬 나이가 많은 사람들의 경험에서 배울 점이 많다는 걸 아는 사람이었다. 그것만으로도 그는 이미 성공의 DNA를 갖춘 사람이라고 할 수 있었다.

그는 매일 힘겹게 반찬 가게를 운영하면서도 시간만 나면 부동산 커뮤니티에 큰 비용을 지불하면서까지 강의를 듣고 임장하고 지역을 공부하던 청년이었다.

'한쪽 문이 닫히면 한쪽 문이 열린다.'

인생을 살다 보면 고통 총량의 법칙이 있다. 힘든 일이 생기면 곧 좋은 일이 생길 테니 쉽게 좌절하지 말고 버티라는 법칙이다. 고통이 끝나면 행운 총량 법칙이 반드시 온다. 지금 닥친 불운만큼 앞으로는 행운이 찾아올 거라는 것이다. 한쪽 문이 닫히면 또 다른 행운이라는 새로운 문이 열린다는 것을 직접 보여주었다.

젊음의 패기로 시작하며 열심히 살았지만, 결국은 가게 문을 닫고 상처뿐인 빚만 남게 되었다. 그래서 더더욱 예비 창업자들에게 알려주고 싶었다고 한다. 창업하고자 하는 이들에게 자영업의 현실과 뒷 세계를 모두 이야기해 주고 싶은 마음을 가득

전하고 있다.

성공담이 쓰인 책은 굉장히 많다. 실패한 자영업자가 창업을 준비하는 과정부터 가장 중요한 실패를 피하는 방법 등 자신의 경험담을 쓴 책은 어디에도 없다는 것이다.

창업에 대한 불안의 처방전이 필요하다면 저자의 이야기에 주목해보라. 자영업을 운영하며 하루하루가 너무나도 힘들었던 생생한 이야기, 그리고 고난과 역경을 이겨내며 새로운 도전을 통해 제2의 인생을 시작한 어느 한 가장의 이야기이다. 나는 이 책이 독자들에게도 용기와 희망을 줄 수 있는 보물 같은 책이 될 것이라고 생각한다.

프롤로그

세상에 수많은 자영업자가 있지만 본인의 장사 경험을 이야기한다는 것은 결코 쉬운 일이 아니다. 그것도 폐업한 자영업자의 이야기는 더더욱 그럴 것이다. 꼭두새벽에 일어나 시장을 가고 식자재를 손질해야 하며, 점심 장사와 저녁 장사, 청소에 장부 정리까지… 누군가에게 자영업 노하우를 알려주고 싶어도 도무지 시간이 나질 않는다.

사장님이 되었는데 왜 시간이 없냐고? 많은 사람이 잘못 알고 있는 것이 있다. 사람들이 꿈꾸는 사장님은 바로 사업의 사장님이지 장사의 사장님이 아니라는 것이다. 장사하는 사장님과 사업하는 사장님은 전혀 다른 개념이라는 것을 알아야 한다. 사전적 의미 또한 완전히 다르다.

장사: 이익을 얻으려고 물건을 사서 팖. 또는 그런 일.

사업: 어떤 일을 일정한 목적과 계획을 가지고 짜임새 있게

지속적으로 경영함.

사람들은 다들 그냥 사장님이 되고 싶다고 이야기한다. 어떤 사장님이 될 것인지는 생각하지도 않으면서 말이다. 분명한 건 100명 중 99명이 사업하는 사장님을 꿈꾼다는 것이다. 우리가 책이나 유튜브에서 마주하는 사람들은 대부분 사업하는 사장님이기 때문이다. 하지만 정작 가장 중요한 것을 모르고 있다.

7번의 실패 끝에 스노우폭스라는 거대한 기업을 만든 김승호 회장님.

10억의 빚 때문에 센강에서 자살까지 생각한 켈리 최 회장님.

이런 유명하신 분들도 처음부터 사업하는 사장님은 아니었다는 것이다. 장사의 사장님으로 시작하여 피, 땀, 눈물을 흘려가며 세상의 온갖 역경을 이겨내셨기에 지금의 그 자리에 있는 것이라는 말이다. 우리는 그 과정을 알지 못하기에 두 눈에 보이는 결과에만 집착하려는 경향이 있다. 나 또한 그렇게 생각하고 행동했던 그저 평범한 직장인이었다.

사장님이 되면 돈은 저절로 벌리는 줄 알았고, 직원을 고용하면 자유롭고 편하게 살 수 있다고 생각했다. 하지만 세상은 그렇게 호락호락하지 않았다. 잘못된 선택과 무지로 나에게 찾아온 첫 번째 기회를 허망하게 날려버렸다. 그러다 문득 생각이 들었다. 비록 풍부한 경험은 아니지만 나보다 더 모르는 사람들을 위해 책을 써보자고 말이다.

한여름, 뜨거운 가스 불 앞에서 하루 종일 서 있느라 허리가 끊어질 것 같더라도, 엄동설한에 찬물로 설거지하느라 손이 퉁퉁 붓더라도, 소파나 책상에서 새우잠을 자는 한이 있더라도, 누군가가 내 글을 읽고 조금이라도 도움이 되었으면 하는 마음에 매일 적어 내려가기 시작했다. 이 책을 통해 내가 했던 잘못된 선택을 단 한 명이라도 비켜 갈 수 있다면 그것만으로도 만족한다. 다른 책들처럼 성공을 위해 어떻게 행동해야 한다는 이야기가 아니다. 잘되는 가게로 만들기 위한 노하우를 찾는다면 다른 책을 찾아보길 바란다.

창업을 준비하는 과정에서 겪은 좌충우돌 이야기.

장사에서 가장 중요한 실패를 피하는 방법.

실제로 일어났던 사건들을 통해 시행착오를 줄일 수 있는 노하우.

가게를 운영해 가면서 매일매일 조금씩 글로 남겨놓았다. 그것들을 이제야 풀어보려고 한다. 절대로 자영업이나 사업을 하지 말라는 이야기가 아니다.

나만의 가게를 운영하고 싶은 분들에게…

사장이 되고 싶은 직장인들에게…

자영업을 운영하고 계시는 사장님들에게…

세상 사람 모두에게 도움이 되었으면 하는 어느 한 자영업자의 이야기일 뿐이다.

비록 첫 번째 기회는 잘못된 선택으로 시원하게 말아먹었지만, 그 덕분에 지금의 두 번째 기회를 만들어 가고 있다는 것을 부정하지는 못하겠다. 기회가 찾아온다고 항상 성공으로 이어지는 것은 더더욱 아니다. 하지만 실패하더라도 그것을 발판 삼아 새로운 기회를 잡는 것도 중요하다. 기회를 잡는 것조차 시도하지 않는 사람이 세상에는 아직도 부지기수이기 때문이다.

그렇다면 내가 허망하게 날린 첫 번째 기회는 무엇이었을까?

직장인들이라면 누구나 꿈꾸는 창업?

내가 일하지 않아도 돌아갈 수 있다는 사업?
부자가 될 수 있다는 장사?

자영업을 했던 그 시간이 나에게 있어서 첫 번째 기회였다는 것을 뒤늦게 깨달았다. 그것을 깨달은 순간, 수많은 예비 창업자에게 반드시 알려주고 싶어졌다. 이것만 알고 시작해도 실패는 피해 갈 수 있고, 성공으로 향하는 발판을 내디딜 수 있다고 말이다.

허망하게 날린 나의 첫 번째 기회!
"아무도 말해주지 않는 자영업자의 삶"
주인공인 수호는 하고 싶은 이야기가 너무 많다.

목차

오늘도 옆집 가게가 문을 닫았습니다

1

코로나가 바꿔 놓은 일상

새벽에 잠에서 깬 수호는 펑펑 내리는 눈을 보더니 헐레벌떡 일어났다. 수호는 동대문으로 출퇴근하는 평범한 직장인이다. 이렇게 눈이 오는 날은 차가 엄청나게 막히기 때문에 빨리 움직여야 했다. 평소에도 차로 1시간 걸리는 출근길인데 눈이 오면 2시간이 넘게 걸린다는 것을 오랜 경험상 잘 알고 있었기 때문이다.

하지만 금세 마음을 바꾸고는 천천히 출근 준비를 한다. 일찍 출근했다고 누가 인정해 주는 것도 아니고, 일하는 시간만 더 늘어날 뿐이니 말이다. 그냥 느긋하게 2시간 동안 라디오를 들으며 가는 게 어찌 보면 본인에게 더 도움이 될 것 같았다.

사무실 도착 시간은 8시 55분. 평소라면 그래도 30분 전에는 도착했을 것이다. 하지만 오늘은 눈 때문에 조금 더 오래 걸렸을 뿐. 도착하자마자 수호의 사장님은 잔소리를 한다.

"일이 없어도 좀 부지런히 와서 준비하고 신상도 개발하고 그래. 차도 사줬으면 빨리빨리 다녀야지!"

사장님은 바로 수호의 엄마다. 수호가 일하는 곳은 부모님이 30년째 운영하고 있는 동대문의 작은 의류 부자재 업체다. 이곳에서 수호가 일한 지도 어느덧 10년이 넘어간다. 수호의 부모님은 1988년 장사를 시작하셨고, IMF, 외환위기, 닷컴버블과는 전혀 다른 세상에서 승승장구했던 베이비부머 세대다. 2010년 동대문 거평프레야가 망하기 전까지는 말이다.

거평프레야 사건은 수호가 학생일 때 일어난 일이라 성인이 된 지금까지도 자세한 내막을 알지 못한다. 모른다기보다 자세히 알아보고 싶지 않았을 뿐이다. 수호의 아빠가 거평프레야라는 상가에 투자했고, 사기를 당해 3억을 홀랑 날린 것이다. 점포를 분양받아 월세를 받을 계획이었는데 거평이라는 회사가 부도났고, 돈을 돌려받기 위해 들어간 소송비만 1억은 족히 될 거라는 이야기를 어렴풋이 들었기 때문이다. 거기에 소유권을 넘기는 조건으로 받은 보상금 30%까지 임차인 연합회 대표가 들고 도망갔다고 한다.

수호의 집이 변하기 시작한 것은 이때부터다. 부모님은 매일 큰 소리로 싸우기 시작했고, 빚과 이자를 감당하기 위해 동분서주했으며, 정작 잘못한 아버지는 본인이 뭘 잘못했는지조차 잘 모르는 상황이었다. 수호가 좋아했던 집은 순식간에 지옥 같은 곳으로 변했고, 존경하던 부모님과 멀어지기 시작한 것도 이때부터였다.

태어나면서부터 부모님 덕분에 금수저라는 얘기를 들으며 자랄 정도로 유복했던 수호는 부족한 것이 없었다. 부모님께서 학교에 다녀가시면 선생님들이 유난히 잘해주었고, 학급 반장은 항상 수호였으며, 전교 회장까지 수월하게 뽑힐 정도였다. 대학생 때는 유일하게 자취방이 있는 신입생이었고, 술자리에선 남에게 빚지는 것이 싫다는 명목으로 항상 수호가 술값을 내곤 하였다. 그래서였는지 그의 주변에는 항상 친구들이 떠나지 않았다.

하지만 아버지가 당한 사기는 수호의 인생을 송두리째 바꾸는 계기가 되었다. 훈련소에 들어간다는 이유로 대학교에 휴학계를 신청했지만, 실상은 등록금을 내기 어려웠기 때문이었다. 어차피 다녀와야 할 훈련소였기에 이참에 휴학한 것이 수호에게는 그나마 다행이었을지도 모른다.

수호는 어릴 때 축구 유망주로 프로선수가 되는 것이 꿈이었지만, 제대로 몸 관리를 하지 않았던 탓에 십자인대 파열과 허리디스크 문제로 운동을 그만두었다. 부상으로 사회복무요원 판정을 받았고 훈련소를 다녀온 뒤에도 그 지옥 같은 집에서 매일 출퇴근할 수밖에 없었다.

사회복무요원으로 근무하던 시절, 수호에겐 평생 잊지 못할 사건이 하나 터졌다. 수호 엄마는 여기저기서 돈을 끌어모으다 도저히 안 되자 돈을 좀 구해오라며 아빠를 고모 집에 보냈다. 엄마의 마음을 아는 것인지 모르는 것인지 수호 아빠는 돈을 구해오기는커녕 고모 집에서 거하게 술 한잔을 하고는 양손에 김치와 수박을 들고 온 것이다.

"쫘아악! 척!"

수호 엄마는 현관문을 열고 그것들을 복도에 내동댕이쳤고, 김치인지 수박인지 구분이 안 되는 빨간색 국물이 앞집 현관문과 복도를 뒤덮었다. 수호는 누가 볼세라 재빨리 물티슈를 가져와 복도와 앞집 문을 죄지은 파리마냥 싹싹 닦았다. 벌게진 앞집 현관문이 마음에 걸려 아세톤을 발라 닦기도 하였고, 김치 냄새를 제거하기 위해 에프킬라까지 뿌렸지만 쉽게 사라지지 않았다.

수호는 왜 이 장면을 평생 잊지 못할까? 그 사건 뒤로 수호가 집에 있는 시간은 급격하게 줄어들기 시작했다. 부모님이 주무실 때 들어가기 위해 퇴근 후 항상 약속을 잡았고, 주말에는 술자리를 만들기 위해 이 친구 저 친구 연락해서 불러내기 일쑤였다. 그날 이후로 수호에게 집은 쉬는 곳이 아니라 항상 눈치를 봐야만 하는 곳으로 변해버린 것이다.

설상가상으로 금융위기, 부동산 폭락, 금리 인상 등으로 수호네 매출도 점점 떨어지는 상태. 결국 사기로 수억의 돈을 날린 부모님은 모든 직원을 다 내보냈고, 집은 40평대에서 20평대로 이사를 할 수밖에 없었다. 수호는 당시 3억이라는 돈이 그렇게 큰돈인 줄 전혀 알지 못했다. 그저 부모님이 하라는 대로 해왔고, 시키는 대로 살아왔기에 그제야 너무 세상 물정 모르고 살았나 싶은 마음뿐이었다.

본인이 뭘 하고 싶은지, 취업은 어디로 해야 하는지조차 정하지 못한 상태였고, 그냥 놀기 좋아하는 지방대 경제학과 3학년 학생일 뿐이었다. 결국 부모님이 내보낸 직원들을 대신해서 자의 반 타의 반으로 어쩔 수 없이 부모님 회사에 입사하게 된 것이다.

"콩나물을 팔아도 내 장사를 해야 하는 거다!"
"사업을 해야 나중에 더 큰사람이 될 수 있어!"

수호는 이런 이야기를 들으며 자라왔기에 부모님 회사에 들어가는 것이 크게 이상하지 않았다. 어쩌면 부모님이 사업을 시작하는 순간 본인도 그곳에서 일하는 것이 정해졌던 게 아닐지 하는 생각을 지금도 가끔 한다.

시간이 약이라는 말을 증명하는 것처럼 얼마 지나자, 중국이라는 거대한 시장이 개방되면서 동대문 시장은 다시 한번 불타올랐다. 2016년 중국인들이 보따리를 싸 들고 동대문에 있는 옷들을 싹쓸이해 갔다. 우리나라 섬유나 옷 퀄리티가 상당히 좋았기 때문이다. 사무실도 엄청나게 일이 많아졌고, 1년 동안 외주로 해오는 작업만 해도 기계 한 채를 살 수 있는 값이 되었다. 3년 동안 외주업체에 결제한 대금만 몇억이 되자 결국 수호 부모님은 대출을 받아 기계를 사기로 결정한다.

"사업은 대출로 키우는 거야!"

"내 돈 가지고 장사하는 사람이 어디 있어, 다 대출이지!"

수호 부모님은 항상 이렇게 이야기하셨다. 이 말이 틀린 말은 아니었지만, 자영업을 경험해 본 지금의 수호는 대출이 얼마나 위험한 양날의 검인지를 이제는 누구보다 더 잘 알고 있다.

수호 부모님은 아파트 담보대출과 신용대출을 모두 끌어모아 자금을 마련하였고, 기계를 구입하여 외주로 해오던 작업을 직접 하기 시작했다. 앞으로 꾸준하게 장사가 잘될 것이라 생각하였고, 수호랑 그의 여동생이 이 사업체를 꾸려나가면 되었기 때문에 과감하게 투자를 결정하셨던 것이다.

수호는 이때까지만 해도 자신이 꽃길만 걸을 줄 알았다. 신혼생활 1년 차에 예쁜 딸도 생기고, 사무실까지 자리를 잡아가고 있으니 세상에 걱정이 어디 있었겠는가. 하지만 그 꽃길은 얼마 가지 못하고 전부 시들어버렸다.

기계를 들인 지 6개월이 지난 2019년 겨울. 중국에서 이상한 병이 생겼다는 뉴스가 보도되기 시작했다. 처음엔 우한 폐렴이라고 불렸는데 그것이 바로 지금까지 전 세계를 공포에 떨게 하고 있는 코로나다. 중국에서 시작된 코로나는 사망자 수가 급격하게 늘어나더니 점점 세계로 퍼져나갔다. 코로나가 우리 생활에 어떤 영향을 줄지 이때는 미처 알지 못했다.

2020년 1월 20일 우리나라에서도 첫 코로나 확진자가 발생했다. 이후 전국적으로 코로나 환자는 기하급수적으로 늘어나기 시작했고, 사람들이 마스크를 엄청나게 사재기하는 기이한 상황까지 발생하였다. 중국에서 오던 보따리 상인들은 점차 모습을 보이지 않더니 급기야 국경 폐쇄라는 국가적 봉쇄를 단행하였다. 광저우에서 들어오던 값싼 의류 부자재들 또한 물류가 막히면서 제대로 공급되지 않았고, 그로 인해 동대문의 수많은 업체들이 사라지기 시작했다. 수호네는 시설 투자를 한 지 1년도 되지 않았기에 그저 희망 회로만 돌리며 잘못되어 가고 있다는 것을 인정하지 않았다. 본인들이 잘못한 것이 아니기에 더더욱 그 상황을 받아들일 수 없었다.

중국인들이 동대문을 방문하지 못하자 이렇게 한가할 수가 없었다. 3년 동안 바쁘게 일하고 움직였던 것들이 오래오래 지속될 것이라고 착각했던 것이다. 물론 코로나라는 전염병을 예측한 사람도 없었겠지만, 경제나 시장 상황이 급변하는 것 또한 아무도 몰랐을 것이다. 수호네는 앞으로 어떻게 할 것인지 많은 이야기를 해 보았지만 뾰족한 수가 없었다. 기계를 구입한 투자금도 문제거니와 매달 사업장을 유지하는 비용만 1,000만 원이 넘어가는 상황. 거기에 부모님 생활비, 본인과 여동생 월급, 대출 원금과 이자까지 정말 숨이 턱턱 막힐 지경이었다. 그나마 3년 동안 바쁘게 일하면서 모은 돈과 조금씩 들어오는 마스크 작업을 하면서 버텨보는 수밖에 달리 방도가 없었다. 코로나는 갈수록 점점 더 심해지고 있었고, 동대문 시장은 모래성처럼 속절없이 무너져 내렸다.

이처럼 코로나는 전 세계를 뒤집어 놓았고, 우리나라의 경제를 흔들었으며, 수호의 일상을 완전히 바꿔 놓았다. 어느덧 1년이라는 시간이 흘러 2021년 2월을 향해 가고 있었다.

2

우리도 대출받아서 장사 한번 해 볼까?

다행히 코로나 확진자 수는 20년 12월 2.7만 명을 정점으로 찍고 감소하기 시작했다. 새해가 되자 1.6만 명으로 줄어든 확진자 수는 21년 2월 1.1만 명까지 줄어들었다. 진정되는 분위기에 정부도 사회적 거리 두기를 완화하기로 결정하였다. 수호 부모님은 1년 동안 버틴 보람이 있다며 다시 중국인들도 들어올 것이고, 조금씩 바빠질 것이라 기대하고 계셨다.

하지만 수호의 생각은 달랐다. 1년 동안 온 가족이 한 사업장에 묶여있다 보니 또다시 이런 위기가 올 수 있겠다는 불안감이 머릿속에서 맴돌았다. 그뿐만 아니라 더욱 걱정된 부분은 중국의 기술이 너무나 많이 발전하여 이제는 한국의 섬유 기술을 뛰어넘는다는 기사를 본 것이다. 코로나로 중국 시장이 봉쇄되었을 때, 우리나라 섬유 시장은 거의 정지 상태였다. 개인 디자이너들이 자신의 브랜드를 만들기 위해 좋은 원단과 재질로 론칭하는 것을 제외한다면 한국에서의 패션산업은 이 시기에 죽어있었다고 해도 과언이 아닐 것이다.

하지만 중국은 달랐다. 자신들의 기술이 뒤떨어지고 부족하다는 것을 알고 있었기에 내부적으로 끊임없이 노력하고 발전했던 것이다. 코로나가 발생하기 전까지만 해도 패션산업, 즉 옷이나 가죽 제품들은 made in KOREA가 아시아 시장을 지배하고 있었다. 하지만 전 세계가 봉쇄되었다가 풀리기 시작하자 이제는 패션산업에서도 made in CHINA가 왕이 되어갔다. 퀄리티는 한국과 비슷한데 가격은 반값도 안 했기 때문이다.

수호는 결정할 수밖에 없었다. 내가 여기서 나가야 한다고 말이다. 환갑을 앞둔 부모님이 나가서 다른 일을 시작하기엔 무리가 있어 보였고, 이제 막 1층에 가게를 얻어 장사를 시작한 여동생을 내보내기에도 아쉬운 것들이 한두 가지가 아니었다.

문제는 수호가 몇 날 며칠을 고민해도 본인이 나가서 할 수 있는 게 별로 없었다. 경력을 살릴 수 있는 디자인 계통의 회사들은 사람을 뽑기는커녕 내치기 바빴고, 하루아침에 없어지는 업체도 한둘이 아니었다. 수호네 사무실이 있던 5층 상가도 코로나를 견디지 못하고 그만둔 곳이 셀 수 없을 정도였고, 건물의 4, 5층은 유령이 나온다고 할 정도로 텅텅 비어있었다. 뾰족한 수가 없었기에 매일 복잡하게 생각만 하다가 잠드는 것이 일상이 되어버렸다.

오늘도 새벽에 일어난 수호는 펑펑 내리는 눈을 보더니 또다시 헐레벌떡 일어난다. 하지만 2년 전과 마찬가지로 금세 마음을 바꾸고는 느긋하게 출근 준비를 한다. 언제나 마찬가지다. 일찍 출근했다고 누가 인정해 주는 것도 아니고, 일하는 시간만 더 늘어날 뿐이니 말이다.

한 가지 달라진 것이 있다면 출근하며 무미건조하게 듣던 라디오나 음악이 아닌, 정보를 습득할 수 있는 부동산 팟캐스트를 청취한다는 것이다. 코로나로 일상이 바뀌면서 수호도 나름 자기 계발이라는 것을 시작했다. 그냥 한가하게 노는 사람으로 보이지 않으려는 의도도 조금은 숨어있었다. 그리고 집값이 오르면서 자연스럽게 부동산에 관심을 가지게 되었고, 공부를 시작하게 된 것이다.

사무실 주차장에 도착하여 내리려는 순간, 듣고 있던 부동산 팟캐스트에서 수호의 가슴을 뛰게 하는 멘트가 흘러나왔다.

"집에 깔고 앉은 돈이 너무 아깝지 않나요? 실거주로 깔고 앉은 돈을 활용하세요."

"자산 재배치를 하고 남는 돈으로 투자를 하여 노후를 대비하세요."

오케이! 이거다! 수호는 번뜩 좋은 생각이 들었다. 2배 오른 집을 팔고, 월세로 이사한 뒤 남은 돈으로 사업을 하는 것!

'내가 왜 이 생각을 하지 못했지? 역시 사람은 공부를 해야 돼.'

수호는 들뜬 걸음으로 사무실을 향한다. 이것이 수호에게 어떤 시련을 불러올지 그 누구도 알지 못했다.

퇴근 후 수호는 집에 도착하자마자 은채에게 좋은 생각이 떠올랐다며 맥주를 가지고 오라고 한다. 펑! 맥주 따는 소리가 수호의 기대만큼이나 크게 울려 퍼졌다.

"우리 이 집 많이 올랐으니까 팔고 월세로 이사 간 다음에 남은 돈으로 장사 한번 해 볼까?"

"오빠, 우리 집 매수한 지 아직 2년 안 지났어! 지금 팔면 양도소득세만 60%라고!! 세금으로 절반 이상을 내야 해!! 경매 배운다는 사람이 아직도 그걸 몰라? 공부를 제대로 하고는 있는 거야?"

"양도소득세?? 들어본 것 같기는 한데… 경매는 세금 다 내면서 한다고 해서 전혀 생각을 못 했네."

얕은 지식과 수박 겉핥기식으로 배워온 수호의 부동산 공부가 들통나는 순간이다. 수호는 민망했는지 은채 앞에서 고개도 잘 들지 못하고 맥주만 들이켰다. 자신의 공부가 빛을 본다고 했던 생각은 그날 저녁 와이프의 말 한마디에 바로 꺼져버렸다. 사실 경매는 수호에게 잘 맞지 않는 종목이었기에 제대로 공부가 진행되었을 리 없었다. 식당에서 메뉴판 달라고 말 한마디 못 꺼내는 성격의 수호가, 법원을 들락날락해야 하고 집주인을 쫓아내야 하는 명도를 한다는 것은 어려운 일이었다. 하지만 부동산 공부는 계속하고 싶었다. 부자는 되고 싶었으니 말이다.

다음 날, 수호는 출근하자마자 경매가 아닌 다른 투자 방법을 제대로 공부하자는 마음으로 여러 가지 부동산 교육과정을 찾아보았다. 다양한 교육과정을 찾아보던 중 평소에 듣던 팟캐스트에서 기초반을 모집한다는 것을 알게 되었고, 강의료가 결코 싼 가격은 아니었지만, 어제처럼 은채 앞에서 더는 쪽팔리고 싶지 않았기에 큰맘 먹고 수강 신청을 했다.

그렇게 수강하게 된 기초반에서 수호는 다시 한번 엄청난 사실을 알게 된다. 그것은 바로 아파트 후순위 담보대출. 하지만 강의에서 나온 후순위 담보대출은 그것을 이용하여 투자하거나 사업을 하라는 내용이 아니었다. 투자자들 사이에서 역전세를 막기 위해 후순위 담보대출을 이용한다는 것이었는데 수호는 그 이야기를 제멋대로 해석한 것이다. 아파트 상승분을 이용하여 후순위 담보대출을 받고 그걸로 사업을 하면 된다는 어처구니 없는 생각. 어릴 때부터 대출을 이용해 돈을 벌어야 한다고 들어왔던 것이 지금 여기서 겁도 없이 튀어나온 것이다.

얼마 전에 당한 쪽팔림은 금세 사라졌다. 수호의 원래 천성이 그렇다. 좋은 게 좋은 거고, 물 흐르듯이 유하게 살아온 인생이었다. 이번에도 수호는 자신 있게 맥주를 딴다. 펑! 저번보다 더 큰 소리가 난다.

"우리도 대출받아서 장사 한번 해 볼까? 집을 안 팔고도 할 수 있는 방법을 알아냈어!"

"후순위? 집 담보로 빚낼 생각 추호도 하지 마! 우리 이 집 살 때 기억 안 나? 대출 빨리 갚자고 만기도 15년짜리로 한 거잖아. 매달 상환하는 금액이 높아서 DSR 때문에 마이너스 통장도 안 뚫려! 그런데 여기다가 후순위까지 받자고? 제정신이야?"

"후순위라는 거 알고 있었어? 당신은 대체 그런 거 어떻게 아는 거야?"

"오빠, 경매 강의에 나오잖아! 강사님이 세입자 나간다고 할 때, 돈이 부족해서 후순위 이용했다고! 아니 강의를 들은 거야 만 거야?"

예상은 했지만 역시나였다. 와이프의 거절에 수호는 오늘도 맥주만 마신다. 수호는 은채와 함께 경매 강의를 듣는다. 온라인 수업이었기에 둘이서 한 번씩은 들을 수 있다는 장점이 있었지만, 본인보다 더 열심히 공부하는 은채 덕분에 오늘도 고개를 제대로 들지 못하는 수호다.

은채는 공기업을 다니고 아주 안정적인 삶을 원하는 여자다. 대출을 더 이상 만들고 싶지 않은 것은 당연했다. 하지만 은채 입장에서도 남편과 시부모님, 거기에 시동생까지 줄줄이 엮여 있으니 무작정 반대만 할 수 있는 상황은 아니었다. 은채는 안정적인 삶을 원하는 만큼 현실적이고 현명한 사람이다. 처음엔 바로 거절했지만 그래도 몇 날 며칠을 같이 이야기하고 고민해 주었다. 그렇게 일주일이 흘러 결국 수호의 생각대로 대출을 활용하기로 결정하였다. 어차피 뾰족한 수가 없었기 때문이다. 단, 은채는 3가지 조건을 걸었다.

하나. 스터디카페, 커피숍, 밀키트, 무인 아이스크림 금지. 이런 업종들은 절대 하지 않기로 했다. 집에서 나와 단지 상가만 둘러봐도 벌써 몇 개씩 보이는 것들이었다. 시작하자마자 경쟁하면서 들어가는 그런 업종은 하지 말라는 이야기다. 수호도 당연하다고 생각했기에 다른 업종을 알아보고 선택하기로 한다. 그래서 떠오른 업종이 바로 반찬가게. 수호의 취미는 요리였고, 항상 가족들의 식사는 수호 담당이었다. 결정적으로 한식, 중식, 양식 조리기능사를 가지고 있었기에 반찬가게를 떠올린 수호의 의견에 은채도 어느 정도 동의할 수 있었다. 수호가 요리를 배운 것은 와이프와 아이들에게 맛있고 건강한 밥을 만들어 주고 싶었기 때문이었는데 이것이 업종 결정에 중요한 역할이 될 것이라곤 꿈에도 몰랐다.

둘. 대출은 1억까지만 이용할 것. 제2금융권, 제3금융권, 이곳저곳 전화로 대출상담을 받아보았다. 최대 금액은 2억까지 가능한 곳도 있었고, 대부분이 1억 5천까지는 가능하다고 하였다. 집값 상승분이 3억이었기에 아마 2억까지 가능한 곳이 있었던 것 같다. 문제는 금리였는데 후순위 담보대출이다 보니 가장 저렴한 곳이 5%였다. 한국은행 기준금리가 0.5%라는 것을 감안하면 정말 엄청나게 높은 대출금리였다. 2억을 대출받으면 매월 이자만 83만 원. 은채 입장에선 이 부분이 가장 두려웠을 것이다. 우리가 집을 매수할 때 이용한 1.8%의 보금자리론도 무서워했던 은채다. 그런데 5%라고 하니 얼마나 밤잠을 설쳤을지는 안 봐도 비디오다. 하지만 수호는 대출에 너무 무지했고, 대출을 쉽게 생각하는 환경에서 자란 탓에 전혀 두려워하지 않았다. 5%의 대출을 이용하여 15%의 수익을 내면 된다는 근거 없는 자신감에 가득 찬 상태. 수호의 자신감과 와이프의 걱정이 합의한 금액이 바로 1억인 셈이다. 수호는 1억을 대출받는 것만으로도 충분하다고 생각했다. 1억이면 웬만한 가게 하나는 차릴 수 있다고 믿었기 때문이다.

셋. 금주, 금연할 것. 수호는 결혼하기 전 집에 들어가기 싫어 항상 술 약속을 만들었다고 했다. 문제는 술이 자제가 안 된다. 술은 취하려고 마신다는 게 수호의 생각이었고 자랑거리였다. 수호와 은채는 7년을 만나고 결혼했다. 2010년 독일 월드컵에서 대학교 동기들과 거리 응원을 하였고, 동기 중 한 명이 친구를 데려왔는데 그 친구가 바로 은채다. 언제 만났다고? 바로 2010년이다. 2010년은 수호의 부모님이 사기를 당해 수호가 동굴 속으로 들어가기 시작하면서 매일 술로 살아가던 시기였다. 은채는 그때부터 7년 동안 수호의 술버릇을 받아준 것이다. 결혼하고도 계속 받아줬으니 족히 10년은 되어간다. 수호에게 있어서 은채는 정말 세상에서 하나뿐인 보석과도 같은 존재다. 10년 동안 100번을 싸웠다면 99번은 수호의 술버릇 때문이었고, 싸웠다기보다 혼난 것이라고 하는 게 맞을 것 같다. 그래서 수호는 은채가 이 조건을 이야기했을 때 솔직히 자신은 없었다. 금연은 자주 시도했던 거라 어렵지 않았지만 금주라니… 너무 어려운 미션이었다. 하지만 지금 그걸 따질 여유가 어디 있겠는가. 수호는 일단 알겠다고 했고, 은채는 또 한 번 속는 셈 치고 넘어가는 것 같았다.

결국 이렇게 3가지 조건을 약속하고 최종적으로 선택한 업종이 바로 프랜차이즈 반찬가게다. 장사에 대한 개념이나 경험이 전혀 없으니, 프랜차이즈로 도전해 보는 것이 좋겠다고 결정한 것이다. 수호는 새로운 시작을 한다는 생각에 설레면서도 자신감이 넘쳐흘렀다. 무조건 잘할 수 있다고 생각했다. 열심히 최선을 다하고 노력한다면 절대 망하지 않는다는 믿음으로 살아왔고, 부지런함에 있어서는 자타가 공인하는 수호였기에 더더욱 의지가 불타올랐다.

하지만 사람 일이라는 것이 다 그런 것 같다. 본인이 하고 싶다고 정해버리면 주변에서 아무리 충고를 해주어도 귀담아 들리지 않는 법. 그러니 잘못된 선택이 생기고 실패가 존재하는 것 아닐까. 중요한 것은 그 어떤 실패도 시작 단계에서는 절대 알지 못한다는 것이다. 그것을 미리 알 수 있다면 누구도 도전하지 않을 테니 말이다. 수호 역시 주변에서 해주는 충고에는 귀를 닫은 채 설레는 마음으로 창업 준비에만 열중했다.

서서히 추운 겨울이 지나가고 따뜻한 봄기운이 느껴진다. 수호는 이번 봄기운이 자신에게 큰 선물을 줄 것이라 믿어 의심치 않았다. 짧은 2월은 수호에게 큰 희망을 주며 금방 지나갔고 어느새 3월이 다가오고 있었다.

3

봄바람 타고 온 설렘

“오빠! 이번 주에 삼성역에서 프랜차이즈 창업박람회 한데! 거기 한번 가보자!”

“오, 진짜? 그래그래, 일단 가서 한번 보자! 반찬가게 아니더라도 더 괜찮은 거 있으면 그걸로 정해도 되잖아.”

걱정이 많던 은채였지만 어차피 시작하기로 한 거 남편에게 조금이라도 도움이 되고 싶었다. 수호는 자신의 창업이 운명처럼 느껴졌다. 신기하게도 반찬가게 창업을 결정한 그 주에 창업박람회가 열리다니. 그것도 집 근처에서 말이다.

창업박람회를 가는 발걸음이 너무나 가볍다. 모든 것들이 한없이 좋아 보였고, 뭘 해도 다 잘될 것만 같았다. 수호와 은채는 온갖 희망 회로를 돌리며 창업박람회에 들어간다. 오늘은 처음 방문하는 창업박람회인 만큼 둘러보기만 하고 나오기로 결정했다.

은채가 사전 예약을 신청한 덕분에 무료로 들어갈 수 있었다. 들어가자마자 엄청난 인파에 이리 치이고 저리 치였다. 너무 많은 프랜차이즈 업체들에 한 번 놀라고, 끊임없이 들어오는 사람들 때문에 두 번 놀랐다. 수호는 속으로 생각했다. '세상에… 이렇게 많은 사람들이 창업을 하려고 왔다고? 아니 무슨 어중이떠중이 다 창업한다고 오고 그래. 창업이 뭐 쉬운 줄 아나?'

"오빠, 저기 그 누구야, 이름은 기억 안 나는데 ○○도나스? TV에 나오는 셰프가 하는 곳이래. 저기도 한번 가보자."

"그래? 굳이? 빵집 안 할 건데 가봐?"

"그래도 가서 다 보고 오자. 여기 왔을 때 두루두루 보면 좋잖아."

은채는 사실 반찬가게가 썩 끌리지는 않는다. 친구들이나 유치원 엄마들과 이야기하다 보면 자연스럽게 남편들 이야기가 나오는데, 반찬가게 사장님보다는 카페 사장님이 조금 더 좋아 보였기 때문이다. 하지만 본인이 제시한 금지 업종 중에는 카페도 있었기에, 그냥 수호에게 한번 가보자고 했을 뿐이다.

"안녕하세요, 저희 ○○도나스는 이번 박람회 기간 동안 계약하시면 창업비용을 최대한 낮출 수 있는 다양한 혜택을 드리고 있습니다. 상담 한번 받아보세요!"

TV에서만 보던 셰프가 진짜 우리 눈앞에서 열심히 설명하고 있었다. 은채는 신기해하면서도 재미있게 보고 있었지만, 수호에게 이런 빵집은 전혀 눈에 들어오지 않는다. 은채와는 반대로 약속한 금지 업종을 볼 필요가 없다고 생각했기 때문이다. 결국 수호는 은채의 손을 잡고 빨리 다른 곳으로 향한다.

프랜차이즈 박람회에서 가장 인기가 많은 업종은 역시나 스터디카페, 밀키트 업체, 무인카페, 무인 자판기 같은 곳들이었다. 아이스크림은 보이지 않았다. 은채는 여러 가지를 많이 보고 싶었지만, 수호는 오로지 반찬가게만을 찾고 있었다. 결국 수호의 손에 이끌려 반찬가게를 돌기 시작했다.

이날 개최된 창업박람회에서 반찬가게는 총 다섯 개의 업체가 참여하고 있었고, 다섯 군데 모두 상담을 받아보았다. 확실히 오래된 업체가 새로 생긴 업체보다는 체계적이고 상담도 잘 해주었다. 그중에 수호의 마음을 가장 사로잡았던 업체가 있었는데 본사에서 만든 반찬을 파는 것이 아닌, 레시피 교육을 받고 직접 매장에서 만들어 파는 시스템을 갖춘 곳이었다.

"대부분의 프랜차이즈 반찬가게는 본사에서 만든 제품 80%, 매장에서 조리하는 제품 20% 정도로 구성되어 있습니다. 하지만 저희는 80%를 사장님께서 직접 만드시고, 20%만 본사에서 받아 판매하시는 시스템입니다. 저희가 이런 시스템을 만든 이유는 바로바로 조리해서 팔아야 맛이 풍부하고 손님들이 좋아하기 때문입니다. 그리고 사장님께서 직접 만드시기 때문에 마진율이 40%가 넘는 경우도 많습니다. 만약 요리를 잘하신다면 새롭게 메뉴를 개발하여 판매하셔도 저희 본사에서는 문제 삼지 않습니다. 마음껏 장사하시면 됩니다. 저희는 프랜차이즈 같지 않은 프랜차이즈처럼 사장님을 뒤에서 도와드리는 역할만 할 뿐입니다."

수호는 반찬을 받아서 파는 게 아니라, 직접 만들어서 팔 수 있다는 말에 벌써 이곳으로 마음이 반쯤 넘어온 상태다. 만들어서 팔면 음식 맛도 풍부하면서, 수익도 더 남을 테고, 거기에 새로운 메뉴도 마음껏 할 수 있기 때문이다. 이보다 더 좋은 조건은 없을 것 같았다.

심지어 박람회 기간 동안 가맹 신청서만 작성하면 가맹비를 50% 할인해 주고, 교육비까지 20% 할인해 준다고 한다. 하지만 수호와 은채는 분명 오늘 둘러보고만 갈 생각이었기에 담당자가 계약서를 들이미는 순간, 눈을 마주치며 절레절레 고개를 저었다.

"계약서는 오늘 작성만 해주시면 되고요, 50% 할인된 계약금은 15일 이내 입금해 주시면 됩니다. 그리고 인테리어 공사 전까지는 계약을 해지하셔도 계약금 전액 돌려드려요. 사장님들께서 불안해하셔서 계약금 넣어주실 때 프랜차이즈 보증보험도 가입시켜 드립니다. 물론 비용은 저희가 전액 지불합니다. 그러니 오늘 계약서 쓰신다고 해서 전혀 걱정하실 필요 없습니다. 마음 바뀌시면 100% 돌려드리니까요. 대신 박람회 기간 동안만 작성된 계약서에 한해서 할인해 드리는 거니까 잘 생각해 보시고 결정해 주세요."

보증보험도 가입해 주고 취소해도 100% 돌려준다는 말에 수호와 은채는 또 한 번 눈이 마주쳤다. 그러고는 둘 다 고개가 위아래 움직였다. 결국 수호와 은채는 처음 방문한 프랜차이즈 창업박람회에서 가맹계약서를 쓰고 나왔다. 만약 더 좋은 조건의 업체를 발견한다면 그냥 취소해도 손해 보는 것은 아니었기 때문이다.

하지만 이것이 잘못된 선택이었다는 것을 알기까지는 생각보다 오랜 시간이 걸리지 않았다.

가맹계약서는 언제든지 취소해도 되니 좀 더 알아보자고 이야기하며 나왔는데… 막상 사인을 하고 나니 더 알아보려던 마음은 순식간에 사라져 버렸다. 이래서 옛말에 어른들이 사인 함부로 하지 말라고 하나 보다.

그래도 무작정 계약금을 보낼 수 없었기에 사무실과 집 주변에 있는 같은 프랜차이즈 반찬가게를 방문했다. 한두 가지의 반찬을 구매하면서 사장님께 말을 걸었다.

"사장님, 반찬가게 잘돼요? 사람들 많이 와요?"

"왜요? 반찬가게 하시려고요?"

"아, 저희 집 근처에서 한번 해 볼까 생각 중이거든요."

"집이 어디신데요?"

근처에 반찬가게를 차릴까 봐 경계하는 듯한 목소리였다. 대답도 하는 둥 마는 둥.

"이 근처 아니에요. 경기도 쪽에서 할 거예요."

"아, 그러세요? 요새 반찬가게 사람들 굉장히 많이 와요! 이 근처는 특히 맞벌이들이 많아서 퇴근하면서 사람들이 자주 사 가요. 요새 코로나가 심했었잖아. 어디 나가서 잘 못 먹으니까 반찬 사서 집에서 먹으려는 손님들이 좀 늘었어요. 그리고 배달이 장난 아니야. 점심부터 배달 손님이 많아서 정신이 없다니까."

"아, 그렇군요. 감사합니다!"

이 근처가 아니라 다른 곳에서 한다니까 그제야 조금 말문을 열어주신 사장님. 햇살이 뉘엿뉘엿 건물 뒤로 넘어가는 시간이라 그런지 엄마와 함께 노란 가방을 멘 아이들이 계속해서 가게 안으로 들어오고 있었다. 수호는 이렇게 첫 번째 가게 방문 조사를 마치며 이런 생각을 하게 된다.

'이 업종은 코로나랑 전혀 상관없겠는데? 내가 선견지명이 있었네, 요리를 다 배워두고 말이야. 대박 날 것 같은데?'

집에 가는 길에 한 군데 더 들러본다. 물론 이곳도 수호가 하려는 프랜차이즈 가맹점이었다. 대학생으로 보이는 여자분이 손님과 이야기하며 청소하는 것으로 보아 사장님은 안 계신 것 같았다.

"저기요. 혹시 여기 반찬가게 잘되나요?"

"저는 잘 몰라요. 마감만 하기 때문에 3시간 정도 정리하고 퇴근하거든요."

"그럼, 여기 직원분들 총 몇 명이에요?"

수호도 직원을 뽑아야 했기에 한번 물어보았다.

"사장님 부부 두 분이 다 하세요. 다른 직원은 없고 아침부터 오후 6시까지 계시다가 저랑 교대하시고 집으로 가시는 거예요."

"아하, 그래요? 생각보다 일이 많지 않나 보네요."

"사장님 두 분 모두 실력이 좋으셔서 충분한 것 같더라고요. 낮에 손님이 얼마나 많은지는 본 적은 없어서 잘 모르겠네요."

"네네, 감사합니다!"

밖으로 나와 다시 매장을 살펴보니 생각보다 작은 가게였다. 그래서 부부 둘이 해도 가능했던 것 같다. 나중에 알게 된 사실이지만 수호가 방문하고 6개월 뒤 이 매장은 없어졌다. 이유는 모르겠지만 많은 자영업자가 사라지는 것은 거의 다 비슷할 것이다. 몸이 너무 힘들거나, 돈이 안 되거나.

수호는 며칠 동안 여러 매장을 방문하여 탐색도 하고 이야기도 나눠보면서 확신을 가졌다.

'오케이! 반찬가게는 나에게 딱 어울리는 업종이야!'

'2년 안에 내가 일하지 않아도 되는 돈나무로 키워야겠다!'

며칠이 지나 창업박람회에서 정했던 본사 탐방 날이 되었다. 같이 방문할 예정이었던 은채는 몸이 좋지 않았다. 둘째 아이의 출산예정일이 3개월 정도 남았는데 조산기가 와서 무리하면 안 되는 상황이었다. 대신 둘째 처형과 함께 방문했다. 둘째 처형은 부동산과 주식, 창업 쪽에 관심이 많고 수호보다는 더 잘 알기에 부탁했다. 둘은 본사를 방문하여 판매하는 반찬들을 먹어보고 프랜차이즈가 어떻게 돌아가는지 설명도 들을 수 있었다. 반찬들은 굉장히 맛있었고, 본사가 오래된 프랜차이즈라 그런지 시스템이 잘 갖추어져 있었다. 본사 정문에는 '오픈 예정 신규 매장'이라고 대문짝만하게 현수막을 걸어놓았는데 30개가 넘는 가맹점들이 적혀있었다. 맨 마지막에 수호네 매장도 보였다. 가맹계약서를 작성한 매장들은 바로바로 현수막을 제작한다고 하였다.

이사라는 분이 2시간 동안 강의하는 느낌으로 이야기를 해주었다. 말은 아주 느렸지만 조목조목 예비 창업자의 마음을 흔드는 멘트로 이야기하시는데 수호는 여기서 마음을 홀라당 빼앗겨 버렸다. 이 프랜차이즈를 선택하기로 마음속 깊이 굳혀버린 것이다.

"사람들이 반찬을 고를 때 가장 중요하게 생각하는 기준이 무엇인지 아시나요?"

"맛? 종류? 서비스? 이런 거 아닐까요?"

"아닙니다. 정답은 바로 프랜차이즈입니다. 세상 사람들은 점점 프랜차이즈의 음식을 선호하기 때문에 앞으로 프랜차이즈가 아니면 절대 살아남지 못하는 시대가 올 것입니다. 정갈한 맛, 깔끔한 매장, 믿을 수 있는 프랜차이즈로 몰리게 된다는 것이죠."

참 그럴싸했다. 수호는 이사의 말들이 너무 멋있게 들려서 한동안 넋을 놓고 들었다. 마음속으로는 이 프랜차이즈를 선택하길 잘했다는 생각과 함께 말이다.

"우리는 지금 코로나 시대에 있습니다. 1년 정도 지나면서 살짝 잠잠해지기 시작했지만 저는 절대로 이 코로나가 쉽게 끝날 수 없다고 생각해요. 전 세계적으로 보면 기하급수적으로 확진자 수가 늘고 있어요. 우리나라도 분명 그렇게 될 것입니다. 아이들은 원격수업을 하고, 직장인들은 재택근무를 하게 될 것이며, 반찬가게 수요와 배달 수요는 대폭 증가하게 될 것입니다. 현재 전국에 있는 저희 가맹점들 대부분 코로나로 평균 매출이 20% 이상 상승했습니다. 불과 얼마 전까지만 해도 누가 반찬을 배달로 사 먹냐는 인식이 많았지만, 이제는 배달 매출이 엄청나게 늘어나고 있죠. 저는 이 코로나가 앞으로 3년은 더 유행할 것이기 때문에 프랜차이즈 반찬을 찾는 사람들이 엄청나게 많아질 것이라고 강력하게 예상합니다."

여러 가맹점의 매출을 보여주고, 배달 매출은 따로 보여주는데 정말 많은 가맹점들이 꽤 상승한 것을 볼 수 있었다. 코로나로 문을 닫거나, 집합 금지로 어려워진 자영업자들이 많은 이 시국에 프랜차이즈 반찬가게만 홀로 승승장구하는 것 같았다. 수호는 본사 이야기를 듣고 반찬가게에 확신을 가지게 되었다. 그 모습을 지켜보던 둘째 처형이 수호에게 물어본다.

"제부, 반찬 맛도 괜찮고, 본사도 나쁘지 않은 것 같긴 한데, 옛날부터 요식업종은 원수한테나 추천해 주는 거라고 했어. 직원도 3명은 써야 할 것 같고, 창업 비용도 생각보다 많이 들어갈 것 같은데 차라리 다른 업종을 찾아보는 게 더 낫지 않을까?"

"배달도 할 수 있고, 지금 같은 코로나 시국에 정말 괜찮을 것 같은데요? 직원이야 뭐 사람 뽑으면 되죠. 구인 업체에 올리면 쉽게 뽑을 수 있을걸요? 그리고 원래 사람을 써서 돈을 벌어야 한다고 하잖아요. 레버리지! 잘 아시잖아요?"

"직원을 잘못 뽑으면 오히려 반대로 레버리지를 당할 수도 있는 거야. 그렇게 쉽게 생각해서는 안 돼. 막둥이도 이제 곧 만삭이고, 둘째도 태어나면 혼자 애 둘을 돌봐야 하는데 제부를 많이 못 도와 줄 거야. 그래도 괜찮겠어? 다시 한번 잘 생각해 봐!"

"네네, 은채랑 조금 더 이야기해 보고 결정할게요! 감사합니다!"

은채는 딸 다섯 집안의 막내다. 그래서 가족들이 모이면 은채는 막둥이라고 불린다. 그리고 수호에겐 처형이 네 명이 있다. 그중에서 가장 믿고 의지하는 둘째 처형이 다시 한번 생각해보라는 것이다.

수호는 마음을 거의 정했지만 혹시나 하는 마음에 은채와 같이 매장 한 곳을 더 방문해보기로 결정했다. 은채는 배가 많이 나왔지만 그래도 걱정이 되어 수호에게 같이 가겠다고 하였다. 1억이라는 돈이 들어가는데 확실하게 해서 나쁠 건 없었기 때문이다. 마지막으로 방문한 매장은 본사에서 얘기해준 곳이다. 전국에 있는 매장 중에 매출 2등을 하고 있는 곳으로, 장사가 너무 잘돼서 투자금을 1년 만에 회수하였으며, 배달도 폭발적으로 주문이 들어온다는 곳이었다.

피해를 주지 않기 위해 매장이 덜 바쁠 것 같은 오전에 방문했다. 수호와 비슷한 30대로 보이는 남자 사장님께서 열심히 일을 하고 계셨고, 예상과 달리 매장은 굉장히 바빠 보였다. 수호는 반찬가게의 오전이 전쟁터와 같다는 것을 추후에 경험해 보니 알게 되었다.

"안녕하세요 사장님. 본사에서 사장님 매장이 제일 장사를 잘하신다고 해서 구경 왔어요. 저희는 경기도에서 할 예정이거든요. 1년 만에 창업 비용을 회수하셨다고 하시던데 그 비결 좀 알려주세요."

"안녕하세요! 반찬가게 하시려고요? 왜요?"

"본사 방문해서 설명 들었는데 앞으로 굉장히 비전이 있는 업종인 것 같고, 배달도 잘된다고 해서 한번 도전해 보려고요."

"다 맞는 말이긴 하죠. 배달도 많이 늘었고, 손님도 많이 늘었어요. 그런데 정말 힘들어요. 쉽지 않다는 이야기예요."

사장님께서 웃으며 힘들다고 말씀하시는데 수호와 은채는 이 웃음의 의미를 전혀 알아채지 못했다. 자영업자의 희로애락이 담긴 그 웃음. 의미를 알 수 없었던 이유는 자영업 경험이 전혀 없었기 때문일까. 수호나 은채가 이 웃음의 의미를 조금이라도 눈치챘더라면 얼마나 좋았을까.

"그래요? 그래도 세상에 쉬운 일은 없잖아요. 사장님은 SNS도 진짜 잘하시던데 전부 혼자 하시는 건가요?"

"아니에요. 저도 와이프랑 같이 시작했는데 지금 아이들 때문에 SNS만 신경 써주고 있어요. 와이프분도 곧 출산이신 거 같은데 반찬가게 창업하시면 같이하기 힘들 거예요. 반찬가게가 정말 보통 힘든 게 아니거든요. 그래도 요새는 장사가 잘돼서 열심히 하는 중이에요. 제법 돈도 모이고 있고요."

다른 건 다 귀에 안 들어왔는데 마지막 한마디만 수호 귀에 쏙쏙 박혔다.

'제법 돈도 모이고요.'

돈이 된단다. 수호에게 다른 건 안 들리고 돈만 들렸다. 힘들다는 이야기는 어느새 머릿속에서 사라졌다. 수호는 지금의 동대문 상황보다 더 나빠질 것은 없다고 생각했다. 그래서 아마 돈만 들렸던 모양이다.

수호와 은채는 집에 돌아오자마자 돈을 보낸다. 프랜차이즈 계약금 1,000만 원. 그리고 전화를 건다. 쇠뿔도 단김에 빼라 했다.

"이사님, 지금 계약금 보내드렸습니다. 예정대로 5월에 오픈할 수 있도록 준비해 주세요."

4

대출과 부동산

이제부터는 시간 싸움이다. 매장을 오픈하기 위해 가장 중요한 것은 대출과 부동산 계약. 수호와 은채는 일단 대출을 알아보기 시작했다. 집값 상승분으로 후순위 대출이 나오는 것은 문제가 없었지만, 이자를 가장 적게 낼 수 있는 금융기관을 찾아보기 위해서였다. 많은 곳을 알아봤지만, 이자가 6% 아래인 곳이 없었다. 1억을 금리 6%로 계산하면 연간 이자만 600만 원이다. 매달 50만 원 정도, 너무 비싸다.

"오빠, 우리 보나네 은행 한번 가볼래? 제2금융권이긴 해도 혹시 금리가 더 낮을지도 모르잖아. 한번 연락이나 해 볼까?"

보나는 수호와 은채의 오작교 역할을 해준 친구다. 은채가 보나에게 전화를 한다.

"보나야, 오랜만이야. 잘 지냈지?"

"나야 뭐 항상 똑같지. 무슨 일이야?"

"다른 게 아니라 우리 집 담보로 후순위 대출 좀 받아서 반찬 가게 한번 해 보려고 하는데 대출 좀 알아봐 줄 수 있어?"

"후순위 대출? 가능할 것 같긴 한데 내가 담당하는 부분이 아니라서 알아보고 다시 연락해 줄게! 근데 갑자기 웬 반찬가게??"

"오빠네 동대문이 요새 잘 안돼서, 우리가 새로 다른 걸 해 보려고 생각 중이거든."

"수호네? 코로나 터지고 동대문이 안 좋아져서 힘들었나 보구나. 알겠어! 내가 빨리 알아보고 연락해 줄게!"

"응응!! 고마워."

얼마 뒤, 수호와 은채는 너무나 깜짝 놀랐다. 4%의 금리로 1

억까지 가능하다는 답변을 받은 것이다. 필요한 서류만 준비해서 오면 된단다. 연 4%면 한 달에 33만 원 정도다. 보나에게 연락해 보길 정말 잘했다며 수호와 은채는 서로 하이파이브를 했다. 그런데…

채무자: 사업자 주민등록등본 1통 주민등록원초본 1동 사업자등록증 임대차계약서 부과세과세표준증명원 최근 1년 건강보험자격득실확인서 건강보험료납부확인서 최근 1년 인감증명서 2통 지방세납세증명서 국세납세증명서 세목별과세증명서 인감도장

담보제공자 전입세대열람내역서 주민등록원초본 2통 지방세납세증명서 국세납세증명서 세목별과세증명서 인감증명서 2통 인감도장

아니 무슨 대출 심사에 필요한 서류가 이렇게 많은가. 수호는 문자를 받고 하나하나 어떻게 서류를 발급받는지 찾아보기 시작했다. 집 명의가 은채였기에, 담보제공자 서류까지 모두 준비해야 하는 상황. 수호는 며칠 동안 발급 방법을 알아보고, 각종 기관에 돌아다니느라 동분서주했다.

대출서류를 겨우겨우 준비하여 제출하였다. 대출 심사 결과는 일주일 정도 걸린다고 한다. 수호는 본인과 같은 서민에게 대출의 문턱이 높다는 것을 처음으로 실감했다.

심사를 기다리는 동안 좋은 자리를 구하기 위하여 매일 상가 임장을 다녔다. 평일에는 혼자, 주말에는 만삭이 다가오는 은채와 함께 좋은 자리를 찾고 또 찾았다. 부동산 공부를 하며 상가 투자반 수업도 들었던 수호는 강의 내용들을 생각해 보며 괜찮아 보이는 자리를 여럿 찾았다. 하지만 권리금이 있거나 월세가 터무니없이 높은 곳들이었다. 프랜차이즈 본사에서도 알아봐 준다고는 했지만 직접 좋은 목의 자리를 찾아내고 싶었던 수호는 갑자기 어디론가 전화를 건다.

"형님, 혹시 지금 매장에 계세요? 저 물어볼 게 있어서 형님 좀 만나러 갈려고요. 지금 형님 매장 근처입니다."

"지금 매장에 있어. 와도 돼~!"

다행히 수호가 형님이라고 부르는 사람은 매장에 있었고 수호는 만나러 달려갔다. 이 형님으로 말하자면 무인 아이스크림 점포를 초창기에 시작하여 수많은 가맹점을 운영해 봤던 사람이다. 장사 수완도 좋을뿐더러 상권을 보는 눈 또한 탁월했다.

"형님, 프랜차이즈 반찬가게 계약했는데 여기 근처에서 하려고요. 좋은 자리 좀 알려주세요!"

"야 인마, 무슨 가게를 번갯불에 콩 볶아 먹듯이 하려고 그래? 준비는 제대로 한 거야?"

"준비할 게 뭐 있습니까, 프랜차이즈인데! 그냥 해 보는 거죠!"

"장사라는 게 그리 쉬운 게 아니야! 특히 요식업은 더더욱! 형이 요리사 출신이잖냐. 근데 진짜 못 해 먹겠더라고. 너무 힘들고, 지금도 온몸이 만신창이야. 잘 생각해 보고 시작해."

"잘할 수 있을 것 같아요. 제가 또 술만 안 마시면 부지런의 아이콘이지 않습니까."

"그래. 너야 뭐 워낙 부지런하니까 괜찮겠지. 자리는 좋은 데 많이 나왔지, 코로나로 망한 가게가 엄청 많거든. 저 위에 마트 있잖아? 마트 가기 전에 마을버스 종점 하나 있는데, 거기 바로 앞에 공실 자리 하나 있어. 내가 거기 아이스크림 가게 하나 더 넣을까 말까 고민 중인데 네가 하고 싶으면 거기서 한번 해 봐. 코로나 전에는 바닥권리금만 3,000만 원씩 하던 곳이야. 지난주에 무권리로 나왔어. 프랜차이즈 빨래방이었는데, 본사가 망해 버려서 그냥 보증금 받고 나갔다고 하더라고. 한번 가봐!"

"오 그래요? 역시 형님 뵈러 오길 잘한 것 같아요! 한번 가보고 연락드릴게요!"

"수호야, 너무 붕붕 뜨지 말고 차분하게 잘 알아보고 진행해."

"알겠습니다! 감사합니다."

이때도 수호가 "온몸이 만신창이야."라는 형님의 말을 귀담아들었다면 얼마나 좋았을까. 그런 이야기를 알아듣기에 수호는 아직 경험이 부족했던 것 같다.

산전수전 겪으며 직접 장사해 본 형님의 말이… 부동산 공부한답시고 컴퓨터 앞에서 끄적거리는 수호보다 100배, 1,000배 뛰어났다. 형님이 알려준 자리는 수호가 지나가면서 본 자리였지만 좋은 자리라고 느끼지 못했다. 그래서 몇 날 며칠을 그 자리에서 지켜봤다. 아침저녁으로 유동 인구를 조사해 보고, 주변 상권은 어떤지, 수요가 괜찮은지 살펴본다. 또한 주변 부동산을 여러 군데 돌아다니며 물어보기도 하고 조언도 구해보았다.

형님 말대로 이만한 위치에 이 정도 가게는 없을 것 같았다. 주변 가게들도 장사가 잘되고 있었고, 유동 인구 또한 엄청 많은 곳이었다. 그래서 그런지, 여기서 시작하면 '망하지는 않겠다.'라는 생각에 잠긴 수호였다. 결국 수호는 형님에게 전화를 건다.

"형님! 저 거기서 장사할게요! 부동산 좀 알려주세요!"

5

눈 뜨고 코 베이는 세상

형님이 알려준 부동산과 통화한 다음 날. 수호는 부동산으로 가는 발걸음이 너무나 가볍다. 새로운 시작을 결정하자마자, 창업박람회가 열리고 대출도 저렴한 금리로 얻게 되었으며, 점포 또한 이렇게 좋은 자리를 구할 수 있었으니 말이다. 열심히 살면 뭐든지 다 된다는 생각이 아직까지는 수호의 주변을 맴돌고 있었다.

부동산은 형님이 운영하는 아이스크림 가게 바로 옆에 위치해 있었다. 문을 열고 들어가자 여자 사장님과 건물주로 보이는 아저씨 한 분이 대화를 나누고 계셨다.

“사장님, 왔어요? 여기는 상가 건물주인이세요.”

“아 네. 안녕하세요! 잘 부탁드립니다.”

수호가 생각했던 건물주의 모습은 아니었다. 누추한 옷과 오래된 신발, 머리는 며칠 안 감은 듯했다. 그런 건물주에게 부동산 사장님은 쩔쩔맨다. 건물주 아저씨의 말 한마디에 격양된 반응과 가식적인 웃음. 얼마나 부자길래 저렇게 쩔쩔매는지 수호는 속으로 좀 이상하게 생각했다.

“사장님, 반찬가게 하고 싶다고? 몇 살이야?”

“저 35살이요.”

초면에 바로 반말이다. 수호는 이런 부류의 사람들을 굉장히 싫어한다.

“장사는 좀 해 봤어? 반찬가게가 보통이 아닐 텐데, 사람도 많이 써야 되고.”

“네네, 동대문에서 장사 좀 하다가 왔습니다. 돈도 있어서 요식업도 해 보려고요.”

코로나 때문에 힘들어져서… 대출받아서… 먹고살기 위해 한다고 솔직하게 얘기하고 싶지는 않았다. 너무 좋은 자리였기에 계약을 위해선 어쩔 수 없이 계속 비위를 맞춰나갔다.

"오케이. 그럼, 보증금 3,000만 원, 월세는 200만 원으로 해서 계약서 씁시다."

"네? 사장님, 월세 195만 원으로 알고 있는데 왜 5만 원을 올리시는 거예요?"

"아니, 지금 거기 프랜차이즈 넣을 거라면서? 그럼, 5만 원 정도는 더 올려야지. 개인 가게도 아니고 프랜차이즈인데 그 정도는 당연한 거 아냐?"

"아니… 저는 195만 원이라고 들어서 190만 원에 말씀드리려고 했는데 오히려 5만 원을 올리시면…."

"싫으면 다른 데 알아봐. 그 자리는 일주일만 기다려도 하겠다는 사람 넘쳐나는 자리야. 저번 주에 세탁소 나가고 일주일밖에 안 돼서 그렇지. 210만 원까지도 받을 수 있는 자리인데 젊은 사람이 장사 한번 해 보겠다 그래서 내가 200만 원만 받으려고 하는 거야. 거기 주변 시세가 다 그래. 못 믿겠으면 옆집 가서 물어봐."

잠깐 화장실에 간다며 자리를 비우는 건물주. 부동산 사장님이 이야기한다.

"사장님, 저 건물주가 여기 동네 유지야. 여기 주변 상가 거의 다 저분 거야. 30년 전에 싹 매입해서 지금까지 하나도 안 팔고, 진짜 독한 사람이니까 그냥 웬만하면 진행해요. 자리는 정말 좋은 곳이라 장사는 잘될 거야."

그래서 부동산 사장님이 쩔쩔맨 것이구나. 이런 얘기해주라고 잠깐 나간 건가? 하지만 뭔가 억울한 수호다. 부동산 사장님께는 월세 195만 원이라고 들어서 5만 원 정도는 깎아달라 할 생각이었다. 그런데 오히려 5만 원이 더 늘어나게 된 것이다.

보증금 3,000만 원 / 월세 200만 원 / 관리비 10만 원.

수호는 태어나서 처음으로 상가를 계약한다. 뭔가 억울했지만 그래도 좋은 자리라고 생각하며 사인을 한다. 건물주는 계약서도 안 가져간다. 그냥 거기 부동산에 두란다.

공실이라 그런지 건물주가 인테리어는 바로 시작해도 괜찮다고 했다. 계약 시작일은 앞으로 한 달 뒤니까 공사 기간은 번 셈이다. 빠르게 움직여서 월세가 시작되기 전, 오픈 준비를 모두 끝내야 한다. 그렇게 계약금을 보내고 건물주와 수호는 같이 계약한 상가로 향한다. 건물주가 열쇠를 준다며 같이 가자고 했기 때문이다.

"사장님, 내가 사장님 같은 사람들 많이 봤어요. 젊은 사람이 와서 장사한다고 기고만장해서 콧대 높은 사람들 있잖아요. 나는 그런 사람들은 안 받아요. 사장님은 그래도 자세히 보니까 겸손하고, 돈도 좀 벌 관상이라 내가 특별히 받아 준 거예요. 내가 월세는 잘 안 올리니까 그 자리에서 오래오래 장사해서 돈 많이 벌어봐요."

"네, 알겠습니다. 사장님 감사합니다!"

계약서를 쓰고 난 뒤부터 갑자기 존댓말을 하는 건물주. 경우가 없는 사람은 아니라고 생각하던 찰나.

"그리고 화해조서라고 알아요? 소송하기 전 화해하는 내용인데, 나중에 사장님이 월세 안 내면 3개월 후에 쫓아내는 거에 합의한다는 그런 내용이에요. 나는 무조건 법적으로 하는 사람이라 다른 세입자들도 화해조서를 다 쓰니까 사장님도 알고 있어요. 내 법무사가 연락 한번 할 거예요."

"화해조서요? 그냥 사인만 하면 되는 거예요?"

"법원으로 오라는 연락이 올 거예요. 거기 가서 그냥 네, 네, 네 3번만 하면 돼요. 별거 없어요. 비용은 아마 100만 원 조금 안 들 거예요."

"네??? 100만 원이요?? 아니 그게 뭔데요?? 꼭 해야 하는 거예요?"

순 사기꾼 같았다. 이러려고 갑자기 존댓말을 쓴 건가. 수호는 100만 원을 내야 한다는 말에 어이가 없었지만… 공사 기간 한 달을 빼준 걸 생각해서 그러려니 하고 넘어간다. 찾아보니 화해조서라는 것을 많이 작성하지만, 비용은 5:5로 지불하는 경우가 많다고 한다. 하지만 건물주는 수호가 다 내야 한다고 말한다. 추가적인 비용이 발생하겠지만 어쩔 수 없다. 수호는 힘없는 세입자일 뿐이다. 시작부터 '을'로 출발하는 것이다.

수호는 공사를 위해 바로 움직이기 시작한다. 갑자기 할 일이 엄청나게 불어났다. 본사에서는 실측과 도면, 공사계획에 들어갔고, 며칠 뒤 계획서와 함께 우리를 찾아왔다. 은채 사무실 앞에서 인테리어 팀장이라는 분께 설명을 들었다. 막상 공사계획을 보니 추가로 들어갈 비용이 상당히 많았다.

보증금을 포함해서 1억이면 충분히 가능할 것으로 생각했던 수호.

1억 이상의 자금을 절대 투자하고 싶지 않았던 은채.

시작부터 수호와 은채가 생각했던 방향과는 다르게 흘러가기 시작했다.

* 추가 비용

철거, 닥트, 샤시, 가스시설, 냉난방시설, 전기승압, 간판, 소방시설, 분전함, 온수기, 쇼케이스, 어닝, 포스

→ 추가 비용은 점포의 위치와 여건에 따라 달라질 수 있습니다.

→ 위 사항은 예측된 수치로서 세부 사항은 변동될 수 있습니다.

→ 위 조건은 점포 상황에 따라 견적이 상이할 수 있습니다.

프랜차이즈 박람회에서 계약서를 작성할 때 이런 설명은 전

혀 듣지 못했다. 창업비용이 최대 7,000만 원이면 된다고 들었기에, 수호와 은채는 당황한 기색이 역력했다.

'7,000만 원 안에 모두 들어가 있어야 하는 것들 아닌가?'

'아니 냉난방시설이랑 쇼케이스, 간판 같은 것들은 왜 추가로 내야 하는 거지?'

수호는 도무지 이해가 안 된다. 인테리어 팀장에게 물어본다.

"팀장님, 7,000만 원 안에는 도대체 뭐가 들어가 있는 거예요? 냉난방시설, 전기, 소방, 온수기, 쇼케이스, 간판 같은 부분들은 인테리어 금액에 포함되어야 하는 거 아닌가요? 어닝은 뭔지도 모르겠구먼."

"어닝은 밖에 비 올 때 막아주는 천막 같은 거예요. 어닝같이 추가 안 하셔도 되는 부분들은 저희가 인테리어 견적에는 넣지 않고요, 냉난방기랑 쇼케이스는 점주님께서 직접 찾아보시는 게 훨씬 저렴하기도 하고 중고로 하시는 분들도 계시기 때문에 따로 빼둔 겁니다."

"그럼, 지금 7,000만 원 안에는 공사비랑 집기류 같은 것만 들어가 있는 건가요?"

"내부 수리랑 전체적인 인테리어, 냉장고, 냉동고, 튀김기, 집기류 같은 것들이 들어가 있습니다. 요새 자잿값이 많이 올라서 공사비가 조금 올라가긴 했어요."

"만약 냉난방기나 쇼케이스를 저희가 알아보게 된다면 공사 일정은 어떻게 되는 건가요?"

"저희가 드리는 계획표에 맞춰서 업체에 그날 방문해서 설치해달라고 하시면 됩니다. 만약 업체가 시간을 못 맞추면 계속 딜레이 될 거예요. 어려우시면 저희 쪽 협력업체 통해서 진행하셔도 되고요."

"그럼, 저희는 추가 비용이 얼마 정도 들어가는 거죠?"

"정확한 건 견적을 잡아봐야 하겠지만 보통 1,000만 원 정도 더 들어가신다고 보시면 돼요. 쇼케이스는 따로 구입하셔야 합니다! 새로 구매하시면 500만 원 정도 할 거예요."

계획표를 보니 당장 내일부터 공사에 들어간다. 일주일 뒤에 가스와 냉난방기 공사가 잡혀있다. 그다음 주엔 닥트, 간판까지… 아니, 이걸 지금 당장 어떻게 알아보고 일정을 조율하란 말인가. 수호와 은채는 둘 다 직장을 다니고 있었으니 알아보는 것 자체가 어려운 상황이었다. 결국 울며 겨자 먹기로 인테리어 팀에 맡기겠다고 얘기하고 나올 수밖에 없었다.

처음 창업하는 사람 중에 이게 가능한 사람이 과연 몇 명이나 될까? 프랜차이즈를 선택하는 이유는 혼자 준비하는 것이 어렵고, 가지고 있는 정보가 거의 없기 때문일 텐데, 그에 따른 비용이 예상보다 너무 많이 들어갔다. 수호는 다른 프랜차이즈들도 이런지 찾아봤더니 대부분이 다 비슷했다. 창업에 관한 광고나 전단지를 자세히 보면 맨 아래쪽에 잘 보이지 않는 작은 글씨로 써놓은 문구들이 있다. 추가 비용에 관한 부분인데 정말 작게 표시해 놓았다. 수호도 이제야 그 부분이 눈에 들어오기 시작했다. 기본적으로 알려주는 본사 창업 비용이 전부라고 생각한 수호의 무지에서 비롯된 결과인 것이다.

인테리어 비용 7,000만 원, 추가 비용 1,000만 원, 쇼케이스 500만 원, 각종 비품도 준비해야 하니, 대략 2,000만 원이 더 들어가는 상황.

'눈 뜨고 코 베이는 세상이란 이런 것인가?'

이 생각을 계속 머릿속에 두고 있을 때가 아니었다. 이제는 온갖 서류를 작성하고 만들러 다녀야 한다. 식품위생교육, 보건증, 영업신고증, 사업자등록증, 그리고 가장 중요한 직원 뽑기.

한 가지 다행인 점은 프랜차이즈 본사에서 어떤 것부터 해야 하고 필요한 서류가 무엇인지, 어디로 가야 하는지는 알려주었다는 것이다. 혼자 알아보고 돌아다녔다면 아마도 시청을 수십 번은 더 방문해야 했을 것이다. 수호는 세상이 호락호락하지 않다는 것을 조금씩 알아간다.

6

사람이 전부다?

경영의 신 마쓰시타 고노스케의 『사업은 사람이 전부다』라는 책을 읽은 적이 있다. 이 책은 사업에서 사람이 전부이기 때문에 좋은 인재를 데려오는 것이 중요하고, 그 인재가 일을 잘하도록 고민하는 것이 사장이라고 말하고 있다.

수호는 좋은 직원을 뽑기 위해 이 책을 읽어보았다. 적어도 1년 이상 같이 일할 사람을 뽑고 싶었기 때문이다. 하지만… 생각보다 내용이 너무 어려웠고 과연 실전에 적용할 수 있을지 미지수였다.

수호가 생각하는 반찬가게는 사장이 일하지 않는 시스템이다. 주방장 1명, 주방보조 2명, 홀 직원 1명 이렇게 4명을 뽑고 수호는 관리만 하는 것이 목표다. 가끔 바빠지면 도와주러 들어갔다가 한가할 때는 본인이 해오던 부동산 공부를 하려고 말이다. 직원이 5인 미만 사업장일 경우, 연장/휴일/야간 일을 하더라도 추가 수당을 지급할 의무가 없고, 연차를 챙겨주지 않아도 된다. 그래서 4명만 뽑을 예정이다. 그리고 주 중에 있는 빨간 날에도 영업을 할 생각이기 때문에 더더욱 5명을 넘기면 안 되는 것이었다. 대신 직원들 연차는 챙겨주려고 생각했다.

하지만 문제가 발생했다. 얼추 인건비와 4대 보험을 계산해 보니 1,000만 원이 넘어갔다.

이건 아니다 싶어 다시 깊은 생각에 빠졌다.

하루 종일 생각한 끝에 한 가지 방법을 떠올렸다. 엄마를 주방장으로 채용해 보는 것이었다. 수호의 엄마는 요리를 굉장히 좋아하고 잘한다. 주변에서도 정평이 나 있을 정도다. 지금 수호네 사무실이 한가하니까 주방장으로 채용해 보면 어떨까 하는 생각이 떠오른 것이다. 곧바로 수호는 엄마에게 주방장을 제안했고, 수호의 엄마도 흔쾌히 승낙하셨다. 결과적으로 주방장은 수호 엄마가, 주방보조 1명, 홀 직원 1명을 채용. 그리고 수호가 오전에 같이 주방 쪽에서 일하는 것으로 결정하였다.

수호는 채용공고 사이트에 처음으로 가입했다. 한 곳도 아니고 세 곳을 말이다. "가족 같은 직원을 모집합니다(주방보조 1명, 홀 1명)." 세 곳에 모두 똑같은 채용공고를 올렸다. 혹시나 지원자가 없을지도 모르기 때문이었다. 하지만 하루가 지나고, 이틀이 지나도 승인 대기 중으로만 떠 있었다. 고객센터에 문의하니, 채용공고가 너무 많아 심사하는 기간이 일주일 이상 걸린다고 했다. 대신 즉시 등록이라는 쿠폰을 사용하면 바로 등록이 된다는 것이었다. 수호는 일주일을 기다릴 수 없었기에 즉시 등록이라는 쿠폰을 구매하려고 하였다. 그런데 즉시 등록 금액이 바로 옆에 있는 '즉시 등록+상위노출'이라는 옵션과 별반 차이가 없었다. 수호는 좋은 인재를 채용하는 투자금이라 생각하고 약간 더 비싼 '즉시 등록+상위노출' 옵션을 선택했다. 채용 사이트 이용료는 세 곳 합쳐서 15만 원 정도 들어갔다.

다음 날, 수호는 정말 깜짝 놀랐다. 세 곳을 합쳐 신청서만 50건 이상이 들어와 있는 게 아닌가? 중복으로 접수한 사람도 있었지만, 생각보다 많은 지원자 수에 15만 원을 쓴 것이 아깝게 느껴진다. 코로나로 장사가 안되고 폐업하는 가게들이 많다 보니 일자리가 많이 줄어든 모양이다. 꼭 일하고 싶다거나 뽑아달라고 부탁하는 전화까지 몇 통 왔다. 직원을 채용하는 것이 가장 두려웠었지만 막상 경험해 보니 별것 아니라는 생각이 든다.

이력서와 경력을 보면서 최종적으로 8명을 선택하였고, 면접을 보기 위해 연락을 돌렸다. 수호는 사람을 뽑는 것이 처음이라 경험이 전혀 없었고, 채용 지식 또한 하나도 없었기에 후배에게 도움을 청했다. 후배는 현재 대형마트에서 직원을 뽑고 관리하는 팀장이었고, 수호와는 막역한 사이라 연차를 내면서까지 흔쾌히 도와주기로 했다.

마땅히 면접을 볼 수 있는 공간이 없어 매장 근처 스터디카페를 3시간 예약했고, 그곳에서 한 명당 15분~20분 정도 면접을 진행했다. 수호에게는 정말 색다른 경험이었고, 하는 일 없이 출퇴근만 하는 줄 알았던 후배 놈이 대단해 보였다. 후배는 수호가 생각하지 못하는 부분들까지 자세히 질문했고, 반찬가게에서 꼭 필요할 것 같은 부분을 콕콕 집어서 물어보았다. 역시 사람에게 있어서 경험은 무시할 수 없다는 것을, 후배를 통해 배웠다.

"재료 중에 본인이 만지지 못하거나 맛을 볼 수 없는 음식이 있다면 어떻게 하시겠어요?"

"주변 반찬가게를 가보신 적이 있으신가요?"

"반찬가게에서 가장 중요한 것이 무엇이라고 생각하시나요?"

"진상 손님을 만나면 어떻게 대처하시겠어요?"

"칼을 쓰다가 다쳤을 경우 대처법을 이야기해 주세요."

면접을 보러 온 사람들은 대부분이 가정주부였고, 후배의 날카로운 질문 덕분에 어떤 사람을 최종적으로 뽑아야 할지 금방 가려낼 수 있었다. 어느 분야든 마찬가지겠지만, 결국 요식업을 운영했던 사람이거나, 직원으로 경험이 풍부한 사람, 조리기능사 자격증을 가지고 있는 사람부터 우선순위로 뽑을 수밖에 없었다.

수호는 지금까지 자격증을 무시하며 살아왔고, 실무가 중요하다고만 생각해왔다. 결과적으로 본인도 사람을 채용해 보니 자격증 있는 사람을 먼저 보게 되고, 실무가 비슷하다면 그다음 판단의 척도가 자격증이라는 것을 인정할 수밖에 없었다. 당장은 어떤 직원일지 정확히 알 수 없지만, 사람이 전부라는 말처럼 1년 이상을 함께하길 바라는 마음이다.

7

기대에 부푼 나의 꿈

업종 선택, 대출 상담, 부동산 계약, 직원 채용까지. 일사천리로 진행되는 과정 속에서 수호는 근거 없는 자신감에 사로잡혀 가고 있었다. 막상 자영업을 시작해 보니 별거 아니라는 생각이 들었기 때문이다. 직원 면접이 끝나고 고생한 후배를 위해 소주 한잔 사줄 겸 고깃집으로 들어갔다. 연차까지 내면서 도와준 후배에게 소고기라도 사 먹여야 하지 않겠는가. 다른 후배들도 부른다. 우리 여기 있으니까 빨리 오라고.

수호에게는 가족 같은 6명의 후배들이 있다. 대학교에서 만난 후배들은 16년 동안 허물없이 동고동락하며 지낸 사이이다. 저 멀리 평택에 사는 놈과 삼 남매를 키우는 놈만 빼고 나머지 3명이 차례로 들어온다. 수호가 후배들을 불러 모은 것은 다른 이유도 있었다. 부탁할 것이 있었기 때문이다.

"동생들아, 가게 오픈 전에 집기류 들어오면 그거 정리하고 매장 청소해야 하는데 이번 주말에 와서 좀 도와줘. 그리고 나 이제 가게 오픈하면 술 못 마셔. 와이프랑 약속했거든. 대출받아서 자영업에 도전하는 거라 정신 차리고 해야 해. 그러니까 오늘은 마시고 죽자!!! 우리의 미래를 위하여!!"

은채처럼 후배들도 수호가 술을 안 마신다는 말을 이제는 믿지 않는다. 술 끊는다고 말하는 걸 한 달에도 몇 번씩 지겹게 듣던 동생들이었으니 말이다. 아무튼 마지막이라는 마음 때문이었는지 수호는 평소보다 더 많은 술을 마신다. 기분은 좋아지고 시간은 점점 늦어져 간다. 항상 그래왔듯이 후배들에게 질질 끌려 집에 도착한다.

다음 날, 역시나 수호는 집에 어떻게 왔는지 기억이 나지 않는다. 은채는 화가 머리끝까지 난 것 같았지만 마지막 술자리였을 거라는 믿음에 꾹꾹 참으며 방으로 들어간다. 딸 나혜는 술

냄새가 싫었는지 곁에 오지도 않는다. 그렇게 마지막이라고 생각한 후배들과의 하루가 지나갔다. 수호는 술을 깨기 위해 편의점으로 향한다. 숙취해소 음료를 하나 집더니, 은채와 나혜 음료수도 함께 산다.

미안하다는 말과 함께 음료수를 건네러 방으로 들어간 수호. 은채는 배를 부여잡고 식은땀을 흘리고 있었다. 얼마나 식은땀을 흘렸는지 옷이 다 젖을 정도다. “오빠… 나 배가 너무 아파….” 수호는 나혜를 업고, 은채를 부축하면서 당장 병원으로 달려갔다. 출산예정일은 7월 중순, 오늘은 4월의 마지막 날이었다.

“병원에 입원하여 자궁수축 억제제 치료를 받아야 하고, 향후 한 달간은 절대적인 안정이 필요합니다. 현재 태아가 27주인 것을 감안하면 자칫하단 산모와 아이 모두에게 위험한 상황이 올 수도 있어요. 지금은 스트레스를 받았거나 무리한 움직임으로 올 수 있는 가벼운 증상이니 푹 쉴 수 있도록 도와주세요.”

둘째 아이의 출산예정일은 7월 21일. 아직도 두 달이나 남은 상황에서 진통을 느끼기 시작한 것이다. 일주일 정도 입원을 해야 하는 상황이었고, 코로나로 보호자는 한 명만 입실이 가능하였다.

은채가 병실로 들어간 뒤 나혜를 데리고 다시 집으로 돌아간다. 입원에 필요한 물품들을 챙겨 와야 하고, 나혜를 장모님께 맡겨야 했다. 수호는 집으로 가는 길에 장모님께 연락을 드렸고, 장모님은 바로 출발한다고 하신다. 장인어른과 장모님 댁은 집에서 차로 10분 거리에 있어서 항상 많은 도움을 받곤 한다. 수호는 그런 장인어른과 장모님께 항상 감사한 마음을 가지고 있다.

은채의 건강도 문제지만 나혜도 걱정이다. 아직 30개월밖에 되지 않았고, 엄마가 없으면 무서워서 잠도 잘 못 자는 여리디 여린 아이다. 하지만 방법이 없다. 병원으로 같이 들어갈 수는 없었고, 어린이집도 가야 했기 때문에 장모님께서 당분간 도와주기로 하셨다. 장모님께서 오시자마자 수호는 싸둔 짐을 들고 다시 병원으로 향한다.

수호는 은채에게 너무나 미안했다. 본인이 어제 과음을 한 탓에 은채가 병원에 입원한 것 같았기 때문이다. 거기에 더해 배가 많이 나온 상태에서 자영업을 준비하는 수호 때문에 이곳저곳 많이 돌아다녔던 것도 한몫했을 것이다. 은채는 직장을 다니며 창업박람회, 대출 상담, 시장조사, 부동산 방문, 상가 임장 등등 여러 가지를 함께해 주었다. 거기에 독박육아까지…. 어찌 보면 지금의 상황을 자기가 만들었다는 생각에 수호는 죄책감이 밀려왔다.

미안한 생각에 한동안 병원으로 출발하지 못하고 있던 수호. 핸드폰이 울린다. 은채의 문자였다.

"오빠, 미안해. 당장 다음 주 가게 오픈인데 내가 이렇게 돼서… 조금이라도 더 도와줘야 하는데 몸이 안 따라주네. 그래도 우리 신랑 잘할 수 있지? 우리 딸 나혜도 아마 씩씩하게 할머니랑 잘 있을 거니까 걱정하지 말고 힘내자!! 사랑해♡"

수호는 한없이 떨어지는 눈물과 함께 힘껏 액셀을 밟는다. 다시는 술을 마시지 않겠다는 다짐과 함께 말이다.

8

나도 이제 사장님

은채가 병원에 입원한 지 이틀이 지나고 반찬가게 가오픈 이틀 전. 정식 오픈 일주일 전 가오픈을 하는데 그 시기에 전반적인 매장 운영 교육과 레시피 교육이 이루어진다. 또한 주변 가게에 전단지도 돌리고, 아파트 홍보도 하러 다니면서, 만든 음식을 하나씩 팔아 보는 기간이라고 보면 된다. 다행히 은채는 서서히 회복되고 있었고, 걱정했던 딸도 엄마, 아빠가 힘든 걸 알았는지 할머니와 잘 지내고 있었다.

수호는 아침 일찍 일어나자마자 부리나케 매장으로 향한다. 역시 든든한 후배들은 주인보다 먼저 매장 앞에 도착해 있었다.

대학교 시절 동고동락하면서 수호가 얻은 최고의 보물들이면서 평생을 함께할 사람들이다. 후배들은 자기들끼리 벌써 무슨 일을 할지 파트까지 다 정했다고 한다. 수호는 속으로 고마움과 미안함을 가질 수밖에 없었다. 다들 평일에 직장을 다니면서도 이렇게 도와달라는 말에 불평불만 없이 나오는 동생들이 과연 세상에 얼마나 되겠는가. 매장 문을 열어 주자마자 일사불란하게 움직이더니 집기 정리부터 매장 청소, 용기 세팅까지 하루 종일 쉬지 않고 그 많은 일들을 끝내주었다.

정리가 다 끝나고 보니 밖은 어둑어둑 해가 지고 있었다. 수호는 4명의 후배들에게 고생했다며 저녁값으로 10만 원을 쥐여주고 보낸다. 물론 하루 종일 일한 값은 계좌로 송금했다. 수호도 후배들과 술 한잔하고 싶었지만… 지금은 코로나로 5인 이상 집합 금지 기간이다. 아니지. 병원에 누워 있는 은채와 집에서 기다리는 딸내미 때문에 당연히 갈 생각이 없었다고 하자!

드디어 기다리고 기다리던 반찬가게 가오픈. 떨리는 마음에 새벽 일찍 눈을 뜬 수호는 장모님과 나혜가 자는 것을 바라보며 밖을 나선다. 그리고 다짐한다. '내가 반드시 이 가게로 성공해서 우리 집 경제적 자유를 이룰 것이다.'

어둑어둑 새벽에 도착한 수호는 자신의 매장만 홀로 빛나 보이는 것 같았다. 그 매장을 바라보며 앞으로 펼쳐질 여러 가지 일들을 상상해 본다.

마치 어릴 때 소풍 가는 날 일찍 일어나는 느낌. 정말 꽃길만 걸을 수 있을 것 같은 이 기분. 새벽에 마시는 공기가 그렇게 상쾌할 수 없다.

'드디어 나도 사장이 되는구나!'

'생각보다 별거 아니네, 막상 하고 나니까 많이 어렵지 않네.'

'자리 잡으면 배달도 하고, 온라인 사업으로도 접목해보자.'

'일이 일사천리로 진행되는 것 보니 역시 사업이 운명인가 봐.'

'아이들과 함께 반찬가게도 홍보하고, 사진도 찍어서 붙여놔야지.'

'한 달에 500만 원 정도 벌 수 있겠지? 그럼 300만 원은 원금 회수에 쓰고, 200만 원은 생활비로 쓰면 되겠다.'

'계약 기간이 3년이니까, 3년 안에 원금 회수만 되면 그 뒤로는 더 많이 벌 수 있겠어.'

부푼 기대를 안고서 매장으로 들어가는 수호. 그러나… 한없이 들뜬 마음이 산산조각 나는 데 그리 오래 걸리지 않았다. 하지만 수호는 아직 그것을 모른다. 그저 '나도 이제 사장님이다.' 라는 생각이 머릿속을 꽉 채웠기 때문이다.

9

세상 물정 모르는 우물 안 개구리

직원들과의 만남, 본사 조리장의 교육, 손님들과의 대화. 모든 것이 처음이고 설레는 수호.

가오픈 기간은 레시피 교육과 매장 운영을 배우는 것이 주목적이다. 새로 뽑은 직원들과 수호, 수호의 엄마까지 각자 맡은 위치에서 교육을 받기 시작한다. 수호 엄마와 주방 직원은 레시피 교육 및 주방 시스템을, 홀 직원과 수호는 매장관리 및 손님 응대 기술을 배운다. 반찬가게에서 가장 중요한 레시피 교육은 엄마가 배우고 있으니, 수호는 주변 아파트와 상점들 홍보에 더욱 힘을 쏟기로 결정했다.

하지만 이것이 얼마 뒤 큰 화근이 되고 만다. 수호는 그것도 모른 채 홍보가 가장 중요하다고 생각하며 전단지를 챙겼다. 주변 상점에 먼저 인사를 하러 다닌다. 장사의 기본은 주변 상인과 친해져야 한다는 내용을 어느 책에서 읽었기 때문이다. 레시피 교육을 하면서 만든 반찬을 몇 가지 챙겨 전단지와 함께 방문했다. 첫인상이 중요하듯이 만나는 사장님들께 공손하게 인사하며 많이 배우겠다고 연신 고개를 숙이는 수호. 챙겨온 전단지와 반찬을 드리니 한껏 반겨주신다. 떡볶이집, 정육점, 편의점, 빵집, 카페, 학원, 병원, 부동산, 약국, 떡집 등등 족히 50곳 정도를 방문한 것 같다. 방문하지 못한 점포가 딱 한 군데 있는데 바로 다른 프랜차이즈 반찬가게. 이 동네 유일하게 있던 반찬가게였는데 수호가 새롭게 들어왔으니 절대 반겨줄 리가 없다.

이제는 주변 아파트에 홍보할 차례다. 제대로 매장을 알리기 위해 빳빳하게 펴진 유니폼을 입고 출발하는 수호. 배달까지 생각하여 반경 500m 안에 있는 모든 단지에 전단지를 부착할 예정이다. 전단지를 두둑이 들고 약국으로 향한다. 그리고 아파트 관리사무소에 선물할 박카스 10박스를 구매한 뒤 가장 가까운 아파트부터 들어갔다. 들어가자마자 입주민인 줄 알고 환대를 해준다. 하지만 홍보를 하러 왔다는 걸 알고는 금세 반응이 뜨뜻미지근해진다.

"안녕하세요! 여기 떡볶이집 옆에 새로 개업하는 반찬가게에서 왔습니다! 여기 박카스도 하나 드릴게요! 혹시 전단지 좀 두고 가도 될까요?"

"전단지를 왜 두고 가세요?? 아파트 엘리베이터 앞에 한 장씩만 부착하세요."

"아 그래요? 알겠습니다! 가서 제가 부착하겠습니다! 감사합니다."

"저기요? 어디 가세요? 결제를 하고 가셔야죠."

"네? 결제요? 무슨 결제요?"

"전단지 같은 홍보물을 부착하시려면 광고비 5만 원 결제하셔야 해요."

세상에 공짜는 없다고 했던가. 전혀 생각하지 못한 부분이다. 수호는 아파트에 전단지를 돈 내고 붙이는 것인 줄 꿈에도 몰랐다. 각 단지마다 5만 원씩 10곳이면 50만 원이다…. 박카스까지 하면 55만 원을 지출해야 하는 상황. 이건 아니라는 생각이 들었다. 고민 끝에 가장 가까운 단지 다섯 군데만 홍보하기로 결정한다.

다른 곳도 마찬가지였다. 문을 열 때는 환대를 해주더니, 홍보 얘기를 하면 반응이 차갑게 식는다. 수호도 박카스를 꺼내지 않는다. 어차피 돈을 지불해야 하는데 무슨 박카스까지…. 그나마 세대수가 적은 단지 한 곳은 3만 원이라 박카스를 드렸다. 다섯 군데를 다녀온 수호는 아파트 홍보를 그만하기로 했다.

수호는 이날 크게 깨달았다.

'전단지도 다 돈을 받고 부착해야 하는 거였구나….'

'나는 세상 물정 모르는 우물 안 개구리였네.'

남은 박카스 8박스는 직원들과 함께 두 달 동안 마셨다.

그렇게 시간이 흘러 어느덧 드디어 대망의 정식 오픈!

본사 조리장의 조언에 따라 오픈 2주 동안 직원을 한 명 더 구했다. 원래는 은채가 도와줄 예정이었지만 당분간 병원에 입원해야 하는 상황이라 급하게 사람을 구할 수밖에 없었다. 다행히 대출에 힘써준 친구 보나가 자기 엄마를 추천해 줬다. 친구 어머니는 산전수전 다 겪었다며 흔쾌히 도와주시기로 하였다.

본사 조리장을 제외하면 우리 엄마, 친구 어머니, 주방 직원, 홀 직원, 수호 이렇게 5명이 첫 창단 멤버인 셈이다. 하지만 3개월 후… 이 멤버 중에 남아 있는 사람이 단 한 명밖에 없다는 것을 이때는 알지 못한다.

오픈 첫날 매출액은 298만 원. 수호는 이날을 평생 잊지 못할 것이다. 화장실을 갈 수 없을 정도로 바쁘고 정신없었다.

오픈 기념으로 라면 증정 이벤트까지 진행하면서 손님들이 예상보다 훨씬 많이 방문했기 때문이다. 이 매출액이 얼마나 잘 나온 것인지 감이 오지 않았다. 본사 조리장이 최근 2년 동안 오픈한 매장 중에서 상위 5% 안에 들어간다고 말해 주었을 때 그제야 정말 많이 팔았다는 것을 조금 알 수 있었다.

오픈하고 한 달 동안 눈코 뜰 새 없을 정도로 바빴다. 매일 새벽 4시에 일어나 장을 보고, 하루 종일 매장관리와 손님 응대를 배웠으며, 직원들이 퇴근한 뒤에도 밤 10시까지 꿋꿋하게 매장을 지키다 퇴근했다. 퇴근 후 집에 가면 은채와 나혜가 곤히 자고 있었다.

다행히 은채는 몸 상태가 많이 좋아졌고, 병가와 휴가를 사용하며 출산 때까지 쉬기로 결정했다. 누우면 바로 곯아떨어질 정도로 힘들었지만, 수호는 지금처럼 장사만 잘된다면 우리 식구들이 돈 걱정 하지 않고 행복하게 살 수 있겠다고 생각했다.

5월의 매출과 순이익을 보니 직장 생활에서는 절대 만져 볼 수 없는 돈이 들어왔다. 물론 오픈빨일 수도 있겠지만 그래도 수호는 기분이 좋았다. 그러고는 얼마 전과 비슷한 생각을 한다.

'세상 물정 모르는 우물 안 개구리였구나. 진작에 직장생활 때려치우고 장사나 할 걸….'

동대문에서 빨리 나오지 못한 걸 조금 후회하는 수호.
이제 막 자영업을 시작한 지 한 달도 안 된 5월의 끝자락.
첫 사장으로 임명된 수호는 희망 가득 찬 미래를 생각해본다.
하지만 수호의 바람대로 모든 것이 흘러갔다면…
이 책은 아마 세상에 없었을 것이다.

10

이게 말이 돼?

“어이, 잠깐 우리 사무실로 와 봐!”

“네네, 사장님, 무슨 일이세요?”

가게 뒤편에 있는 부동산 사장님이 수호를 부른다. 오픈 초기 인사하러 방문했을 때부터 반말이었다. 기분도 나쁘고, 가게도 바빴지만… 아버지뻘이라 그냥 조용히 따라갔다. 들어가자마자 깜짝 놀라는 수호. 사무실 바닥이 물로 흥건하다.

“아니, 사장님네 반찬가게 들어오고 나서부터 이렇게 자꾸

바닥에 물이 생겨. 여기 벽 틈으로 새어 나오는 거 같은데 지난 주까지는 그냥 청소할 겸 닦아낼 수 있는 수준이었어. 근데 점점 더 심해지더라고. 내가 오늘도 몇 번씩이나 대걸레로 닦았는데 물이 점점 더 생기는 기분이야. 이거 공사하면서 뭐 잘못된 거 같은데?"

"네? 공사한 지 한 달밖에 안 됐는데요?"

"한 달이고 나발이고 누수 같다는 거지. 공사하는 사람들이 뭘 잘못 건드린 거 같아. 이거 빨리 처리를 해줘야 나도 먹고살 거 아냐. 맨날 이렇게 대걸레로 닦을 수는 없잖아. 며칠 이러다 말겠지 하고 지켜봤는데 점점 심해져서 안 되겠어. 거기 업체 전화해서 빨리 봐달라고 해 봐."

"아… 죄송합니다! 확인해 보고 다시 올게요."

'이게 무슨 일이지? 그 말로만 듣던 누수인가?'

수호는 새벽 4시부터 계속 움직였던 탓에 지칠 대로 지쳐있는 상태에서 부동산 사무실의 젖은 바닥까지 보게 되니 정신이 혼미해졌다. 할 일이 산더미인데 갑자기 이건 무슨 날벼락이란 말인가. 당장 인테리어 담당자에게 전화를 걸었다. 담당자는 공사한 업체를 확인하고 연락을 주겠다고 했다. 알고 봤더니 프랜차이즈 본사에서는 연계만 해줄 뿐이고, 실제 인테리어를 총괄하는 업체는 따로 있었다. 그러고 나서 또다시 총괄하는 업체 밑에 각각의 파트별로 하청업체를 끼고 진행한다는 것을 알게 되었다. 잠시 후 모르는 번호로 전화가 왔다.

"사장님, 공사했던 업체인데 물이 샌다고요?"

"네네, 반대쪽 부동산으로 누수가 발생한 것 같아요. 이거 지금 당장 봐주셔야 될 것 같아요. 한창 장사하는 중인데, 언제 오실 수 있어요?"

"저희가 지금 청주에서 공사 중이라 주 중에는 어렵고 주말에 가야 할 것 같은데요."

"아니, 무슨 소리 하시는 거예요. 내 가게도 아니고 남의 가게에 물이 새서 영업을 못 한다는데 당장 와서 봐주셔야죠? 그리고 지금 화요일인데 주말까지 어떻게 기다립니까?"

"일단 그럼 저희가 일정 좀 조율하고 다시 연락드리겠습니다."

오픈하고 처음으로 화를 내는 수호. 수호는 이런 상황이 오더라도 화를 잘 내지 못하는 사람이다. 상대방이 일부러 잘못하거나 골탕 먹이려는 것은 아니라고 생각하기 때문이다. 하지만 그런 성격 탓에 본인이 챙겨야 할 것들을 잘 챙기지 못하는 경우도 더러 있었다. 그런 수호도 오늘은 화를 낼 수밖에 없었다. 자신의 가게도 아니고 부동산 사장님께 피해를 드리고 있는 것이 아닌가. 결국 공사업체에서 오늘 저녁 10시까지 오겠다는 연락이 왔고 그제야 화가 조금 가라앉는다.

밤 10시가 지나도 공사업체에서 아무도 오지 않는다. 연락을 해 볼까 말까 하는 찰나, 부자지간으로 보이는 사람 두 명이 큰 기계를 들고 나타났다. 늦게 도착한 것도 짜증 나 죽겠는데 싱크대를 다 뜯어내고 벽을 뚫어야 한다는 것이다. 새벽 4시에 일어나 밤 10시까지 일을 해서 그런지 힘이 하나도 없었다. 너무 힘들었다. 하지만 내일 장사를 위해서 빨리 움직여야 한다.

업체는 벽에 청진기 같은 것을 대고 한참을 듣더니 누수가 맞다고 한다. 하얀 벽을 뚫는 바람에 분진 가루가 사방팔방으로 날아다닌다. 처음부터 공사를 신경 써서 잘했다면 이런 일이 없었을 텐데…. 한참을 이렇게 저렇게 움직이더니 공사가 끝났다고 한다.

시계를 보니 오전 2시 35분. 공사업체는 미안했는지 부리나케 도망갔다. 주방을 보니 대환장 파티다. 싱크대와 주변은 하얀 분진 가루로 뒤덮여 있었고, 집기류는 정리가 안 돼서 나뒹

굴었으며, 뚫린 벽은 버젓이 구멍이 나 있어서 공사장인지 반찬 가게인지 구분이 가지 않았다.

수호는 결국 집에 가지 못했다. 하얀 분진 가루들을 전부 닦아야 했고, 정리가 끝나면 바로 도매시장을 가야 하기 때문이다. 하지 않아도 될 경험을 한 것 같아 뭔가 억울하다. 부동산 사장님께 피해를 주고, 잠도 못 자고, 가게는 엉망이 되고…. 힘들어서 주저앉고 싶었다. 하지만 몇 시간 뒤 또다시 가게 문을 열어야 한다. 뭔가 쳇바퀴에 갇힌 기분이었다.

정리가 끝난 수호는 편의점으로 향한다. 그리고 한 달 동안 참아왔던 담배와 라이터를 산다. 오랜만에 피우는 담배에 정신이 몽롱하고 어질어질했다. 하얀 연기와 함께 저절로 혼잣말이 나온다. “하… 이건 아닌데….”

반찬가게를 시작한 지 두 달이 되어가지만, 수호는 여전히 새벽 4시에 일어난다. 그 이유는 도매시장을 가야 하기 때문이다. 분명 창업박람회에서는 일주일에 한 번 정도만 시장을 가면 된다고 했는데, 완전 속은 기분이다.

초보 사장이라 더 힘든 것도 사실이지만, 좋은 업체, 싱싱한 식재료를 만나기 위해서는 어쩔 수 없었다. 도매시장은 크고 넓어서 길을 익히는 데만 족히 두 달이 걸렸다. 장사를 배운 적이 없었기에 여기저기 휘젓고 다니며 눈도장을 찍는다. 자영업이라는 것이 몸으로 때워가며 보는 눈을 기르는 수밖에 없었다. 프랜차이즈라고 모든 것을 쉽게 생각했던 것이 불찰이었다.

하지만 이제 겨우 시작한 지 두 달째다. 부동산 계약서에 잉크는 말랐으려나? 너무 힘들었지만 그래도 장사가 잘되니 그것만 믿고 하루하루를 버텨나간다. 한 달에 500만 원씩 벌어서 딱 3년만 해 보자는 생각과 함께 말이다. 하지만 하늘은 여전히 수호 편이 아닌 것 같다.

누수를 해결한 지 일주일도 채 지나지 않아 오른쪽 싱크대 배관이 터지는 일이 발생했다. 이번엔 인천에서 와야 한단다. 당장 설거지를 못 하고 있는데 언제 올 줄 알고 기다리겠는가. 그냥 가까운 업체를 불러 5만 원 주고 고쳤다. 나가지 않아도 될 돈이 나간 것이다. 5만 원이면 메추리 알을 15개 팔아야 한다. 수호는 한숨이 절로 나온다.

고쳐주시던 사장님께서 잘 안 쓰는 배관을 설치했다며 이거 정말 싸구려라고 하신다. 내가 운이 없는 것인지 원래 프랜차이즈가 이런 것인지. 수호는 벌써 몸과 마음이 지쳐가기 시작한다.

안 좋은 일은 한꺼번에 몰려온다고 하더니, 이번엔 쇼케이스가 말썽이다. 날씨가 점점 더워지자 오래된 상가라 그런지 가게 내부의 열기가 밖으로 빠져나가질 못했다. 천장형 에어컨을 최대로 틀어놓아도 역부족이다. 들어오는 손님들이 너무 더운 것 같다고 얘기하지만, 주방에서는 조리를 위해 계속 불을 써야 했고, 날씨는 점점 더 더워졌다.

어떻게 해야 될지 고민만 하던 중에 결국 사고가 터졌다. 점포 내부가 덥다 보니 쇼케이스의 온도가 떨어지지 않았다. 3도 이하를 유지해야 하는 쇼케이스가 더운 날씨 때문에 8~9도에 머물러 있었다. 쇼케이스 업체에 물어보니 주변 온도가 너무 높으면 아무리 기계가 좋아도 온도가 떨어지는 데 한계가 있다고 했다. 고민 끝에 값이 싼 벽걸이 에어컨을 추가 설치하기로 했다. 쇼케이스 맞은편에 말이다.

이렇게 다사다난했던 6월이 끝나가고, 이제야 조금씩 자리를 잡아가고 있었다. 솔직히 말하면 그 뒤로 여러 가지 문제점들이 계속해서 발생했다. 주방 하수구가 역류하는 일도 있었고, 닥트가 고장 나서 교체하기도 했다. 불행 중 다행인 건, 수호가 이제 새벽 도매시장 가는 횟수를 조금 줄였다는 것이다. 어느 정도 눈에 익기도 했고, 어떤 점포가 물건이 좋고 주인이 친절한지 파악을 했기 때문이다.

거기에 더해 낮에는 잠깐 집에 가서 쉬고 올 수 있는 여유도 생겼다. 비록 엄마가 조금 힘들어 보였지만 크게 내색을 하지 않아서 괜찮다고 생각했다. 직원들은 경험이 풍부하여 각자 맡은 역할을 충분히 잘 소화해 주고 있었다. 역시 후배 놈이 직원 뽑는 눈 하나는 끝내주는 것 같다.

하지만 자영업이라는 것이 언제 어디서 무슨 문제가 터질지 아무도 모르는 것이다. 7월을 일주일 앞두고 홀 직원이 수호를 부른다.

"사장님 드릴 말씀이 있습니다."

사장들이 듣기 가장 무서운 말이 "사장님, 드릴 말씀이 있습니다."이다. 이렇게 시작하는 대화는 대부분 퇴사를 통고하는 일이기 때문이다. (김승호, 『사장학개론』 중에서)

11

세상은 알 수 없는 시간의 연속

"사장님 드릴 말씀이 있습니다."

"왜요, 불안하게! 무슨 일이에요?"

"저 그만둬야 할 것 같아요. 제가 사정이 좀 생겨서 예전에 운영하던 가게를 다시 해야 할 것 같아요. 죄송해요."

"아니 이제 두 달도 안 지났는데 그만둔다고요??"

이제 좀 자리를 잡아가나 싶었는데… 수호가 가장 믿었던 홀 직원이 이번 달까지만 하고 나가겠다고 한다. 같이 일한 지 두 달도 되지 않았지만 가장 믿고 맡길 수 있던 직원이었다. 홀 직원은 10년 동안 자영업을 운영했던 베테랑이었고, 가지고 있는 경험과 노하우를 수호에게 많이 알려주었다. 워낙 일도 잘하고 손도 빨라서 본인 일이 다 끝나면 주방일도 곧잘 도와주었다. 그 덕에 수호 엄마도 힘들지 않게 일을 할 수 있었다.

사실 주방 일손이 굉장히 부족한 상황이었다. 하지만 이 홀 직원 덕분에 사람을 더 구하지 않을 수 있었다. 수호가 주방보조를 뽑으려고 고심할 때 자기가 도와줄 테니 인건비 아끼자고까지 했던 사람이다. 배달을 시작하는 과정에서도 유경험자라 수호에게 과외 하듯이 모든 것을 다 알려주었다. 배달프로그램 사용법과 포장을 잘하는 법, 배달 기사 대응하는 방법, 배달 매출을 올리기 위한 조건 등등 본사에서 받은 교육보다 이 홀 직원에게 배운 것이 훨씬 더 많았다. 가장 중요했던 부분은 수호가 이 직원은 믿을 수 있었기에 낮에 잠시라도 집에서 쉬고 올 수 있었다는 것이다.

그런 직원이 이렇게 허무하게 갑자기 그만둔다고 하니… 아쉬운 건 둘째치고 당장 이것저것 고민이 됐다. 하지만 어쩌겠는가. 마음이 떠난 직원은 쿨하게 보내주는 게 맞다고 생각했다.

'믿고 맡길 수 있는 사람이었는데….'

'주방일까지 척척 도와줄 수 있는 사람을 다시 뽑을 수 있

을까?'

'그만두기 전에 배달프로그램 확실히 알려달라고 해야겠군.'

머리가 깨지기 일보 직전이었지만, 수호는 컴퓨터 앞에 앉아 채용공고 사이트에 접속한다. 두 달도 되지 않아서 다시 공고문을 등록하는 것이다.

〈가족 같은 분위기에서 일하실 직원을 구합니다!〉

수호는 세상의 어려움을 또 한 번 깨닫는다. 사람을 쓴다는 것이 얼마나 힘든 것인지를…. 옛날부터 사람을 써야 사업에 성공해야 한다고 했거늘 이게 무슨 일인지 황당하고 어이가 없을 뿐이다. 하지만 수호는 고마운 마음으로 기분 좋게 보내주기로 했다. 오픈하는 과정에서 도움도 많이 받았고 여러 가지를 배울 수 있었기 때문이었다. 아마 성격 좋지 못한 사장들이었다면 욕을 한 바가지 했을지도 모른다.

다행히도 채용 공고를 올리자마자 10명 정도가 지원을 했고, 3명을 추려서 바로 면접을 보았다. 그래야 홀 직원이 그만두기 전에 인수인계를 할 수 있었기 때문이다. 그래도 수호에게 인복은 있었나 보다. 새로 뽑은 직원도 요식업계에서 오랜 경험을 가지고 있었고, 미리 보건증까지 발급받아 놓은 준비된 직원이었다. 새로운 직원이 들어오자마자 홀 직원도 미안했는지 열심히 알려주기 시작한다. 그 모습을 보니 수호도 조금은 안심이 되었다.

수많은 책에서 읽었던 구절. 사람을 이용해서 사업을 키워나가야 한다는 말. 읽을 때는 그저 고개를 끄덕이며 이해했다고 생각했지만 현실은 녹록지 않았다. 사람이라는 레버리지를 이용하려다가 되레 내가 레버리지 당할 수 있다는 것이다. 수호는 이렇게 또 하나를 배워간다.

둘째 아이의 출산 예정일(7월 21일)이 다가오고 있던 6월 마지막 주. 여느 때와 마찬가지로 수호는 새벽 4시에 일어나 시장을 들러 매장으로 출근한다. 직원들이 출근하면 바로 일을 할 수 있도록 세팅을 해놔야 하루가 편하다. 그렇게 식자재들을 정리하고 있는데 갑자기 은채에게 전화가 걸려 온다. 아침에 연락 올 일이 없다는 것을 알기에 수호는 이 전화가 어떤 전화인지 본능적으로 알 수 있었다.

"오빠!! 큰일 났어! 피가 많이 나… 어떡해?"

"일단 진정하고 내가 지금 바로 집으로 갈 테니까 옷 갈아입고 있어! 병원에 전화해 볼게."

병원에서는 당장 빨리 오라고만 한다. 출산 예정일까지는 아직도 한 달 가까이 남은 상황. 둘째 아이가 엄마 배 속에서 이제 겨우 36주를 막 지나고 있을 때였다. 수호는 청천벽력과 같은 은채의 말에 하던 일을 내팽개치고 집으로 달려간다. 가게 문도 잠그는 것을 잊어버리고 말이다. 바로 장모님께 연락을 드렸다. 딸내미를 맡겨야 하기 때문이다. 장모님은 택시를 타고 바로 와주셨고, 아직 자고 있는 딸내미를 뒤로한 채 은채와 함께 병원으로 달려갔다.

다행히 하혈은 걱정하지 않아도 된다고 했다. 산모와 태아 모두 건강하고 분만 준비를 하면 된다고…. 수호는 안도의 한숨을 땅이 꺼질 듯이 쉰다. 아이를 가진다는 것이 이렇게 힘들고 어려운 일이다. 나혜는 걱정 한 번을 안 시키고 엄마를 잘 도와주며 태어났다. 심지어 초산인데도 4시간 만에 세상 밖으로 나와주어서 엄마의 고통을 덜어준 효녀였다. 그런데 요 둘째 아들내미 녀석은 태어날 때부터 엄마 아빠를 힘들게 하더니 세 살이 된 지금까지도 아주 쓰러질 때까지 돌아친다. 그래도 정말 사랑스러운 건 어쩔 수 없다.

2021년 6월 26일 오후 1시 43분. 수호 아들이 세상 밖으로 나온 시간이다. 36주 3일 만에 태어난 둘째 아이는 2.53kg으로 인큐베이터에 들어갈 뻔했지만 목소리가 우렁차고 건강해 보인다며 바로 엄마 품에 안길 수 있었다. 첫째 아이 출산 때는 너무 경황도 없었고 처음이라 어쩔 줄 몰랐는데 둘째 아이는 현장의 감동을 모든 오감으로 느낄 수 있었다.

9개월 동안 엄마 배 속에서 그렇게 발로 뻥뻥 차고, 돌아다니더니, 밖으로 나오자마자 아주 우렁차게 울던 모습이 지금까지도 생생하게 기억난다. 매일같이 힘든 하루를 보내고 있는 수호였지만 이날만큼은 모든 것을 다 가진 기분이었다. 한 달이나 빨리 세상 밖으로 나오다니…. 정말 세상은 알 수 없는 시간의 연속이다.

코로나가 점점 심해지고 있는 상황이라 보호자 또한 입실이 제한되어 있었다. 면회는 가능했지만, 들어갈 때마다 코로나 검사를 받아야 한다. 자연분만을 한 은채는 회복이 빨라서 오지 말라고 했지만, 고생한 은채를 위해 병원에 있는 동안만큼은 매일매일 면회를 오겠다는 수호. 힘들었던 은채에게 해줄 수 있는 것이 이것뿐이었기 때문이다.

새벽에 일어나 시장을 다녀온 뒤 오전 중으로 모든 일을 끝낸다. 은채가 좋아하는 음식을 포장한 뒤 겨우겨우 점심시간에 맞춰 병원에 도착한다. 오후 4시가 되면 나혜가 다니는 어린이집으로 향했다. 딸내미를 어린이집에서 데리고 나와 장모님께 맡긴 뒤 다시 가게로 달려간다. 퇴근하는 직원과 교대하기 위해서다. 저녁까지 사람을 고용하면 인건비 지출이 너무 크기 때문에 오후 6시부터 밤 10시까지는 수호가 매장을 지킨다. 오후 10시가 되어서야 문을 닫고 녹초가 되어 집으로 돌아간다.

나혜는 목이 빠져라 아빠를 기다리고 있었고, 놀고 싶어 했지만…. 또다시 새벽에 출근해야 하기에 수호는 책 한 권을 읽어주며 억지로 나혜를 재운다. 아이가 잠들면 다시 일어나 씻고 장부 정리를 해야 한다.

어느덧 밤 12시. 4시간 후면 또다시 시장에 가기 위해 일어나야 한다. 이렇게 제대로 먹지도 못하고 일주일을 보내자, 순식간에 10kg이 빠졌다. 수호가 살아오면서 가장 힘들었던 한 주였지만 곧 아들 승원이를 만날 수 있다는 생각에 정신 줄 부여잡고 버텼다.

일주일 후, 승원이와 함께 집으로 돌아온 은채가 수호를 보며 얘기한다.

"오빠, 병원에서는 잘 몰랐는데 지금 보니까 얼굴이 너무 안 좋은데? 요새 나 때문에 너무 무리해서 그런가 봐. 미안해."

산후조리도 제대로 못 하고 병원을 나온 은채가 오히려 수호를 보더니 더 걱정이 되었나 보다. 수호는 은채에게 고마웠지만, 사실 본인이 거울을 봐도 너무 안 좋아 보이긴 했다. 하지만 쉴 수가 없다. 수호가 해야 하는 일을 누군가가 대신해 줄 수 없었기 때문이다. 새벽에 장을 보고 수많은 식자재를 옮긴 뒤 바로바로 조리할 수 있도록 준비하는 과정을 누군가 대신해 줄 수는 없었다. 아무리 힘들고 지치더라도 무조건 해야만 하는, 수호가 선택한 자영업의 길이었기 때문이다.

직원을 채용하고 물건을 만들어 손님에게 팔기만 하면 되는 줄 알았다. 하지만 그것은 일부에 불과했다. 그저 책상 앞에서 듣고, 보고, 읽던 그런 자영업과는 너무나도 다른, 내 몸을 영혼까지 갈아 넣어야만 유지하고 돈을 벌 수 있는 것. 이것이 바로 자영업이었다.

수호는 얼마 전 북토크 줌을 통해 만난 고명환 작가님의 이야기가 떠오른다.

"장사가 잘되고 돈이 벌리는 것만 상상해서는 절대 안 됩니다. 고통… 시련… 이런 것들을 알아내고 상상할 수 있어야 해요. 돼지기름 때문에 하수구가 막혀 밤새 파내야 하고, 손님이 토한 것을 직접 손으로 치워야 하는 그런 일들도 상상할 줄 알아야 한다는 것입니다. 자영업의 세계는 알 수 없는 시간의 연속이라는 것을 잊지 마세요!"

12

불효자가 되긴 싫다!

새로운 직원의 등장과 함께 업무에도 미세한 변화가 생겼다. 새로운 직원은 요식업 경험이 많았지만, 대부분 카페에서 혼자 일을 많이 했다고 한다. 그러다 보니 주방일을 도와주는 것이 쉽지 않았다. 수호 엄마와 주방보조 사이를 왔다 갔다 하면서 알아서 중간 보조 역할을 잘해준다면 참 좋았지만 이제 막 들어온 신입에게 벌써부터 그런 것을 기대할 수는 없는 노릇이었다.

든 자리는 몰라도 난 자리는 안다고 했던가? 결국 조금씩 동선이 꼬이기 시작하더니 불협화음이 보이기 시작했다. 그러다 결국 사건이 하나 터진다.

점심 식사를 하기 위해 다 같이 세팅하는 과정에서 수호 엄마가 조리대 선반 위에 올려둔 주방보조의 핸드폰을 떨어트린 것이다. 딱딱한 주방 바닥이었으니 당연히 박살이 났다. 기본적으로 조리대 선반 위에 핸드폰을 올려두어서는 안 된다. 반찬가게는 용기들이 크기 때문에 그 뒤에 물건을 두면 보이지 않는다. 반대편에서 용기를 살짝만 밀어도 뒤에 있는 물건이 떨어질 수밖에 없는 구조다. 그래서 항상 조리대 위에 핸드폰을 올려두지 말라고 수시로 이야기한다.

수호는 오전 일을 마치고 점심 전에 밖으로 나온 터라, 그 이야기를 새로 온 홀 직원과 교대할 때 들을 수 있었다. 홀 직원은 정말 난감한 상황이었고, 분위기도 험악했다고 한다. 수호는 엄마에게 바로 전화를 건다.

"엄마, 오늘 주방 직원 핸드폰 떨어져서 액정 박살 났다며? 왜 나한테 바로 전화 안 했어?"

"뭘 전화를 해. 내가 잘못한 것도 없는데. 핸드폰 거기 두지 말라고 몇 번이나 얘기했는데 또 거기다 둔 거야 걔가. 우리가 항상 위험하니까 거기 두지 말자고 얘기하잖아."

"아 그래도. 일단 떨어트렸으면 엄마도 잘못한 거지. 말다툼도 했다며. 사과는 했어?"

"얘는, 그럼 엄마가 사과도 안 했겠니? 사과를 해도 계속 본인은 잘못 없다는 듯이 말하니까 나도 기분이 나빴지."

"일단 알겠어. 내가 연락해 보고 처리할 테니까 신경 쓰지 말고 있어."

수호 엄마의 말도 틀리지 않았다. 조리대 위에 핸드폰을 두지 말라고 하루에도 몇 번씩 이야기하기 때문이다. 언제 한번이 사달이 날 줄 알았다. 하지만… 수호는 생각할 수 있고, 수호 엄마는 생각하지 못하는 부분이 있다. 만약 이 주방보조 직원이 열 받아서 갑자기 출근을 하지 않는다면…. 수호나 수호 엄마는 그날부터 생지옥을 경험할 수 있다는 것이다.

수호는 반찬가게를 두 달 정도 해 보니 사람이 없으면 절대 돌아갈 수 없는 구조라는 것을 알게 되었다. 한 명이 갑자기 안 나온다면 그 사람의 몫을 주변 사람이 전부 해야 한다. 물론 인력사무소에 전화해서 사람을 구할 수도 있겠지만 바로 구해진다는 보장도 없고, 일을 잘하는 사람이 올지도 미지수이기 때문이다.

어떻게 이야기할지 생각한 뒤 주방보조 직원에게 전화를

건다.

“쉬는 데 전화해서 미안해요, 핸드폰 액정 깨졌다면서요.”

“네…. 점심 시간에 실장님이 밥 차리다가 못 보고 그러셨대요.”(직원들은 수호의 엄마를 실장님이라고 부른다.)

“그니까 내가 거기다 두지 말라고 항상 얘기했잖아요. 왜 또 거기다 뒀어요.”

“아니, 사장님. 점심시간이었다니까요? 밥 먹을 때 핸드폰 보려고 거기 놓은 거예요. 실장님도 밥 먹을 때 핸드폰 보잖아요. 일할 때 올려놓은 게 아니라 밥 먹으면서 보려고 한 건데 그건 실장님이 조심했어야 하는 거 아닌가요?”

아뿔싸. 수호가 예상했던 시나리오 중에 가장 최악으로 흘러가고 있었다. 둘 다 잘못한 것이 없다. 아니지, 둘 다 잘못했다고 해야 하나? 수호는 카운터 앞에서 곰곰이 생각에 잠긴다. 핸드폰 액정 수리비를 20만 원 정도라고 예상한다면…. 우리 가게에서 제일 잘나가는 3,500원짜리 메추리 알을 60개 정도 팔아야 한다. 한숨밖에 안 나온다. 20만 원을 벌기 위해 얼마나 이리 뛰고 저리 뛰어야 하는지 직원들은 아마 모를 것이다. 사장이 되어보지 않으면 절대 알 수 없기 때문이다.

수호는 대형마트에서 일하는 후배 놈에게 전화를 건다. 그래도 이런 상황을 많이 겪어봤을 것 같은 웅이에게 자문을 구하고 싶었다.

"웅아, 지금 상황이 이래. 너라면 어떻게 해결할 거 같아?"

"같은 직원끼리 그런 상황이 만들어졌다면 그냥 내버려둘 것 같아. 둘이 치고받고 싸우든 갈 데까지 가든 일단 신경 쓰지 않고 있다가, 맨 마지막에 관리자가 나서는 편이 좋거든. 중간에 끼어들면 또 나중에 네 편을 들었네, 내 편을 들었네 말이 엄청나게 나오더라고. 문제는 지금 거긴 직원들끼리가 아니라는 거야. 형네 어머니랑 직원이잖아. 나도 이런 적은 없어서 잘 모르겠지만, 만약 그 직원이 형한테 꼭 필요한 사람이라면… 굽혀야지 형이. 직원한테도 목을 숙여야 할 때가 있더라고. 만약 우리 매장에서 대장인 아줌마가 갑자기 그만둔다고 하면 절반 이상이 그만둘지도 몰라. 그럴 땐 나도 잘 구슬리거나 머리를 조아리는 편이야. 형한테 그 사람이 얼마나 필요한지를 생각해 보고 정하는 게 좋을 것 같은데."

"맞네. 그런 것 같네. 명쾌한 답이다. 진짜. 조만간 술 한잔하자."

"형 술 안 마신다며, 저번에 형수님한테 우리 전부 뒤지게 혼났어. 당분간 좀 자중해."

"미안하다. 너네만 만나면 내가 고삐가 풀려서 그래. 암튼 또 연락할게."

정말 현실적인 답이지 않은가. 그 직원이 필요하다면 머리를 조아릴 줄도 알아야 한다는 것. 이렇게 세상을 또 한 번 배운다.

다음 날 아침 수호는 은행에 들러 5만 원짜리 4장을 뽑는다. 그리고 준비한 흰 봉투에 넣고 가게로 출근한다. 주방보조 직원은 수호 엄마보다 1시간 먼저 출근한다.

"이거 어제 핸드폰 액정 깨진 값이에요. 가서 고치시고 혹시 보험이라도 들어 놓으셨다면 남은 돈은 그냥 보너스라 생각하시고 쓰세요. 알아보니까 18만 원 정도 하는 것 같더라고요. 그리고 내가 실장님한테는 보험처리 한다고 얘기할 테니까 그렇게 말 좀 맞춰주세요. 그 정도는 해줄 수 있죠?"

보험을 들었는지 안 들었는지는 모르겠지만 보험에 가입했다고 돈을 다시 돌려달라고 하는 것도 웃기지 않은가. 하물며

보험을 들었다고 한들 돈을 돌려줄 것이라는 기대는 더더욱 안 되었다. 말을 맞춘 덕분에 수호 엄마는 보험처리가 된 줄 알고 넘어갔다. 수호에게는 주방보조 직원도 필요한 사람이었고, 가족인 엄마의 마음이 상하는 것도 싫었던 것이다. 하지만 한번 틀어진 관계는 쉽게 돌아오지 않았다.

코로나는 점점 심해졌고, 반대로 수호네는 훨씬 더 바빠졌다. 아이들은 집에만 있을 수밖에 없었고, 어른들은 재택근무가 늘어가고 있었다. 보통 하루 매출이 100만 원을 넘어가면 그날은 녹초가 되는데, 매일매일 매출이 100만 원을 훌쩍 넘기는 상황이었다.

하루 매출 100만 원은 수호가 생각하는 하루 손익분기점이기도 하다. 하루 매출 100만으로 잡고 영업일을 24일로 가정한다면, 한 달 매출이 2,400만 원이다. 직원 3명과 고정비(세금 포함)를 합치면 인건비는 넉넉하게 800만 원 정도. 식자재와 비품도 계산해 보면 대강 800만 원 정도. 월세랑 이자, 기타 비용을 다 합치면 300만 원 정도. 그럼, 순이익은 500만 원 정도 되는 것이다. 부가적으로 수호와 수호 엄마네 식비까지 아낄 수 있어서 100만 원 정도 더 세이브 된다고 볼 수 있다.

하루 매출은 보수적으로 100만 원을 잡은 것이기 때문에 순이익은 실제 더 늘어날 것이다. 이 정도면 힘들어도 버틸 만하다고 생각되지 않는가? 확실한 건 월급쟁이 시절보다는 낫다는 것이다.

하지만 3개월째가 되자 몸이 너무 힘들었다. 어깨부터 손목, 허리, 무릎까지 어디 하나 성한 곳이 없었다. 이쯤에서 수호가 간과한 것이 있었다. 바로 수호 엄마의 체력이다. 본인도 이 정도로 힘든데 엄마는 얼마나 힘들었을지 생각했어야 했다. 홀 직원이 바뀌면서도 굉장히 힘들어진 상태였고, 주방보조 직원과 트러블까지 생기면서 수호 엄마는 더욱 지쳐가던 상태였을 것이다.

수호는 어릴 적부터 엄마를 많이 존경해 왔다. 항상 자식들을 공부시키기 위해 노력해 왔고, 아빠가 당한 사기를 극복하기 위해 엄청나게 노력하신 것을 잘 알고 있기 때문이다. 요리하는 것을 좋아하는 엄마였고, 항상 가족들 앞에서 강한 사람이었기에 버틸 수 있다고 생각했다. 하지만 집에서 사부작사부작하던 요리와는 너무 다른 세상이었고, 이런 요식업을 경험해 본 적도 없었기에 슬슬 지쳐가고 있었다.

결국 설거지를 마치고 주방에서 홀로 나오다가 미끄러지면서 크게 넘어지는 일이 발생했다. 발목과 손목, 심지어 얼굴까지 다쳤다. 수호가 살면서 처음으로 엄마한테 동정을 느끼는 순간이었다. 그 모습을 지켜본 수호는 여기서 일을 계속 시키는 것이 자식 된 도리가 아닌 것 같았다.

주방보조 직원은 원래부터 설거지를 싫어해서 기존에 일하던 홀 직원이 자주 도와주었다. 그런데 수호 엄마와 트러블이 생긴 뒤로는 대놓고 설거지를 안 했다. 반찬가게의 설거지는 큰 팬과 웍들이 많기 때문에 굉장히 힘들다. 주방보조 직원은 엄마보다 1시간 먼저 퇴근하기 때문에 일부러 설거지를 마지막까지 내버려 두었다. 수호가 오전에 있을 때 기분 나쁘지 않게 이야기해도 듣는 둥 마는 둥이었다. 직원은 시간만 되면 퇴근해 버리지만 부모는 아들이 돌아와 설거지하는 게 싫었기에 본인이 다 해 놓았던 것이다. 그렇게 하루하루 힘들었던 것들이 쌓이고 쌓여 결국 큰 사고로 이어졌다고 봐야 한다.

수호는 바로 엄마를 데리고 병원으로 갔고, 치료를 마친 뒤 내일부터 나오지 말라고 얘기했다. 그냥 자기가 하면 된다고 말이다. 하지만 수호도 자식을 키워보니 부모의 마음이 무엇인지 조금은 알 것 같았다. 다음 날도 그다음 날도 수호 엄마는 아픈 몸을 이끌고 가게를 나왔다.

수호는 결국 큰 결심을 한다. 다시 사람을 구하기로 말이다.

하지만 주방장을 새로 구한다는 것이 보통 일은 아니었다. 매장 운영에 관한 것도 처음부터 다시 교육해야 하고, 레시피도 전부 가르쳐야 한다.

이래서 기업들이 신입을 안 뽑고 경력직만 뽑으려고 하는 것인가 보다. 하지만 어쩔 수 없다. 더 이상 엄마를 여기서 일하게 하고 싶지 않았다. 결국 수호는 또다시 채용공고를 등록하기 위해 컴퓨터 앞에 앉는다. 얼마 전 썼던 문구와 비슷하다.

〈가족 같은 분위기에서 일하실 주방장님을 구합니다!〉

13

광복절 특사

예상이 맞았다. 아니, 예상보다 더 주방장을 구하기 어려웠다. 급여가 조금 짠 편이긴 했지만, 이렇게 한 명도 지원을 안 하다니…. 주방장을 새로 고용하게 되면 4대 보험과 퇴직금, 소소한 보너스까지, 인건비 부분에서 추가적인 지출이 발생한다. 거기에 9월은 추석도 있고, 조금 더 지나면 연말연시도 다가온다.

일주일이 지나도 아무 소식이 없다. 주변 사장님들에게 들어보니 원래 주방 쪽 사람을 구하는 것이 훨씬 힘들다고 한다. 다친 엄마의 일하는 모습을 보는 수호는 점점 더 마음이 불편해진다. 그래서 다시 곰곰이 생각을 한다. 월급을 올릴 것인지, 아니면 수호 본인이 레시피 교육을 받고 주방장이 될 것인지.

사실 수호가 주방으로 들어가는 편이 모든 면에서 이득이었지만 문제는 체력이었다. 자영업에서 사장이라는 위치는 생각보다 해야 할 일이 굉장히 많은 자리였다. 분명 창업을 준비할 때는 관리만 할 예정이었는데, 막상 부딪혀 보니 사장은 밑바닥부터 모든 일을 다 할 줄 알아야 한다는 것을 알게 되었다. 그래서 수호는 본인이 주방장을 할지 말지 고민할 수밖에 없었다.

수많은 자기 계발 서적, 성공담이 적힌 책, 창업 관련 서적들이 공통으로 말하는 것이 있다.

"내가 일하지 않게 하라."

"레버리지를 활용하라."

"사장은 부리는 사람이지 일하는 사람은 아니다."

"전문가를 고용하여 돈을 벌어라."

"일하지 말고 관리자가 되어라."

3개월 동안 사장을 경험해 본 수호는 과연 이 말들이 정말 현실 가능한 것인지 의문이 들었다. 하지만 성공한 사람들을 자세히 보면 또 틀린 말은 아닌 것 같다. 맞거나 틀리거나, 그게 중요한 것이 아니었다. 답이 없다는 걸 알면서도 매일매일 장사와 성공에 대한 책을 틈나는 대로 읽고 있다는 것이다.

수호는 도대체 뭘 잘못한 건지 알 수가 없다. 분명 최선을 다하고 있고, 책에서 하라는 대로 했을 뿐인데…. 뭐 때문에 이렇게 힘든 건지 아무리 생각해도 이해가 되질 않는다.

'내가 일하지 않으면 돌아가지 않는다.'

'레버리지를 이용하려다 오히려 레버리지를 당하는 중이다.'

'사장은 부리기도 잘해야 하고 일도 많이 해야 한다.'

'전문가를 고용하면 내 몫은 없다.'

'사장은 관리자이기 전에 노동자이다.'

지금 수호의 시선에서 이렇다. 책에서 나온 말처럼 되려면 더 갈아 넣어야 하는 것인가? 그러다 본인이 먼저 쓰러질 것 같았다.

지금은 새벽 4시에 일어나 장을 보고 오전에 일을 마친 뒤 잠시 쉬러 집으로 들어간다. 오후 4시가 되면 홀 직원과 교대하기 위해 빨리 움직여야 한다. 홀 직원도 유치원에 아이를 데리러 가야 하기 때문에 수호가 늦으면 곤란해진다. 그렇게 교대를 한 뒤 가게 문을 닫을 때까지 수호가 매장을 지킨다.

신기하게도 매장에서는 매일같이 할 일이 생긴다. 그런데 만약 수호가 주방장이 된다면 새벽 4시부터 밤 10시까지 하루 18시간을 일해야 한다. 집에 와서 씻고 장부 정리하는 시간까지 더하면… 생각만 해도 끔찍하다.

수호의 기다림이 한계에 다다르고 있던 바로 그때, 모르는 번호로 전화가 걸려 왔다.

"여보세요."

"채용공고 보고 전화 드렸는데요, 혹시 사람 뽑으셨나요?"

"몇 분 지원해 주셨는데 아직 면접은 안 봤습니다."

"그럼 혹시 면접 볼 수 있을까요? 제가 컴퓨터를 잘 다룰 줄 몰라서 신청서를 못 넣었어요."

"네네 그러시죠. 혹시 나이가 어떻게 되시나요?"

"아 그게…. 채용 공고에 있는 자격보다 조금 많은데 괜찮을까요? 주방 경력은 정말 많습니다."

"네 괜찮습니다. 경험 많으시면 좋죠."

"63살입니다. 맡겨만 주시면 일은 정말 잘할 수 있습니다."

수호는 채용공고에 50세까지만 모집한다고 작성했다. 엄마처럼 분명 힘들 것이 뻔하기 때문이다. 그래서 직접 전화를 한 모양이다. 순간 머릿속을 열심히 굴려본다. 나름 있어 보이려고 지원자도 몇 명 있다고 얘기했는데…. 63살이라, 수호 엄마랑 동갑이다. 괜찮을까?

전화를 끊으면 이 사람마저 못 구할 것 같았다. 일단 내일 면접을 보자고 얘기했다. 지푸라기라도 잡는 심정으로 말이다.

다음 날 면접을 보기 전, 주방보조 직원에게 이야기했다. 실장님 대신 새로운 주방장을 뽑을 것이라고. 그러자 주방보조 직원은 본인이 주방장을 해 보겠다고 이야기했다. 사실 프랜차이즈 반찬가게는 주방장과 주방보조의 경계가 거의 없다. 어차피 레시피가 정해져 있고 그걸 그대로 따라 하면 되기 때문이다. 수호 엄마와 주방보조 직원도 파트만 달랐지 둘 다 주방장이었다고 할 수 있는 그런 구조다. 수호는 조금이라도 젊은 사람이 주방장을 하는 게 낫겠다고 판단되어, 그렇게 하기로 결정했다. 물론 월급은 조금 올려주면서 말이다.

"안녕하세요! 오늘 면접 보기로 한 사람입니다."

"네네. 안녕하세요. 연세가 좀 있으시던데 반찬가게 일이 엄청 힘들어요. 괜찮으시겠어요?"

"제가 한정식 집을 오래 운영해 봤고, 족발집, 장어집, 일식집에서도 일을 많이 했어요. 20살부터 지금까지 주방에서만 일을 해와서 정말 잘할 수 있습니다. 걱정 마세요!"

"근데 경력이 이렇게 많으신데 왜 더 좋은 데 안 가시고 여기 오셨어요?"

"제가 나이가 많다 보니까 뽑아주는 곳이 거의 없어요."

"아 그렇군요. 죄송한데 저희가 주방장 말고 주방보조를 뽑기로 했어요. 보조하시던 분이 주방장을 하겠다고 하셔서. 주방보조라 월급이 조금 줄어들 텐데 그래도 생각 있으신가요?"

"네네!! 당연합니다! 주방보조라도 괜찮아요! 제가 일을 꼭 해야만 하거든요."

오케이!! 이 정도면 성공이다. 주방보조 직원이 주방장으로, 새로운 직원이 주방보조로, 수호는 관리자로, 수호 엄마는 집으로.

수호가 생각했던 최상의 시나리오로 흘러가고 있었다. 하루라도 빨리 주방 일을 인수인계해 주고 엄마를 이곳에서 내보내는 것이 중요했다. 더 이상 엄마가 힘들어하는 모습을 보고 싶지 않았기 때문이다.

다행히 새로운 주방보조 직원은 경험이 많아서 그런지 인수인계할 것이 거의 없었다. 오히려 반대로 수호가 더 배우는 느낌이었다. 경험이 정말 많아 보였고, 주방일에 관해서는 척척박사였다.

그렇게 수호 엄마는 광복절 날 반찬가게에서 퇴사 처리가 되었다. 광복절 특사가 된 것처럼 말이다. 아마 속으로 만세를 외치셨을 것이다. 3개월 동안 정말 힘들었지만, 아들 때문에 이러지도 저러지도 못했을 생각을 하니 너무 죄송하고 감사한 마음뿐이었다. 엄마가 반찬가게를 떠나고 나니 수호는 한결 마음이 편해졌다.

'그동안 정말 감사했습니다. 그리고 사랑합니다!'

14

오! 마이스?

새로운 주방보조 직원은 정말 경험이 많았다. 일하는 것을 보니 단번에 알 수 있었다. 그래서 주방장과 홀 직원의 동의하에 모두가 실장님으로 부르기로 하였다. 주방장은 40대, 홀 직원은 30대였으니 실장님이라고 불러도 크게 어색하지 않았다. 주방보조로 뽑긴 하였지만 워낙 실력이 좋고, 배울 점이 너무 많았다. 특히 재료들을 관리하는 노하우, 반찬의 가성비를 올리는 방법과 같은 실무적인 것들을 보고 들을 수 있었다. 수호는 속으로 생각했다. 이 사람을 뽑길 잘했다고 말이다.

코로나는 점점 더 심해졌고, 날씨는 아프리카처럼 더웠다.

에어컨 두 대를 하루 종일 풀로 가동해도 딱히 시원해지지 않았다. 하지만 이런 더운 날씨는 반찬가게의 매출을 올려주는 효과가 있다. 무더위로 인해 집에서 반찬 하기 힘든 주부들이 많이 방문하기 때문이다. 하지만 여름 내내 무더위가 찾아오는 것은 아니다. 무더위와 같이 찾아오는 것이 있다. 바로 장마와 태풍이다.

수호가 장사를 시작하고 처음으로 맞이하는 여름. 오마이스라는 태풍이 우리나라 제주도 근처까지 다 왔다고 한다. 태풍은 우리나라를 비켜 가는 듯하였지만, 태풍의 형태를 잃어버리고 열대저기압이 되어 버렸다고 한다. 열대저기압은 생명력이 길어서 오랫동안 비를 뿌린다고 하더니 일주일 내내 비가 내렸다. 차라리 빠르게 지나가는 태풍이었으면 더 좋았을 것이다. 비가 오는 날은 매출이 곤두박질친다. 우산을 접었다 폈다 비를 맞으며 들어오려는 사람이 많지 않았기 때문이다. 하루에 100만 원씩 찍던 매출이 갑자기 50만 원대로 내려앉았다. 월화수목금 전부 말이다.

날씨와 장사가 연관이 있다는 글은 어디서도 보지 못했던 수호. 책을 몇십 권 읽어도 정작 실무에 필요한 내용들은 왜 이렇게 부족한 것일까. 괜히 애꿎은 책에 화풀이를 한다. 다시 생각해 보니 자기합리화일 뿐이다.

비를 예측할 수도 없는 노릇이고, 비가 온다고 장사가 모두 안되는 것도 아니기 때문이다. 가끔 들어오는 손님 덕분에 조금이라도 매출을 올릴 수 있었지만…. 같이 끌고 들어오는 빗방울을 닦느라 수호는 하루 종일 걸레와 혼연일체가 되어있었다. 바닥이 미끄러워 손님이 넘어지면 더 큰 문제가 생길 수 있기에 바로바로 닦아야 한다.

한창 비가 내리고 있는데 옆집 떡볶이 사장님께서 들어오셨다. 남은 떡볶이와 김밥을 가지고 말이다. 옆집 떡볶이집은 이 동네에서 유명한 맛집이자 터주대감이다. 사장님 부부는 20년 이상 이 자리에서 장사를 해오신 분들이다.

"이거 집에 가져가서 아이들과 좀 먹어요."

"안 주셔도 되는데, 감사합니다!"

"장사는 좀 어때요? 할 만해요? 잘되는 것 같던데."

"잘되긴 하는데 너무 힘드네요. 직원도 바뀌고 얼마 전에 어머니도 내보냈어요."

"어머니는 왜 그만두셨어요?"

"일하다가 다치기도 했고 제가 계속 지켜보니까 너무 힘드신 거 같아서요."

"요식업이라는 게 누구나 다 할 수 있는 것처럼 보이지만 단단한 내공이 필요해요. 특히 나이 많으신 분들이 잘못하면 몸에 병이 생기니까 조심해야죠."

"맞아요. 그래서 차라리 빨리 내보낸 게 다행인 것 같아요. 이제 반년도 안 되었는데 벌써 사람을 두 명이나 새로 뽑았어요."

"사람 쓰는 게 보통이 아니에요. 그래도 사장님은 젊은 사람치고 요즘 보기 드물게 진짜 부지런하더구먼. 매일 새벽에 일찍 나오고. 잘될 거예요!"

"감사합니다. 20년 동안 장사를 해오신 사장님이야말로 진짜 대단하십니다."

"에이, 나는 솔직히 하기 싫었는데 우리 집사람이 꼭 하고 싶어 해서 지금까지 하는 거예요. 우리도 처음엔 진짜 힘들었어요. 근데 하다 보니까 또 잘되더라고요. 오히려 지금이 훨씬 힘들어요. 인건비도 많이 오르고, 다 카드로 결제하니 옛날처럼 눈먼 돈도 없고…. 그래도 사장님은 아직 젊으니까 열심히 해봐요!! 하다 보면 분명 좋은 기회도 오고 잘할 수 있을 거예요."

"네네! 감사합니다! 아 저도 반찬 좀 드릴게요! 비가 와서 그런지 많이 남았어요. 아깝지만 내일 되면 다 버려야 해요."

"이걸 다 버려?? 내일까지 팔아도 되는 거 아니에요?"

"팔아도 되긴 되는데, 제가 마음에 걸려서 그렇게 못하겠더라고요. 항상 그날그날 새로 만들어서 파는 게 제일 중요한 것 같아서요."

"그래도 너무 아까운데…. 여기 주변 사장님들하고 음식 좀 바꿔 먹고 그래요. 빵집도 있고, 죽집, 김밥, 커피, 편의점도 있으니까! 우리도 반찬 하기 힘든데 자주 바꿔 먹고."

"알겠습니다! 저도 그러면 좋죠. 하하."

"말 편하게 해도 되죠? 내가 삼촌뻘은 될 거 같은데."

"아 그럼요 사장님. 말씀 편하게 하셔도 됩니다!"

남은 반찬들을 두둑이 포장해 드린다. 어차피 오늘 못 팔면 다 버려야 한다. 아깝지만 어쩔 수 없다. 매일매일 새롭게 만든 반찬을 진열하는 것이 수호의 모토다. 떡볶이집 사장님은 남은 반찬들을 보시더니 나가시면서 한마디 던지셨다.

"이렇게 비 오는 날은 반찬 많이 하지 마! 비 오면 개미도 잘 안 들어와! 재료라도 아껴야지! 좋은 날은 반드시 올 거야. 열심히 하자고!"

30권의 책보다 떡볶이집 사장님의 말 한마디에서 더 많은 것을 배운다. 이래서 실전과 경험이 그 어떠한 것보다도 더 중요한 것인가 보다. 수호는 이렇게 또 하나를 배운다.

수호가 2년 6개월 동안 반찬가게를 운영하면서 가장 많은 도움을 받았던 떡볶이집 사장님. 때로는 아버지처럼, 때로는 형처럼, 멘토와 같은 사장님 덕분에 수호는 정말 많은 것을 배울 수 있었다. 이 책을 쓰고 있는 지금도 수호는 정말 감사한 마음뿐이다.

15

사장님은 슈퍼맨

새로 뽑은 실장님은 그야말로 엄청난 인재였다. 주방에 관해선 모르는 게 없었고, 가게를 운영하는 노하우까지 가지고 있었다. 까도 까도 경험이 계속 나오는 양파 같은 사람이었다. 젊을 때는 양평에 있는 유명한 레스토랑 카페에서 50명 이상의 직원을 관리하는 주방 총괄 책임자로도 근무해 봤다고 한다. 그걸 경험 삼아 한정식집을 운영해 보기도 했고, 높은 나라님들을 주 고객으로 상대해 보기도 했다고 한다.

수호는 엄청난 고수가 나의 가게로 와준 것 같았다. 내심 기뻤지만 표현하지는 않는다. 본인이 너무 무모하게 장사를 시작한 건 아닌지 조금은 부끄러웠기 때문이다. 그러면서도 쭉 지금처럼만 흘러갔으면 하는 바람이었다. 하지만 그것도 오래가지 못했다.

실장님이 입사한 지 한 달도 채 되지 않았을 무렵. 수호에게 할 얘기가 있다고 한다. 순간 불안해지는 수호. '설마 힘들다고 벌써 그만둔다고 하시는 건 아니겠지?'

"사장님, 제가 웬만하면 얘기 안 드리려고 했는데, 이건 좀 아닌 것 같아서요."

"왜요? 무슨 일인데요?"

"사장님께서는 오전 11시쯤 들어가시잖아요. 사장님이 들어가시면 주방장이 나한테 일을 다 넘기는 것 같아요. 내가 나이가 많아서 그냥 이해하고 넘어가려고도 생각해 봤는데, 정도가 점점 심해지는 것 같아서 말씀드리는 거예요."

"제가 간 다음에 무슨 일이 있으셨는지 자세히 알려주세요."

"주방장이 열정적으로 일을 하는 건 좋은데, 본인은 요리만 하려고 하지 재료를 준비하는 것과 설거지는 전부 저한테 넘기더라고요. 어제는 본인이 하는 메뉴를 알려주면서 앞으로는 가스 불 위에 바로 조리할 수 있게 세팅해달라고 했어요. 준비는 제가 다 해주고 본인은 가스 불만 켜겠다는 건데 이게 맞는 건지…. 저도 제가 해야 할 반찬 종류가 엄청 많고 일일이 준비를 다 해야 하는데 이대로는 계속 일을 할 수가 없을 것 같아요."

"제가 한번 얘기해 볼게요. 실장님이 봤을 때 이건 아니다 싶은 건 다 이야기해 주세요."

"그리고 설거지는 거의 손도 안 대요. 여기처럼 프라이팬과 웍이 많은 주방은 보통 설거지를 다 같이 해야 하는 게 정상이에요. 주방에서 제일 힘든 게 설거지인데…. 특히나 이렇게 주방이 작은 곳은 더더욱 파트를 나눠서 할 수 있는 곳이 아니에요. 먼저 들어왔다고 텃세를 부리는 건지 모르겠지만 이렇게는 일을 할 수가 없어요."

"이 작은 곳에서 무슨 텃세를 부리겠어요. 알겠습니다. 제가 방법을 강구해 볼게요."

가슴이 철렁 내려앉는다. 실장님이 일을 못 하겠다고 하니 빨리 바로잡아야겠다는 생각뿐이었다. 혹시나 하는 마음에 홀 직원에게도 물어본다. 한쪽 이야기만 듣고 움직일 수 없었기 때문이다.

"주방장님이 실장님한테 일을 넘기는 것 같다고 하시던데 그런 느낌 받은 적 있어요?"

"사실 저는 젊어서 그냥 주방장님이 시키는 대로 하긴 하는데 실장님은 좀 힘드실 것 같아요. 실장님도 해야 할 일이 있으신데 계속 일을 시키는 것 같기도 하고, 설거지도 저한테 해달라고 항상 얘기하시고요. 근데 홀은 포장 다 하고 나면 크게 할 일이 없어서 저는 도와드리는데 실장님께선 불만이 있으실 수도 있겠다고 생각하긴 했어요."

또 설거지 문제다. 누구는 요리하고 누구는 설거지하고 그렇게 업무 분장을 할 정도의 주방이 아니다. 분명 입사할 때도 이야기했다. 같이 조리도 해야 하고 설거지도 해야 한다고. 수호 엄마도 퇴사하기 전, 주방장에 대해 비슷한 이야기를 한 적이 있었다. 주방장이 요리만 하고 싶어 하고 설거지는 잘 안 한다고 말이다. 그래서 몇 번이나 좋게 이야기했는데…. 사람은 쉽게 고쳐지지 않나 보다. 아무래도 본인이 요리만 하려고 주방장이 되겠다고 한 것 같았다. 월급까지 올려줬는데 이건 좀 아니다 싶었다.

수호는 일을 마치고 들어가기 전에 직원들을 모두 불렀다.

주방장만 뭐라고 하면 기분 나쁠 수 있겠다는 생각에 수호는 전체적인 문제점을 이야기하며 에둘러 말한다.

"여기 이 작은 공간에서 우리가 업무를 나눠가며 일할 수는 없습니다. 실장님도 여유 되시면 주방장님 도와주시면서 보조해 주시고, 홀에서도 포장 다 끝나면 주방 일도 도와주세요. 솔직히 오후 3시 지나면 크게 할 일 없어서 수다 떨다가 퇴근하시는 거 다 알아요. 제가 cctv로 다 보고 있습니다. 그리고 주방장님도 힘드신 건 알겠지만 요리만 하시면 안 돼요. 같이 설거지도 해주시고 오후에는 재료 손질도 같이 해주세요. 저희 엄마도 주방장일 때 다 같이 설거지하고 재료 손질하고 그렇게 했잖아요. 누구는 요리만 하고 누구는 설거지만 하고 그러시면 안 됩니다."

수호는 최대한 배려해서 이야기했다고 생각한다. 하지만 주방장은 기분이 나빴는지 얼굴도 보지 않고 뒤돌아서 듣기만 했다. 그렇게 이야기를 마치고 알아듣겠거니 하면서 가게를 나온다. 요즈음 너무 바쁘고 힘들어서 빨리 집에서 쉬고 싶었다. 오후 4시에는 다시 나와야 하기 때문에 시간이 그렇게 많지는 않았다.

가게에서 주차장까지는 도보 1분 거리. 차에 딱 앉는 순간 문자 한 통이 왔다. 주방장이었다.

'사장님, 저 이번 달까지만 할게요. 저는 요리를 하려고 주방장을 한다고 했지, 설거지하려고 주방장 하겠다고 한 거 아니에요.'

하… 진짜 기가 찼다. 어이가 없어도 너무 없었다. 말한 지 3분도 안 되었는데 그것도 문자로 그만두겠다고 통보한다고? 화가 머리끝까지 났다. 당장 가게로 돌아갈까 생각도 했지만, 그냥 빨리 쉬고 싶었다.

'네 알겠습니다. 굳이 이번 달까지 안 하셔도 돼요. 사람 구하는 것 때문이라면 걱정 마시고 내일부터 안 나오셔도 됩니다.'

집에 도착하니 은채가 점심을 차려놓고 기다리고 있었다. 은채와 아들내미를 보니 머리끝까지 났던 화가 사르르 녹아내린다. 역시 가족의 힘이란 엄청난 것이다.

잠깐 쉬려고 누웠는데, 걱정이 앞서서 그런지 쉬는 게 아니었다. 주방장이 그만두면 또 어떻게 움직여야 할지 막막했다. 은채와 이런저런 이야기를 하면서 대책을 강구하고 있는 도중에 주방장한테 문자가 왔다.

'그럼, 내일 금요일이니까 내일까지만 나올게요.'

당장 발등에 불이 떨어졌다. 코로나가 점점 더 심해지면서 방문하는 손님은 많아지고, 배달 주문도 늘어나는 상황. 이 위기를 또 어떻게 극복해야 할까. 두 발 뻗고 잘 수 있는 날이 하루도 없다. 당장 다음 주부터가 문제다. 수호는 본인이 레시피 교육을 받지 않은 걸 이제야 후회한다. '가오픈 기간에 부지런히 움직여서 배워두었으면 조금이나마 여유가 있었을 텐데….'

그렇다고 다시 엄마에게 도움을 청할 수는 없었다. 이런 상황을 이야기하면 걱정되셔서 바로 와주실 것이 뻔하기 때문이다. 레시피가 있으니 그냥 해 볼까도 생각했지만 자칫하면 맛이 변하기 때문에 조심스러웠다.

결국 은채와 여러 가지로 생각해 본 끝에 수호가 다시 레시피 교육을 받기로 결정했다. 시스템을 조금 바꿔 수호가 주방장으로 들어가기로 한 것이다. 사람을 구하는 것도 어렵고, 인건비 지출을 줄여보자는 마음으로 말이다.

수호는 바로 본사에 전화를 한다. 다음 주에 레시피 교육을 신청하고 싶다고 말이다. 다행히 가능하다고 한다. 주방 레시피 교육은 하루 15만 원…. 반찬의 종류가 많아서 일주일은 받아야 한다. 5일이면 75만 원이다. 그래도 어쩔 수 없다. 지금이라도 배워놔야 나중에 주방장을 뽑더라도 수호가 교육을 해줄 것 아닌가.

이렇게 수호는 슈퍼맨이 되어 보기로 한다. 수호는 장사를 해 보니 이 세상의 자영업자분들이 모두 슈퍼맨처럼 보이기 시작했다.

직장인일 땐 자신의 업무가 있었다. 그 일만 열심히 하면 되었다. 하지만 사장님이 되어보니 모든 걸 할 줄 알아야 했다. 매장관리, 직원관리, 재고관리, 고객관리, 세무관리, 매출관리, 홍보광고 등등. 처음부터 끝까지 전부 신경 쓰고 책임지고 확인해야 하는 위치가 바로 사장이었다. '월급 받으며 일하는 직장인이었을 때가 정말 편했구나.'라는 생각이 절로 들었다.

순식간에 레시피 교육이 끝났다. 요리를 취미로 해왔던 터라 그런지 많이 어렵지 않았다. 조리장도 칭찬을 아끼지 않았다. 알고 보니 수호가 프랜차이즈 점주들 중에 가장 최연소라고 한다. 수호는 진짜 슈퍼맨이 된 기분이었다.

시스템에 변화를 주었다. 아침 6시에 일어나 시장으로 향한다. 이제는 노하우가 생겨서 주 3회 정도 도매시장을 간다. 시장을 안 가는 날은 7시에 일어날 수 있다. 그렇게 가게로 출근해서 밤 9시에 퇴근한다. 어찌 보면 2시간 거리로 출퇴근하는 직장생활과 삶의 환경이 비슷해진 것이다.

처음부터 너무 허황된 꿈을 꾸고 시작했는지도 모르겠다. 걱정했던 대로 체력적인 부분이 문제가 되었다. 누적된 피로도가 높은 상황이었기에 쉽게 지쳤다. 수호가 힘들어하니 실장님과 홀 직원도 힘들어졌다. 그래도 사장님이 힘들어 보인다고 옆에서 많이 도와주는 직원들이다. 이분들과는 정말 오래오래 일했으면 하는 생각이었다. 지금 보니 창단 멤버가 사장인 수호밖에 없었다. 고작 3개월이 지났는데 말이다. 사람을 쓴다는 것이 이렇게 힘든 일이다….

수많은 가게들이 영업 중간에 브레이크 타임을 만드는 이유를 이제는 알 것 같다. 중간에 휴식을 취하는 것과 계속 일하는 것은 천지 차이였다. 매출이 점점 올라가면서 일이 많아지다 보니 수호만 힘든 것이 아니라 직원들도 힘들어했다. 수호는 하루 종일 주방에 서서 일을 하니 힘들었지만, 직원들은 일이 힘든 것보다 하루 종일 사장님이 옆에 있는 것이 더 힘들었을지도 모르겠다. 수호가 없을 땐 중간중간 쉬기라고 했는데 지금은 떡하니 사장이 일하고 있으니, 본인들도 가만히 있기 어려웠던 것이다.

그래서 결국 오전에 2시간 정도 일해줄 주방보조 직원을 한 명 채용하기로 결정했다. 수호가 주방장이 되면서 줄어든 인건비로 설거지와 재료 손질을 담당해 줄 사람을 한 명 뽑고, 수호는 중간에 잠깐 쉬고 오기로 한 것이다. 근무 시간이 9시 30분부터 12시까지라 아이를 등원시키고 잠깐 일하려는 주부들이 정말 많이 지원했다. 수호는 요식업 경력이 있고, 집이 가장 가까운 사람으로 채용했다. 4일 뒤가 10월이라 그때부터 출근하기로 하였다.

이제야 다시 자리를 잡아간다고 생각할 무렵 또다시 문제가 발생했다. 홀 직원은 출근하자마자 분주하게 전화를 몇 통 했다. 그러더니 조용히 수호를 부른다. 수호는 이제 직원들이 부르기만 해도 온몸에 털이 쭈뼛쭈뼛 선다. 절대로 좋은 말이 나오지 않는다는 것을 알기 때문이다.

"사장님. 저 지금 아이를 데리러 가야 할 것 같아요."

"네?? 지금 할 일이 산더미인데요? 왜요??"

"유치원에 코로나 확진자가 나와서 빨리 데려가래요…. 검사도 받고 오라고…."

"누구 없어요? 남편이나 할아버지나."

"네. 다들 멀리 사시고 남편도 일하고 있어서 못 온대요."

"하, 알겠어요. 일단 빨리 가봐요. 애들이 먼저지. 검사받고 연락해 주세요."

"그리고 사장님… 죄송한데 결과가 오늘 안 나오면 내일도 애를 봐줄 사람이 없어서 못 나올 것 같아요."

미치고 팔짝 뛸 노릇이다. 반찬가게는 특성상 오전이 제일 바쁘다. 하루 종일 팔아야 할 음식이 오전에 거의 다 나온다. 그런데 지금 가야 한다고 한다. 포장할 게 산더미다.

수호도 아이를 키우는 입장이라 지금 홀 직원이 어떤 마음일지는 잘 안다. 그래서 당장 보내줄 수밖에 없었다. 문제는 지금처럼 신속 항원 검사가 있던 것도 아니었고, 확진자가 기하급수적으로 늘고 있었기 때문에 검사 결과가 다음 날 나오는 것이 일반적이었다. 결국은 내일도 못 나온다는 것이다. 수호는 은채에게 전화를 한다. 출산한 지 3개월밖에 지나지 않아서 진짜 웬만하면 부르고 싶지 않았다. 하지만 당장 다른 방법이 없었다. 고맙게도 은채는 바로 씻고 준비하겠다고 한다. 그리고 또 다른 곳으로 전화를 건다.

"장모님… 죄송한데 지금 저희 집으로 좀 가주실 수 있나요?? 직원이 갑자기 못 나오게 돼서 은채가 도와주러 와야 할 것 같아요. 내일까지만 좀 부탁드려도 될까요."

장모님도 바로 준비해서 택시 타고 가신다고 한다. 수호는 갑자기 눈물이 난다. 감사의 눈물인지 미안함의 눈물인지 모르겠다. 본인 때문에 주변의 가족들을 다 고생시키는 것 같았다.

수호는 슈퍼맨이 될 수 있다고 생각했다. 하지만 점점 슈퍼맨의 망토가 찢겨 나가는 기분이었다. 지금 가는 이 길이 맞는 건지 의문이 들기 시작한다.

'과연 이 자영업을 계속해서 이끌고 갈 수 있을까?'

'3년은 해야 투자금이라도 회수할 텐데….'

수호는 하루하루 걱정만 늘어간다.

16

악플과 컴플레인

드디어 순이익 500만 원 달성.

지난달 정산은 다음 달 초에 이루어진다. 카드 결제 대금이 2~3일 후에 들어오기 때문이다. 매출이 아닌 순이익이다. 그동안 고생한 대가라고 생각하지만 한편으론 이게 계속 유지될 수 있을까 걱정이 되었다. 장사라는 것이 기복이 있다는 것을 잘 알고 있기 때문이다. 그래도 기분은 좋다. 한 달 동안 이렇게 많은 돈을 벌어본 것은 처음이라서 더욱 그랬던 것 같다.

장사를 할 때 사람들은 항상 매출을 이야기한다. 연 매출 10억, 월 매출 1억 이런 말을 많이 하는데, 실제로 까보면 막상 순이익은 얼마 안 되는 경우가 많다. 본인이 장사를 제대로 하고 있는지 없는지 판단하려면 순이익을 계산할 줄 알아야 한다. 매출만 생각해서 돈을 많이 번다고 착각하면 어느새 빚만 남아 있을 것이다. 수호는 동대문에서도 매출과 순이익을 계산하던 습관이 있었기 때문에 항상 순이익을 중요하게 생각한다.

기쁨도 잠시. 영수증 리뷰에 악플이 달렸다. 맛이 형편없단다. 처음 보는 악플에 갑자기 몸과 머리가 뜨거워졌다. 어떤 의도로 악플을 남긴 것인지는 알 수 없지만 추측만 해 볼 뿐이다.

'내가 잘못한 것도 아닌데….'

'그냥 누가 장난친 건가?'

악플을 손님들이 볼까 무서웠다. 그래서 후배들에게 하나씩 리뷰를 써달라고 부탁했다. 새로운 후기가 달리면 이 악플은 다음 페이지로 넘어갈 테니 말이다. 영수증을 뽑아 후배들에게 사진으로 보내준다. 기특한 후배들은 바로 후기를 달아주기 시작했다. 그렇게 첫 페이지에 있던 악플은 뒤로 사라졌다. 죄를 짓는 것 같기도 했지만, 악플을 지운 건 아니니 합리적이라 생각했다.

인생에서 첫 악플이다. 수호는 이 악플이 지금까지도 잊히지 않는다. 얼마나 고생고생하며 최고의 반찬을 제공하려고 노력하는데 형편없다니. 그날만 생각하면 지금도 열이 받는다. 살면서 댓글이라는 것을 한 번도 달아보지 않았고, 읽어본 적도 없었다. 그래서인지 이 악플이 계속해서 생각나 수호를 힘들게 했다. 직접 당해 보지 않으면 절대 느낄 수 없는 감정. 유명인들이 왜 악플 때문에 힘들어하는지 조금은 알 것 같다. 그런데 이 악플을 잊게 해주는 사고가 터진다.

10월의 어느 날. 마감 시간이 다 되어서 정리를 하고 있는데 손님이 들어오더니 어제 구매해 간 시금치를 꺼내놓으셨다. 그날은 다행히 비가 많이 와서 손님들이 거의 없었다.

"이거 어제 구매해 간 시금치인데 안에서 이렇게 머리카락이 나왔어요. 아니 대체 장사를 어떻게 하시는 거예요?"

"사모님, 죄송합니다. 저희가 최선을 다해 관리를 하는데 포장하는 과정에서 들어갔나 봐요…. 환불해 드리고 다른 반찬도 좀 챙겨서 드릴게요!"

"내가 어제 우리 딸이랑 밥을 먹으려고 꺼냈다고 너무 역겨워서 진짜 토할 뻔했어요. 머리카락은 또 왜 이렇게 길어. 이거 먹었으면 어쩔 뻔했어요. 관리 좀 똑바로 해주세요.”

“죄송합니다. 저희 가게에서 제일 잘나가는 제육볶음이랑 잡채 드릴 테니 화 푸세요. 사모님. 제가 좀 더 관리해서 다신 이런 일 없게 하겠습니다.”

연신 죄송하다며 고개를 숙이는 수호. 3,000원짜리 시금치를 고기와 잡채로 보상해 드린다. 수많은 장사 관련 책에 컴플레인 대처 방법이 적혀있다. 컴플레인 고객이 만족할 만한 보상으로 대처해야 한다고 말이다.

“우리 딸이 이 동네에서 유명한 파워블로거인데, 어제 이거 후기 쓴다 그래서 내가 말렸어요. 이런 거 후기 올리면 소문나는 거 순식간인 거 알죠?”

“네네 알죠. 정말 감사합니다! 여기 계란말이도 하나 더 넣었어요! 죄송합니다. 사모님.”

“에이, 뭘 또 이렇게까지. 살다 보면 그럴 수도 있지. 내가 다시 딸한테는 잘 얘기할 테니까 걱정 마세요.”

“정말 감사합니다. 비 많이 오니까 조심히 들어가세요.”

퇴근하시면서 자주 방문해 주시던 단골손님이었는데…. 이렇게까지 컴플레인을 걸 줄 몰랐다. 물론 머리카락이 나온 것은 명백한 수호의 잘못이다. 하지만 블로그나 맘카페에 올릴 수도 있다는 말에 수호는 온몸이 파르르 떨렸다. 특히 동네 맘카페에 컴플레인 내용이 알려지면 장사에 큰 타격을 입을 수 있기 때문이다. 수호는 처음 겪는 일이라 더 두렵고 무서웠다. 혹시나 저 손님이 변심해서 맘카페에 글을 올릴지도 모르니까 말이다.

하지만 시간이 지나면서 점점 이런 악플이나 컴플레인에 무뎌져 갔다. 하나하나 모든 걸 신경 쓰기에는 에너지가 너무 많이 소모되기 때문이다.

고객이 가져온 머리카락이 들어있는 시금치를 냉장고에 넣는다. 내일 직원들에게 설명해 줘야 하니까 말이다.

다음 날 직원들에게 보여주면서 앞으로 조심하자고 이야기하는 수호. 한 번씩 더 봐주고 체크해 주자는 의미로 이야기한 것이다. 근데 실장님은 범인을 잡아야 했던 것 같다. 자신이 만든 시금치에 컴플레인이 생겼다는 것이 마음에 들지 않았던 모양이다. 시금치 안에 있던 머리카락을 쭈욱 잡아당기더니 홀 직원과 주방보조 직원을 번갈아 보면서 비교했다. 콕 집어 이야기하지는 않았지만 누가 봐도 입사한 지 얼마 되지 않은 주방보조의 머리카락이라는 것을 알 수 있었다. 아니나 다를까. 주방보조 직원의 표정이 좋아 보이진 않았다. 본인도 속상하고 미안해하는 표정이다. 시금치를 손질하고 완성된 반찬을 옮기는 도중에 들어갔을 확률이 높다. 아쉬운 건 실장님이 굳이 서로 보는 자리에서 꼭 비교를 해야 했나 싶다.

그 뒤로 실장님은 그 직원을 계속 마음에 들어 하지 않았다. 주방보조 직원의 머리가 좀 긴 편이긴 했지만 그걸 문제라고 할 수 있겠는가. 그렇다고 머리를 자르라고 할 수도 없고, 모자는 쓰고 일했으니 말이다.

일하는 시간이 하루에 3시간이 안 된다고 하더라도 주방일이라는 게 엄청 힘들다. 실장님도 분명 그걸 아시는 분인데 그 사건 이후로 주방보조를 못 잡아먹어서 안달이었다. 어느 날은 주방보조가 너무 힘들어 보여서 수호가 조금 도와줬더니 저녁에 실장님께 문자가 왔다.

'내가 힘든 건 안 보이시고 젊은 여자가 힘든 건 보이시나 봐요?'

'사장님은 내가 나이가 많아서 싫으신 거죠?'

'나랑 얘기하기 싫어서 이어폰 끼고 일하시는 거죠?'

실장님을 뽑은 건 신의 한 수였다고 생각한다. 다만 수호를 너무 피곤하게 한다. 수호가 비위도 맞춰야 하고 같이 일하면서 이야기꽃도 피워드려야 한다. 뉴스에서 사건 사고가 터지는 날엔 오전 내내 그 이야기로 논문도 쓸 수 있을 것 같았다. 실장님 실력이 좋으니 사장인 수호가 눈치를 볼 수밖에 없다. 언제 그만둔다고 할지 모르니까 말이다.

수호는 반찬을 만들면서 한쪽 귀에 무선 이어폰을 끼고 있는 경우가 많다. 전화를 받기도 좋고, 중간중간 부동산 강의도 듣는다. 하지만 실장님은 뭔가 본인 마음에 들지 않는 날에는 꼭 저렇게 문자를 보내곤 한다. 정말 사람을 써서 장사를 하고 사업을 키워가는 게 맞는 것일까?

'내가 잘못 알고 있나?'
'내가 사람을 잘못 뽑은 건가?'
'내가 부족한 것이겠지?'

어떤 게 문제고 정답인지 아직도 잘 모르겠다. 주방보조 직원은 입사한 날부터 1분도 쉬지 못하고 일을 했다. 그냥 봐도 힘들어 보였다. 주방보조 직원이 힘들어서 그만두게 되면 우리도 힘들어진다는 것을 실장님께 이야기했지만, 소용없었다. 또 다시 저녁에 문자가 올 뿐이었다.

'걔는 고작 하루에 3시간 일하면서 뭘 그렇게 힘들어할까요? 나는 9시간씩 일하는데.'

'사장님은 젊은 여자만 좋아하시나 봐요.'

시금치 하나가 이렇게 수호를 힘들게 했다. 나중에 든 생각이지만 본인이 마음에 드는 직원으로 바꾸고 싶었던 것 같다. 근데 마음이 딱 맞는 직원을 뽑는다는 것이 그리 쉬운 일인가. 수호는 결국 주방보조 직원을 내보내고 그냥 본인이 더 일하기로 마음먹었다. 실력이 좋은 실장님을 내보낼 수는 없는 노릇이고… 새로운 직원을 뽑는다고 한들 비슷한 상황이 쳇바퀴처럼 굴러갈 것 같았다.

수호는 주방보조 직원을 불렀다.

"많이 힘들죠? 실장님이 쉬지 않고 일을 시켜서…. 내가 미안해요."

"사장님께서 왜 미안해하세요…. 사장님도 하루 종일 일하셔서 힘드실 텐데…. 실장님은 제가 싫으신가 봐요."

"그건 아닌데 원래 성격이 좀 그런 거 같아요. 그래서 말인데 이번 주까지만 일해주시고 더 편한 데 찾아보세요. 여기서 더 일하면 내가 너무 미안해질 것 같아서 그래요."

"네네. 저도 생각하고 있었습니다. 잘 챙겨주셔서 감사합니다."

"자주 와요. 반찬도 서비스로 많이 줄게요."

실장님은 아마 지금까지도 그 직원이 스스로 나갔다고 알고 있을 것이다. 사람을 쓴다는 것이 이렇게 어렵다. 이것뿐이랴. 어떻게 하면 고객이 더 많이 방문할까, 어떻게 하면 더 맛있는 반찬을 만들까, 어떻게 하면 매출을 끌어올릴 수 있을까, 끊임없이 생각하고 고민해야 한다.

수호는 예비 창업자들에게 꼭 이야기해주고 싶다. 이런 게 자영업이고, 이런 게 사장이라는 것을. 그리고… 눈에 보이는 좋은 것들만 믿고 선불리 뛰어들지 말라고 말이다.

17

통신대란

그렇게 넘어갈 것만 같았던 10월의 끝자락. 반찬을 고른 손님이 결제를 위해 카드를 주셨다. 근데 결제가 안 되었다. 손님의 카드가 고장 난 줄 알았다. 하지만 1분 전 건너편 정육점에서 고기를 구매하셨다고 한다. 알 수 없는 오류코드라고 떠서 무엇이 문제인지 전혀 알 수 없었다. 기계에 문제가 생긴 것 같다고 현금결제를 부탁드렸더니, 반찬을 놓으시고는 잠시 후 다시 오겠다고 하신다. 카드 결제뿐만 아니라 포스까지 안 되는 걸 보니 인터넷 문제로 보였고, 역시나 웹 서핑 창도 연결이 안 되었다. 수호는 KT고객센터로 전화를 걸었지만, 통화 연결이 도무지 되질 않는다. 서랍에서 명함집을 꺼내 인터넷을 설치해 주셨던 기사님께 전화를 걸었다.

"기사님 안녕하세요! 여기 6개월 전에 인터넷 설치해 주신 반찬가게인데요, 저희 가게 갑자기 인터넷이 안 돼요. 카드 결제가 안 돼서 빨리 봐주셔야 할 것 같아요."

"사장님. 지금 KT 자체 서버가 다운돼서 전국 통신망이 멈췄습니다. 여기저기서 전화가 와서 저도 정신이 없어요. 죄송해요. 본사에서 해결한다고 하니 조금만 기다려 주세요."

전국 통신망이 멈췄다고?? 그럼 계속 카드 결제를 받을 수 없다는 건가?? 손님의 90%가 카드로 결제하시는데…. 이게 웬 날벼락인가. 점심시간 직전이라 손님들이 점점 늘어나는 시간대였다. 수호와 직원들은 빨리 종이에 써서 여기저기 붙였다.

〈인터넷 문제로 카드 결제가 불가능합니다. 현금결제 부탁드립니다.〉

매장 밖에도 붙이고, 매장 안에도 붙이고, 쇼케이스, 포스에도 붙인다. 요즘 손님들은 대부분 현금을 들고 다니지 않는다. 무겁기도 하거니와 카드 지갑 또는 핸드폰 케이스의 발달로 카드 한 장만 가지고 다니는 분들이 훨씬 많아졌다. 하루 매출이 100만 원이면 평균적으로 5만 원 정도가 현금이다. 그것도 주변에 거주하시는 할머니, 할아버지께서 오신 날이나 그렇다. 정육점에서 고기를 사고 들어오셨던 손님은 결국 다시 오시지 않았다. 방문하셨다가 돌아가신 손님만 무려 20명이 넘는다. 계좌이체가 된다고 했지만, 굳이 그렇게까지 안 하신다. 이따가 다시 오신다며 거의 대부분 나가셨다.

도대체 이게 무슨 일인지…. 수호는 분통이 터졌다. 밖을 보니 우리만 그런 것 같지는 않았다. 옆집 사장님, 앞집 사장님도 손님들께 카드가 안 된다고 계속 이야기하고 계신다.

통신망이 복구된 것은 오후 1시 정도. 평소 40만 원 정도 찍던 점심 매출이 이날 10만 원을 못 넘겼다. 너무나 허무하게 점심 장사를 공쳤다. 그렇게 하루를 보내고 자기 전에 인터넷을 보니 검색창 메인에 쓰여있었다.

〈KT 먹통에 자영업자 폭발… 우왕좌왕 해명에 음모론까지〉

전국적으로 통신망에 장애가 있었다는데…. 뭐 방법이 있겠는가. 수호는 이제 이런 일에 에너지를 소모하지 않는다. 본인이 할 수 있는 일과 할 수 없는 일을 정확히 구분하는 습관이 생겼기 때문이다.

간만에 매출 100만 원을 달성하지 못했다. 울화통이 터지지만 어쩔 수 없다. 세상엔 대처할 수 없는 문제들이 너무나 많이 생긴다. 자영업은 특히 더 많이 생기는 것 같다. 보상을 해준다는 기사도 바로 밑에 있었지만, 수호는 전혀 관심이 가지 않는다. 오히려 그 아래쪽에 뜨는 내일 일기예보가 더 눈에 들어온다.

〈수도권 새벽 첫눈 예상. 생각보다 많은 눈 내릴 듯〉

눈이 오면 매장 앞을 쓸어야 한다. 손님이 가게로 들어오다 넘어지면 큰일 나기 때문이다. 통신 대란은 어느새 기억에서 사라졌다. 내일이 또 걱정된다. '눈이 조금만 내리면 좋겠다….' 그렇게 수호는 바로 잠을 청한다.

18

예상치 못한 라이벌

수호네 건물주가 찾아왔다. 공실이던 옆자리에 프랜차이즈를 받으려고 하는데 겹치는 메뉴가 있는 것 같다고 하면서 말이다. 6개월 동안 비어있던 자리라 수호는 어떤 업종이 들어올지 굉장히 궁금했었다. 그런데 프랜차이즈이면서 밀키트 업체라고 한다. 요새 밀키트 매장이 엄청나게 대세라는 것을 알고 있었지만, 반찬가게 옆으로 들어올 줄은 상상도 못 했다. 그것도 고기만 전문으로 하는 밀키트 업체란다. 처음엔 건물주가 수호에게 들어와도 괜찮겠냐는 식으로 묻더니, 자세히 들어보니까 벌써 계약을 한 것 같았다. 이럴 거면 뭣 하러 물어보는지…. 미안해서 물어본 것 같았다. 겹치는 게 있었지만, 수호는 크게 신경 쓰지 않는다. 밀키트처럼 포장된 음식이 바로 조리해서 판매하는 음식을 이길 수 없다고 믿었기 때문이다.

무인 밀키트 업체라 그런지 인테리어도 얼마 걸리지 않았다. 일주일 만에 뚝딱 매장이 만들어지더니 어느덧 오픈 이벤트를 준비하고 있었다. 3일 동안 모든 제품 가격을 50% 할인해 준다고 한다. 그렇게 이벤트가 시작되었고… 3일 동안 수호네 매출도 50% 떨어졌다. 몇 가지만 겹치길래 큰 걱정을 하지 않았는데 고기를 구매한 손님들이 수호네 가게로 들어오지 않았다. 메인 요리를 구매했으니 굳이 밑반찬을 사지 않는 것 같았다. 수호는 조금 당황했다. 주변에 요식업이 생긴 것은 처음이었기 때문에 전혀 감이 없었다.

이 동네에서 경쟁상대는 건너편에 있는 반찬가게라고만 생각했다. 하지만 장사를 해 보니 주변에 있는 모든 요식업 가게가 경쟁상대로 느껴졌다. 빵, 죽, 분식, 치킨, 부대찌개, 디저트, 샐러드 카페 등이 주변에 있는데, 자세히 살펴보면 두 가지를 구매하는 손님들은 거의 없다는 것을 알 수 있었다. 요새는 스무디나 샐러드 같은 것도 밥 대신 먹는 손님들이 많다고 하니…. 고기를 파는 밀키트 업체는 얼마나 더하겠는가. 입으로 들어가는 모든 업종을 경쟁상대라고 봐야 하는 것이다.

밀키트 업체가 오픈하면서 앞으로 매출이 조금 떨어질 것 같았다. 다른 업종의 요식업이 들어와도 이렇게 매출에 타격이 있는데… 반대편에 있는 반찬가게는 수호가 들어오고 정말 큰 타격을 입었을 것이다. 살짝 미안한 감정이 들었지만 먹고살아야 하는데 어떡하겠는가. 수호가 이 동네를 선택했던 이유는 다른 지역에 비해 반찬가게가 없었기 때문이다. 또한 사전 조사를 하면서 반대편에 있는 반찬가게가 별로라는 이야기를 많이 들었던 터라 더더욱 확신을 가지고 들어온 것이었다. 결국은 어딜 가든지 약육강식의 세계일 수밖에 없다. 건물주는 미안했는지 옆집의 이벤트가 끝나는 날 늦은 저녁쯤 수호를 찾아왔다.

"사장님, 여기 이벤트 끝나면 별 볼 일 없을 거야. 내가 먹어보니까 그냥 그래. 너무 걱정 마."

"네~ 뭐. 그렇겠죠. 저한테 물어보시기 전에 벌써 다 계약하신 거 알고 있어요."

"무슨 소리야. 내가 비슷한 업종은 웬만하면 안 넣기 때문에 사장님한테 미리 물어보고 넣은 거잖아."

"네네~ 아무렴 그러셨겠죠. 근데 저보다는 저 끝에 족발집 사장님이 더 타격이 클 것 같은데… 반대 안 하셨어요?”

“아 그 족발집 사장님하고 여기 밀키트집 사장님하고 좀 아는 사이라서 그냥 넘어갔나 봐. 여기 자리가 워낙 좋잖아. 참, 그건 그렇고. 사장님도 좋은 일 생겼어! 저기 반대편 반찬가게 있잖아. 거기 부동산에 내놨대. 안 나가면 올해까지만 할 거라던데? 아마 사장님네 장사 잘돼서 접는 거 같아. 축하해.”

“그게 뭐 축하할 일인가요. 옆집 밀키트 들어오고 보니까 괜히 그 집에 미안해지네요.”

“사장님. 그렇게 착하게 살면 안 되는 거야. 독하게 살아야 돈을 벌지. 내 이빨 보여? 나 독하게 살아서 이빨도 치료 안 하고 살았어. 그래야지 악착같이 돈 벌고 부자 되는 거야. 여기서 오래오래 장사해서 사장님도 돈 많이 벌어야지. 안 그래?”

맞는 말이다. 자영업은 강한 자만이 살아남는다. 직접 경험해보니 책에서 알려주는 것과는 천지 차이였다. 책에선 항상 부지런하고 열심히 해야 한다고 말한다. 매사에 열린 마인드로 성공을 생각하면 된다고 말이다. 하지만 턱도 없는 소리다. 그런 것만으로는 절대 성공할 수 없다.

그나저나 매출이 이렇게 계속 떨어지면 안 되는데…. 사람

고민을 해결하고 나니 다른 곳에서 고민이 생겨난다. 도대체 자영업의 좋은 날은 언제 오는 걸까? 예상치 못한 라이벌의 등장으로 고민이 생겼다.

'앞으로 주변에 다른 요식업이 또 생기지는 않겠지?'

어두운 수호의 마음을 아는지 모르는지… 거리에선 연말을 알리는 불빛들이 반짝거리고 있었다. 함박눈과 함께 말이다.

19

아파도 쉴 수 없는 사람

어느덧 수호가 반찬가게를 시작한 지 8개월째. 시간 참 빠르다. '자영업이라는 게 이렇게 힘든 것이었다니….' '업종을 잘못 선택한 것일까….' 수호는 쓸데없는 후회를 해 본다.

그냥 반찬만 만들어서 팔면 되는 줄 알았는데 실상은 전혀 달랐다. 누가 실무적인 이야기를 해주었으면 얼마나 좋았을까 생각만 해 본다. 성공을 위한 이야기, 어떻게 하면 잘된다는 그런 이야기 말고. 제품을 만들기 전에 재료를 손질해야 하고… 팔고 나면 산더미 같은 설거지도 해야 하며… 밤늦게 남아 청소까지 해야 한다는… 그런 당연한 듯하면서도 쉽게 알지 못하는 그런 이야기 말이다. 그걸 먼저 알았다면 아마 수호는 지금 여기 없었을지도 모르겠다.

그동안 철저하게 긴장하면서 마스크를 하고 다녔기에 수호는 감기에 걸리지 않을 수 있었다. 하지만 추운 겨울이 되고, 슬슬 매장이 자리를 잡아가면서 긴장이 풀렸는지 감기가 찾아왔다. 병원을 방문했더니 코로나와 독감 검사를 받으라고 한다. 코로나 검사도 음성이고, 독감 검사도 음성이다. 확진자 수가 역대 최고를 기록하는 상황이었지만 다행스럽게 일반 감기였다. 문제는 수호가 주방장이다 보니 아무리 아파도 쉴 수 없다는 것이다. 수호가 출근을 못 하면 매장이 돌아가지 않는다. 반찬을 만들 수 없으니, 직원들도 일이 반으로 줄고, 매출도 반토막 날 수밖에 없다.

40도까지 올라가는 고열에 시달렸지만, 아침에 일어나 시장으로 향할 수밖에 없는 수호. 정말 서럽고 너무 힘들지만 어쩔 수 없다. 직장인이었을 땐 주변 사람들에게 미안하더라도 연차나 병가를 사용하면 되었다. 하지만 자영업 사장님에게는 그런 게 존재하지 않는다. 수호가 나가지 않으면 그날 장사는 그냥 날리는 것이다. 자영업자는 아파도 쉴 수 없다. 본인 몸이 아픈 것보다 하루 매출이 떨어지는 것이 더 가슴 아프기 때문이다.

시장에 도착한 수호. 감기보다 더 힘들게 하는 것이 있다. 천정부지로 솟은 식자재 가격이다. 1,000원이었던 무는 2,000원이고, 15,000원이던 양파 한 망은 30,000원이 넘어갔다. 거의 대부분의 식자재들이 두 배씩 올랐다. 식자재 값이 이렇게 많이 오르면 수호의 순이익이 줄어들 수밖에 없다. 원가가 오를 때마다 반찬 가격을 올릴 수는 없기 때문이다. 지금도 일부 고객들은 반찬이 비싸다고 한다. 다른 곳은 3팩, 4팩 만 원이라면서 말이다. 하지만 수호는 그렇게 묶어서 팔지 않는다. 정성껏 만든 반찬을 듬뿍 담아서 하나씩 파는 것이 더 값어치가 있다고 생각하기 때문이다. 다행스러운 것은 수호의 그런 뜻을 알아주는 고객들이 더 많이 생기고 있다는 것이다. 반찬이 맛있다고 해주거나, 다른 곳에 비해 양이 많다고 말하는 고객을 만나면 기분 좋은 하루를 보낼 수 있었다.

아픈 몸을 이끌고 매장에 힘들게 도착한다. 연말이라 그런지 확실히 찾는 손님들이 줄어든 느낌이다. 실장님은 원래 연말연시에 장사가 안되는 것이 당연하다고 이야기한다. 그동안은 많이 남지 않아서 집에 가져가거나 직원들을 주곤 했는데, 연말이 다가오면서 아까울 정도로 남기 시작했다. 버리기에는 너무 아까워서 주변 가게에 나눠주기로 한다.

가장 먼저 누수 때문에 고생했던 부동산 사장님을 찾아가는 수호.

"사장님, 안녕하세요! 연말이라 그런지 반찬이 좀 남아서 가져왔습니다."

"오, 고마워. 연말이라 장사 안되지?"

"그렇네요. 연말이니까 어쩔 수 없죠. 뭐."

"그거 알아? 저기 반대편 반찬가게 있잖아. 어제 권리금 500만 원 주고 팔았대. 500만 원이 뭐냐. 여기 바닥 권리만 해도 2,000만 원씩 하던 곳인데. 그래도 뭐 연말에 정리하려고 했다는데 그거라도 받았으니, 다행이라고 해야 하나. 사장님네는 이제 여기 완전 독점이라 좋겠네?"

"독점이라고 할 수 있나요. 여기 주변에 먹는 장사하시는 분들이 얼마나 많은데요. 제가 보니까 요식업은 다 경쟁상대더라고요. 그나저나 누가 들어오길래 한 달을 못 참고 굳이 500만 원을 주고 들어온대요? 연말에 정리한다고 했으니까 기다렸다가 들어오면 되잖아요."

"연말에 그 집이 철거한다는 걸 쉽게 알 수 없지. 저 반찬가게가 연말까지 할 거라는 걸 새로 들어오는 사람이 어떻게 알 수 있겠어. 부동산에서 그런 얘기해줄 것 같아? 그러다가 손님이 마음 변하면 자기들 손해인데? 나 같아도 안 할걸? 하하."

"아… 이제 며칠 안 남았는데 그것도 안 알려줘요? 아깝네요. 그냥 생돈 날아가는 것 같아서…."

"이봐 젊은 사장, 이 바닥은 다 그런 거야. 지금 자네가 어려서 그렇지. 사실 따지고 보면 사장님도 손해 보고 들어온 거야."

"저는 권리금 안 주고 들어왔는데요? 손해 본 거 없어요."

"이 사람아, 거기 원래 월세가 180만 원이에요. 어디서 계약했는지는 모르겠지만 건물주가 사장님 어리고 잘 모르는 것 같으니까 다짜고짜 200만 원이라고 부른 거 같은데, 나랑 거래했어야지. 그럼 알려줬을 텐데."

"인터넷에도 200만 원으로 되어 있고, 같은 건물 1층 장사하시는 분들도 200만 원이라고 하던데요??"

"인터넷에는 당연히 200만 원으로 올려놓은 거지, 사장님 같은 사람들 덥석 물라고. 그리고 벌써 건물주가 옆집에 다 말하고 다녔을걸? 누가 물어보면 200만 원이라고 하라고…. 자네, 그렇게 물러터져서 장사하겠어?"

몸도 아파죽겠는데 한 방 얻어맞은 기분이다. 매달 20만 원씩이나 아낄 수 있었는데…. 수호는 신도시 쪽 월세를 알아보다가 여기 구도심으로 왔기 때문에 훨씬 싸다고 생각했다. 신도시는 같은 평수의 월세가 300만 원을 넘어갔는데 여긴 200만 원이라고 하니… 싸다고 생각할 수밖에 없었다. 물론 깎아달라고도 했지만, 시세대로 한다는 건물주의 말에 그냥 계약을 했던 것이다. 이제 와서 되돌릴 수도 없고… 수호는 괜히 속은 느낌이다.

같은 반찬가게가 권리금을 500만 원밖에 못 받았다고 하니 괜히 불쌍하게 느껴진다. 투자금은 다 회수하고 그만두는 건지 궁금했지만 확인할 길은 없다. 그 자리에 프랜차이즈 카페가 들어온다고 한다. 그것도 엄청 유명한.

보름만 기다렸다면 500만 원을 아낄 수 있는 프랜차이즈 카페 사장님. 세상 물정 모르고 매달 20만 원씩 덤터기 맞고 있는 수호. 누가 더 바보일까?

부동산 사장님들도 참 나빴다. 조금만 생각해 주면 서로 윈윈 할 수 있는 일인데…. '내가 바보 같은 건지… 세상이 삭막한 건지….' 수호는 생각에 잠긴다.

근데 잠깐. 거기 프랜차이즈 카페가 들어오면 맞은편에 있는 개인 카페 사장님 쫄딱 망할 텐데? 건너편에는 커피가 정말 맛

있는 개인 카페가 있다. 수호와 직원들도 자주 이용하는 곳이다. 아메리카노가 3,000원이지만 정말 괜찮다. 하지만 그 프랜차이즈를 이긴다는 것은 불가능해 보였다.

개인 카페 사장님… 얼마나 힘들고 가슴 아파하실지…. 조만간 들러야겠다고 생각했다.

20

눈물의 크리스마스

2021년 12월 24일. 오늘은 크리스마스이브다. 노란 가방을 멘 아이들이 사슴 머리띠를 하고 빵집에 들어간다. 수호 가게 앞에 있는 어린이집 아이들이다. 엄마와 케이크를 사 가는 모습을 보니 너무 귀여웠다. 은채도 오늘 아이들과 케이크를 사서 들어간다고 했다. 조금 있다가 영상통화 한다고 하면서 말이다. 매장을 일찍 닫고 들어갈 수는 있다. 하지만 아직 1년도 안 된 가게가 배불렀다는 소리 듣기 싫어서 정상영업을 하기로 했다.

은채에게도 미안하고 나혜와 승원이에게도 너무 미안했다. 반찬가게를 해 보겠다고 오기와 객기를 부리는 바람에 온 가족을 고생시키고 있었으니 말이다. 수호는 이럴 때마다 죄책감이 들었다. 비록 직장인일 때보다 수입은 더 많았지만… 따져보면 그것도 아니다. 시간과 월급을 계산해 보면 직장인일 때가 훨씬 효율적이었다. 직장생활에서 출퇴근 포함 10시간을 노동시간으로 계산한다면, 지금은 잠자는 시간 빼고 전부 일을 하고 있으니 노동시간이 평균 18시간 정도다.

직장 다닐 때는 빨리 때려치우고 사업을 해 보는 게 꿈이었는데… 직접 이렇게 해 보니 마냥 좋은 것만은 아니라는 것을 알게 되었다. 물론 승승장구하고 성공하는 사람들도 있을 것이다. 하지만 분명한 건 그 부류에 속한다는 것이 절대적으로 어렵다는 것이다. 사업이든 장사든, 자신감 하나로 시작하는 사람이 그렇게 많다. 하지만 세상은 절대 호락호락하지 않다는 것을 직접 경험해 보고 나서야 알게 된다.

수호도 마찬가지다. '나는 대단한 존재야.', '나는 잘될 거야.'라는 근거 없는 자신감으로 시작한 반찬가게였다. 결국 에고에 휘둘린 것이다. 에고란 자신이 가장 중요하고, 대단한 존재라고 믿는 잘못된 마음가짐이다. 너무 늦게 깨달은 것 같지만 말이다.

매장을 정리하고 있는데 은채에게서 영상통화가 왔다. 집에서 아이들과 저녁을 먹으며 케이크에 촛불을 불려고 준비 중이었다.

"우리 딸, 아빠가 아직 일이 안 끝나서 미안해. 엄마랑 동생이랑 촛불 후~ 하고 있어!"

"아빠, 언제 와?"

"이따가 나혜 자면 갈 거 같은데? 엄마랑 코 자고 있어."

"엄마랑 후~ 하고 승원이랑 자고 있을게요."

"응응, 역시 우리 딸 최고네. 내년엔 아빠랑도 촛불 후~ 하자!"

"네요~!"

수호 딸은 대답할 때 '네'와 '요'를 붙여서 쓴다. '안녕하세요' 할 때의 '요'를 붙여야 된다고 생각해서 그러는 것 같았다. 참 귀엽다.

손님이 들어오자 수호는 다급히 전화를 끊는다. 가족 손님이었다. 아빠가 돌도 안돼 보이는 아이를 안고 있었고, 엄마는 딸아이 손을 잡고 들어왔다. 보자마자 데자뷔처럼 가족이 떠오르는 수호. 내일부터 주말이라 집에서 같이 먹을 반찬을 사러 들른 것 같았다.

"엄마, 우리 내일 집에서 다 같이 밥 먹을 거야?"

"응! 내일은 아빠도 회사 안 가시니까 다 같이 하루 종일 집에 있을 거야. 그리고 다음 주에는 우리 딸 방학이라 아빠가 회사도 안 간다고 그랬대."

"우와, 아빠 회사 안 가도 돼?"

"그럼. 우리 딸내미 방학인데 아빠랑 놀이터도 가고 눈사람도 만들고 그래야지. 동생은 아직 추워서 밖에 못 나가니까 우리가 집에서 잘 놀아주자."

"그래! 엄마 나 이거 사줘."

메추리 알을 잡는 아이. 대화 내용을 듣다 보니 수호는 갑자기 눈물이 쏟아질 것 같았다.

'우리 딸내미도 다음 주에 방학인데….'

'나는 하루도 아이와 놀아주지 못하는데….'

아이들이 일어나기 전에 나와야 하고 잠들면 들어갈 수밖에 없는 자신이 너무 초라해 보였다. 손님 앞에서 울 수 없었기에 모자를 더욱 눌러쓰고 허벅지는 있는 힘껏 꼬집는다. 그렇게 겨우겨우 참으며 계산을 하고, 아이가 잡았던 메추리 알은 서비스로 주었다.

"아저씨, 감사합니다! 메리 크리스마스."

참고 있던 눈물이 터질 것만 같았다. 엄마 손을 잡고 나가는 아이의 모습을 보자마자 주방으로 뛰어 들어간다. 하염없이 흐르는 눈물을 주체할 수 없었다. 그렇게 조리대 뒤에서 한참을 펑펑 우는 수호. 자기도 모르게 이렇게 눈물을 흘린 적은 태어나서 처음이었다.

산후조리도 제대로 못 한 와이프가 매일 독박 육아를 하고 있고, 한창 뛰어놀 딸내미는 집이라는 감옥 안에서 혼자 책을 보고 그림을 그린다. 엄마는 동생을 케어하느라 바쁘고 아빠는 장사를 해야 해서 놀아주지 못하는 현실….

'나는 정말 아빠로서 자격이 있을까?'

크리스마스인 내일도 집에 갇혀 있을 가족을 생각하니 가슴이 찢어질 것 같았다. 얼마나 서럽게 울었는지 수호의 두 눈이 퉁퉁 부었다.

수호는 눈물을 멈추고 생각한다. '안 되겠다. 내일은 문 닫고 가족과 시간을 보내야겠어.' 8개월 만에 처음으로 하루 문을 닫기로 결정하는 순간이다. 장사의 기본은 영업시간을 지키는 것이라고 책에서 배웠지만, 지금의 수호에겐 감옥에 갇혀 있는 가족들이 먼저였다. 비록 하루뿐이라도 가족과 함께하며 행복해하는 아이들의 얼굴을 보고 싶었다.

직장을 다닐 땐 가족과 함께할 수 있는 저녁 시간이 이렇게 소중하다는 것을 미처 알지 못했다. 하지만 자영업을 해 보니 가족과의 시간이 얼마나 소중한지 이제는 알 수 있었다.

수호는 문을 닫으며 문 앞에 종이를 한 장 붙인다.

〈내일 하루만 쉬어 가겠습니다.〉

21

소귀에 경 읽기

새해부터 코로나가 절정을 향하고 있었다. 누적 확진자 수는 70만 명을 넘어가는 상황이었고, 하루 확진자는 4,000명을 바라보고 있었다. 겨울이라 더욱 기승을 부리는 것 같았다.

수호는 이제 조금씩 자리를 잡아가는 모양새다. 겨울에는 야채 값이 폭등하고 손님들의 방문이 주춤하기 때문에 매출이 떨어지는 것이 정상이지만, 코로나 효과로 장사는 그럭저럭 잘되는 편이었다. 하지만 1억이라는 투자금을 언제 회수할 수 있을지는 아직 미지수다. 장사에도 1년이라는 사이클이 있다고 하니 좀 더 경험해 봐야겠다고 생각했다.

초중고 동창이자 수호의 죽마고우인 친구에게 전화가 왔다. 연초라서 안부 차 온 전화라 생각하고 받았다.

"박 사장, 오랜만이야. 할 만해? 힘들어서 죽으려고 한다는 소문이 파다하던데?"

"박 사장은 무슨. 그냥 노예처럼 일하는 중이다. 웬일이야?"

"다른 게 아니라 나도 떡볶이 가게 오픈하려고 하는데, 물어볼 게 좀 있어서."

"뭐? 갑자기 자다가 웬 봉창 두드리는 소리야? 미쳤어? 너 다니는 회사는 어쩌고?"

"회사는 계속 다니면서 사업 한번 해 보려고. 주말에는 내가 일하고, 주 중엔 수니가 할 거야. 그렇게 해서 낼 건 내고 나눠 가지는 구조로 가는 거지."

"돈은? 매장 차리는 데 돈이 꽤나 들어갈 텐데?"

"요새 주식 엄청나잖아. 주식으로 번 돈이랑 그동안 모은 돈 합쳐서 해 보려고."

"상재야… 그러지 말자. 왜 사서 고생을 하려고 그러니."

코로나 이후 주식시장은 완전 불장이었고, 너도나도 주식시장에 뛰어들었다. 거기서 돈을 좀 벌었나 보다. 상재라는 친구와 마찬가지로, 수니도 수호의 초중고 동창이자 죽마고우인 친구다.

“동업이야 뭐야? 그럼 수니가 일하고 너는 매장을 차린다는 거잖아? 야야 아서라. 갑자기 무슨 떡볶이야. 요식업이 얼마나 힘든지 몰라서 그런 거 같은데, 절대 하지 마. 진심으로 하는 얘기다. 특히 떡볶이는 더더욱 하면 안 돼.”

“벌써 계약은 다 했어. 신규 프랜차이즈라 가맹비, 로열티도 없고 시설투자만 하면 돼. 앞으로 코로나가 더 심해지면서 배달 업종이 엄청 잘될 것 같아. 나는 할 수 있다고 생각한다.”

수호는 1년 전의 자신을 보는 기분이었다. 의욕이 넘치던 그때가 떠오르는 것이 마치 데자뷔 같았다.

“미치겠다. 제발. 여기 선배가 얘기해 주잖아. 하지 말라니까. 진짜 너희를 위해서 얘기해주는 거야. 지금 보니까 주변에 떡볶이 집만 10개가 넘는 것 같은데 그걸 왜 거기서 한다는 거야. 진짜 큰일 난다니까?”

"어차피 우리는 배달 전문으로 할 거라서 충분히 가능성이 있다고 본다. 친구야. 나는 사업을 할 것이니 걱정하지 마라."

"웃기고 자빠졌네. 인마. 너희가 하는 건 사업이 아니라 장사다 장사. 사업이 하루아침에 되는 줄 아냐? 장사랑 사업의 차이도 모르면서 무슨 사업이야. 책은 좀 봤어? 시장조사라도 하고 해야 될 거 아냐?"

"책은 다 필요 없어. 일단 몸으로 부딪쳐 보는 거지. 이거 하나 잘해보고 2호점까지 해 볼까 고민 중이야."

"너를 보니까 내가 처음 시작할 때가 떠오른다. 진짜. 아니 계약하기 전에 나한테 좀 물어보고 하지."

"괜찮아. 잘할 수 있어. 요새 배달업종들이 엄청 잘된다니까. 그건 그렇고 비품들 좀 싸게 구매하는 방법이나 알려줘 봐."

벌써 계약까지 다 했다는데, 더 이상 얘기해봤자 우이독경이다. 수호는 본인이 알려줄 수 있는 경험과 정보들을 이야기해주며 격려와 함께 전화를 끊었다. '내가 반찬가게를 하겠다고 자신 있게 이야기할 때 남들도 나를 저렇게 보았으려나?' 얼마나 바보같이 바라보았을까 하는 생각에 수호는 얼굴이 빨개진다. 예비 창업자들에게 한 가지만 이야기할 수 있다면 단연코 이렇게 말할 것이다.

"반드시 그 업종을 3개월 정도 경험해 보고 창업에 도전하자."

3개월이 길다면 한 달만 해 봐도 좋다. 당연한 것 아니냐고 말할 수 있지만… 세상에는 수호와 수호 친구들처럼 막무가내로 달려드는 사람이 더 많다. 갑자기 뭐에 홀린 마냥 의지가 불타오르면서 나는 할 수 있다는 자만과 오만에 빠진다. 그렇지만 만약 한 달만이라도 그 업종에서 일을 해 본다면 현실을 깨닫게 될 것이다.

물론 처음부터 승승장구하는 사람도 있다. 하지만 그런 사람이 과연 세상에 얼마나 되겠는가. 수호는 이 친구들이 1년도 못 버틸 것이라 장담한다. 비관적이고 냉정하다고 생각할지 모르겠다. 하지만 수호는 상재와 수니의 성격을 잘 알고 있고, 매장의 위치나 상황을 보면 절대 성공할 수 없는 구조라는 것을 이제는 경험을 통해 조금 알 것 같았다. 조만간 개업한다고 하니 화분이라도 들고 방문해야겠다. 걱정과 다르게 잘되었으면 하는 마음으로 말이다.

22

으악! 폭탄이다!

실장님과 홀 직원이 싸웠단다. 듣고 보니 참 황당한 이유다. 해가 바뀌면서 최저시급이 올랐고, 새로운 근로계약서를 작성하는 과정에서 오해가 생긴 것이다. 실장님은 경력직이라 최저시급과는 무관했고, 새해가 되면서 20만 원을 더 올려주었다. 홀 직원은 새로 적용되는 최저시급으로 월급을 계산해 보니 167만 원 정도였다. 그래서 깔끔하게 170만 원으로 새롭게 계약서를 작성하였다. 작년보다 약 8만 원 정도 오르는 셈이다.

오해의 소지는 여기서 발생했다. 점심시간에 둘이 밥을 먹다가 홀 직원이 이런 말을 한 것이다. "남편은 최저시급 받는 줄 아는데 사장님께서 3만 원 더 주시니까 남편 몰래 가지려고요."
정확히 말하면 3만 원을 더 주는 게 아니라, 월급을 170만 원으로 책정했을 뿐이다. 근데 실장님은 이 문제를 다르게 받아들였다. 수호가 홀 직원만 예뻐하고 고생한다며 3만 원을 더 줬다고 말이다.

"사장님, 죄송합니다. 실장님께서 오해하신 것 같아요. 아마 실장님이 저녁에 또 연락하실지도 몰라요. 실장님이 너만 왜 3만 원 더 받냐는 식으로 이야기하시더라고요. 그래서 저도 3만 원을 더 받는 게 아니라 그렇게 계약서를 쓴 거라고 해명했지만…."

그래서 결국 한바탕했다고 한다. '하… 저녁에 또 문자가 오겠구나….' 수호는 한숨이 절로 나온다. 왜 슬픈 예감은 틀린 적이 없나. 밤이 되자 장문의 문자가 날아왔다.

'나는 거기서 일도 더 오래 했고, 새벽부터 나와 책임감 있게 일하는데 왜 사장님은 젊은 홀 직원만 예뻐하세요? 저는 결근, 지각도 한 번 안 하고 조금이라도 장사가 잘되게 하려고 노력하는데 사장님 눈에는 제가 안 보이나 봐요? 젊은 여자는 잘 보이

고, 늙은이는 안 보이시나 보네요.'

수호는 기가 너무 차서 할 말이 없었다. 실장이라는 사람은 최저시급이 오르면서 월급을 20만 원이나 올려줬는데… 이게 지금 할 소리인가?? 본인이 돈을 주는 것도 아니고… 수호는 정말 지긋지긋했다.

직원을 많이 쓰는 자영업자들은 하루하루를 어떻게 살아가는지 문득 궁금해진다. 하루가 멀다 하고 이런 일이 발생할 텐데, 참 대단하신 분들이다. 이걸 또 어떻게 해명해야 하나 밤새 고민에 빠졌다.

다음 날, 어찌저찌 이야기하여 실장님과 오해를 풀고 난 후, 매장에 온 우편물을 확인하였다. 2021년 하반기 부가세 납부서를 보던 수호는 눈이 잘못된 줄 알았다. 부가가치세가 416만 원이 나온 것이다. 말 그대로 세금 폭탄이었다. 이게 맞는 건지 놀라서 수호는 바로 세무사에게 전화를 걸었다.

"과장님, 안녕하세요! 저희 부가세가 왜 이렇게 많이 나왔어요?"

"사장님께서 그만큼 버셨으니까 나온 거겠죠? 매입자료 더 주실 건 없다고 하시길래 그렇게 마감한 거예요."

"아니 작년 7월에는 400만 원을 환급받았는데 이번엔 400만 원을 내야 하는 게 맞아요?"

"작년에는 사장님께서 오픈할 때 인테리어나 쇼케이스 같은 걸 사시면서 매입자료가 많았어요. 근데 이번엔 카드사용 내역이랑 의제매입세액 공제까지 해도 별로 없더라고요."

"근데 그렇게 많이 못 벌었는데요? 인건비도 나가고, 식비랑 자재도 많이 나가서… 뭔가 잘못된 거 아닌가요?"

"인건비는 부가세에 포함되지 않아요. 인건비는 소득세 신고할 때 비용으로 처리하는 부분입니다. 아니면 추가로 매입자료를 받아오셔야 해요."

지금 한 달 평균 순이익이 400만 원인데, 부가세로 416만 원을 내야 한다니… 뭐가 잘못돼도 한참 잘못된 것 같았다. 분실 방지를 위해 항상 카드를 사용했고, 도매상들에게도 매번 굽신거리며 매입자료를 받아왔는데도 이렇게 세금이 많이 나오다니…. 새해 첫 달부터 열심히 일해도 부가세 내고 나면 남는 돈이 없는 셈이다. 원금 회수는 고사하고 생활비와 대출이자 내기도 빠듯해 죽겠는데 큰일이었다. 수호는 갑자기 눈앞이 캄캄해진다.

'나는 세금으로 혜택을 받는 게 없는데, 왜 더 내는 것만 같지?'

부가세가 이렇게 무서운 줄 몰랐다. 책에서 읽은 적은 있지만, 세무사가 알아서 해줄 거라고 대충 넘어간 것이 화근이었다. 납부해야 할 세금을 매달 조금씩 모아두라는 문구가 갑자기 떠오른다. 자영업자의 순이익을 전부 자기 돈이라고 생각하면 큰 오산이라는 글귀도 함께 말이다. 이게 정말 말로만 듣던 세금 폭탄인가 보다. 수호는 1월에 장사로 번 돈과 비상금을 합쳐서 겨우겨우 납부했다. 생뚱맞게 너무 큰 지출이 생기니 뭔가 억울했다. 4대 보험도 매달 100만 원씩 납부하고 있는데, 부가세까지 내고 나니 너무 허탈했다. 그렇게 남는 것 하나 없는 1월이 지나가고 있었다.

23

합리적 의심

오미크론이라는 새로운 변이의 코로나가 발생했다. 전파력이 엄청나다고 하더니 하루 확진자가 1만 명씩 나오기 시작했다. 이러다 평생 마스크를 쓰고 살아야 하는 건 아닐까. 그래도 봄이 오면 조금은 나아질 거라는 희망을 품고 수호는 시장으로 향한다.

봄이 다가오면서 부족한 일손 때문에 걱정이었는데 다행히 장인어른과 장모님께서 나물 손질을 도와주기로 하셨다. 겨울철에 가장 인기 좋은 섬초, 냉이, 유채 나물을 두 박스씩 사 들고 장인어른 댁으로 향했다.

시장에서 장인어른 댁으로 가는 초행길. 작년에 퇴사한 직원의 가게를 지나쳐 갈 수 있는 길이다. 몇 달 전, 덮밥집을 차렸다고 연락을 받았는데, 가본다고 해놓고 정신이 없어서 잊고 살았었다. 신호대기를 하는 구간에서 딱 그녀의 가게가 눈에 들어온다. 오픈 준비를 하느라 열심히 일하고 있는 모습이 참 대단해 보였다. 수호네 매장에서 일하기 전에도 덮밥집을 운영했다고 하더니 미련을 못 버리고 다시 덮밥집을 차린 것이다. 그런데 자세히 보니 간판이 덮밥집이 아니라 반찬가게다. 초록 불로 바뀌면서 제대로 볼 수 없었지만 뭔가 느낌이 이상했다.

'간판이 왜 덮밥집이 아니라 반찬가게지?'

내일 한번 가봐야겠다.

다음 날, 수호는 오픈도 축하해 줄 겸 덮밥집으로 향한다. 가까이 가서 보니 진짜 반찬가게였다. 수호가 들어가자, 그녀는 살짝 당황한 모습이다.

"사장님, 여기까지 웬일이세요?"

"가게 오픈했다고 한번 오라면서요. 축하도 해줄 겸 왔죠. 근데 덮밥이 아니라 반찬가게를 차린 거였어요?"

"아니… 그게 지난주에 제가 업종을 바꿨어요. 덮밥 장사가 너무 안돼서요. 사장님께 말씀드리고 시작하려 했는데 시간이 없어서 어쩌다 보니 이렇게 됐네요. 죄송해요."

"아니, 뭐 죄송할 건 없는데, 우리 가게랑 거리도 좀 있고. 근데 왜 이 힘든 걸 선택한 거예요? 두 달 동안 일하면서 내가 힘들어하는 거 뻔히 옆에서 지켜봤으면서, 굳이 왜 반찬가게를 차렸어요?"

"이 근처에 회사원들이 많아서 덮밥집을 차린 거였는데, 코로나로 다들 재택근무 하니까 손님이 아예 없더라고요. 그래서 지난주부터 이 근처 동네 사람들 대상으로 반찬 좀 팔아보려고 시도하는 중이에요. 밖에 자세히 보시면 간판은 덮밥인데 천으로 가려서 반찬이라고 새로 걸어 놨잖아요. 처음부터 반찬가게를 차린 게 아니었어요."

"아이고, 이거 오래 못할 텐데? 아무리 장사에 경험이 많다고 해도 반찬가게를 혼자 한다는 건 불가능해요. 손이 워낙 많이 가는 거 알잖아요."

"그래도 지금은 반찬이라도 조금씩 팔아서 애들 학원비랑 용돈 주고 있어요. 내가 벌어야 하는데 큰일이에요."

솔직히 기분이 나쁘지 않았다면 거짓말이다. 혼자 영업하는 걸 보니 반찬의 종류도 그다지 많아 보이지는 않았다. 하지만 수호네 가게와 배달 동선이 겹치는 위치였고, 반찬가게 레시피를 그대로 사용할 수 있겠다는 합리적 의심이 들 수밖에 없었다. 수호네 레시피는 주방 화구 쪽에 모두 붙어 있기 때문에 직원들이 언제든지 사진으로 찍어갈 수 있었다.

하지만 그것보다도 이 직원이 더 걱정되었다. 아차, 지금은 직원이 아니지. 수호에게 이젠 그냥 누님이다. 이 누님이 걱정될 수밖에 없었던 것은 모든 걸 다 혼자서 하고 있었기 때문이다. 딱 봐도 힘들어 보였다.

수호는 가게를 오픈하면서 이 누님께 배운 것이 정말 많다. 포스, 배달, 손님 응대 같은 기본적인 것들도 수호에게는 모두 처음이라 생소하였다. 하지만 이 누님 덕분에 단기간에 많은 것들을 배우고 적응할 수 있었다. 그래서 기분이 나쁜 것보다 걱정스러운 마음이 더 컸다.

1시간 정도 앉아서 이런저런 얘기를 나누는데 손님은 한 명도 들어오질 않는다. 그냥 이야기를 들어봐도 이 가게를 오래 못 할 것 같다는 생각이 들었다. 수호는 처음 들어올 때 생각했던 합리적 의심조차 사라졌다.

그만두고 덮밥집을 다시 한다고 할 때 많이 말렸던 수호다.

힘들 테니 다시 가게 하지 말고 여기서 직원으로 일하는 게 더 나을 거라고 말이다. 코로나가 심해지는 시국에 식당을 하겠다고 하니, 당연히 말릴 수밖에 없지 않은가. 하지만 어쩌겠는가. 본인이 할 수 있다며 시작한 일인 것을… 수호 또한 그러지 않았나.

엎어진 물이다. 이렇게 된 거 잘해보라는 말과 함께 미리 준비해 간 흰 봉투를 건네고 나온다. 개업 선물로 가장 좋은 것은 휴지도 아니고, 화분도 아니다. 돈이 가장 좋다. 수호도 개업 선물로 너무 많은 화분을 받았다. 마음은 정말 고맙지만, 아직까지도 처치 곤란이다. 잘 자라게 관리하는 것도 힘들고, 시들면 버리러 갈 시간조차 만들기 어려운 자영업자의 마음을 알아주었으면 한다.

24

약육강식의 세계

정월 대보름. 8가지 나물과 오곡밥을 정신없이 만들고 판매했다. 오픈 첫날과 비슷한 매출을 찍을 정도로 정말 엄청나게 바빴던 수호네. 고생한 직원들을 위해 음료를 사러 단골 카페로 간다. 새해가 되고 건너편 반찬가게가 있던 자리에 프랜차이즈 카페가 들어왔다. 그야말로 문전성시다. 저가 커피인 데다가 요새 한창 뜨는 브랜드라 그런지 사람들이 줄을 서서 주문하고 있었다.

"사장님… 저 카페 들어와서 장사 안되죠?"

"포기했어."

"……………….."

"10분의 1로 줄었어…."

"저는 여기로 올 거예요. 제 직원들도 여기로 오라고 할게요."

"괜찮아. 어쩔 수 없는 거지 뭐. 4월에 계약도 끝나서 그만하려고 생각 중이야."

"다른 곳으로 가서 하실 거예요?"

"아니. 자영업이라는 게 사장님도 해 보니까 알잖아. 그만두고 싶어도 못 그만두는 거. 나도 여기 시설 투자만 1억을 했는데 3년 동안 다 회수를 못 했어. 커피 머신기만 5,000만 원이야. 팔려고 알아봤더니 반도 못 받는다고 하더라고. 다른 데로 옮겨서 할까도 생각했는데… 기계가 있다고 하더라도 또 다른 곳에 돈이 들어가잖아. 그래서 이제는 지쳐서 못할 거 같아. 지금처럼 그만둘 수 있을 때 내려놓는 게 맞는 거 같기도 하고."

"저도 이제 1년 다 돼가는데 투자금 회수가 안 돼서 걱정이에요."

"그래도 사장님은 젊잖아. 나는 곧 50이야. 어디서 써줄 것 같지도 않고. 그래도 애들은 다 커서 지들 밥벌이하니까 그나마 다행이지. 사장님은 아마 잘될 거야. 내 주변에 사장님처럼 부지런한 사람을 본 적이 없어. 지금은 힘들어도 자영업이라는 게 버티다 보면 좋은 날도 오는 거야. 대신 건강관리만 신경 써. 몸 망가지면 절대 안 돌아와."

"네, 사장님. 감사합니다. 그만두시기 전에 자주 올게요."

수호는 그 뒤로 카페 사장님을 만나지 못했다. 4월에 그만두신다더니 갑자기 한 달 만에 정리하고 사라지셨다. 오며 가며 인사하던 분이라 연락처는 따로 받아두지 않았다. 인연이라면 다시 만나는 날이 오지 않을까. 본사 교육을 받을 때 이사라는 분이 했던 말이 떠오른다.

"세상 사람들은 점점 프랜차이즈 음식을 선호하기 때문에 앞으로 프랜차이즈가 아니면 절대 살아남지 못하는 시대가 오고 있습니다."

곰곰이 생각해 보면 개인 카페도 자영업이고, 프랜차이즈 카페도 자영업이다. 그런데 사람들은 같은 업종이라도 프랜차이즈를 더 선호한다. 가격이 좀 더 저렴해서 그런가? 개인이 운영하는 가게는 작은 자영업이고 프랜차이즈는 큰 회사라고 생각하는 사람들도 많다. 수호네 건물주 같은 사람. 프랜차이즈라고 하니 월세를 5만 원 올려 받는 그런 사람들 말이다. 하지만 잘 생각해 보면 프랜차이즈보다 개인 가게가 더 능력 있고 잘하는 곳이다. 개인 가게 사장님들은 자신만의 노하우, 시그니처, 차별화된 기술을 가지고 있기 때문에 그걸 무기로 자신만의 가게를 만드는 것이다. 누가 더 장사를 잘하고 돈을 많이 버는지는 알 수 없지만, 변하지 않는 사실이 있다. 똑같은 자영업자이고, 그 세계는 약육강식이라는 것이다.

수호는 갑자기 무서운 생각이 떠올랐다. '이 동네에 새로운 반찬가게가 들어오면 나는 어떻게 되는 거지?', '그것도 더 큰 프랜차이즈 반찬가게라면?' 한 번도 생각해 보지 않았는데, 온몸에 소름이 돋고, 생각만 해도 머리가 아프다.

개인 카페가 있던 자리에는 또 하나의 프랜차이즈 밀키트 가게가 들어온다고 한다. 또 요식업이다. 요새 뜨는 업체인데, 부대찌개가 유명하다고 한다.

25

올 것이 왔구나

드디어 올 것이 왔다. 이제는 주변에서 걸리는 사람이 더 많아졌다. 코로나 말이다. 수호네 홀 직원도 코로나에 걸리고 말았다. 아침부터 죽을 것처럼 빌빌대면서 그냥 감기라고 빡빡 우긴다. 오전에 어느 정도 일이 끝나고 당장 병원부터 다녀오라고 보냈다.

"사장님, 죄송해요. 저 코로나래요."

"거봐요. 아침부터 죽을상이더니 병원 안 갔으면 어쩔 뻔했어요."

"죄송합니다. 근데 저 어디 돌아다닌 적이 없는데…."

"죄송할 게 뭐 있어요. 요새 너도나도 다 걸리는데. 출퇴근하다가 옮았겠죠. 빨리 짐 싸요."

"매장은 어떡해요??"

"매장 걱정은 내가 할 테니까 일단 빨리 집에 가서 쉬어요."

네 명 중 한 명이 걸리는 꼴인데 당사자가 죄송할 일은 아닌 것 같았다. 수호는 반찬 몇 개 담아주면서 당장 들어가라고 직원을 보냈다. 1년 전만 해도 확진자가 나타나면 도망가기에 정신없었고, 동선을 따라 방문했던 곳은 모두 폐쇄되었으며, 자가격리는 무려 14일이었다. 하지만 그것도 다 옛말. 지금은 그냥 아무 일 없었다는 듯 조용히 지나간다. 자가격리 기간도 일주일로 단축되었고, 동선 파악은 이제 할 수도 없는 상황이었다.

문제는 실장님이다. 그나마 수호는 직원들과 식사를 하지 않기 때문에 전염될 확률이 낮았지만, 실장님은 홀 직원과 매일 점심도 같이하고 하루 종일 붙어 있기 때문에 전염될 가능성이 높았다. 홀 직원이 집으로 가자마자 난리가 났다.

"내가 코로나 안 걸리려고 4차 백신까지 예약했는데 진짜 미치겠네. 그러니까 쟤는 왜 백신도 안 맞고 저렇게 버티는 건지 알다가도 모르겠어요. 사장님은 왜 백신 맞으라고 얘기 안 하시는 거예요? 백신을 안 맞아서 걸린 거잖아요. 그래서 이렇게 피해를 주는데 뭐라고 하셔야 하는 거 아니에요?"

"아니, 실장님. 백신을 내가 강제로 맞으라고 할 수 있는 것도 아니고… 부작용 때문에 무서워서 안 맞겠다는데 그걸 강요할 수는 없잖아요. 만약 백신 맞으라고 했다가 잘못되면 실장님이 책임지실 건가요?"

"잘못될 게 뭐 있어요. 젊은 애가. 전 세계 사람이 다 접종하고 있고, 직장인이라면 당연히 남에게 피해를 주지 않기 위해 맞아야 하는 거죠. 우리 애들도 직장에 피해 주지 않으려고 접종했다고 하던데!!"

어린애도 아니고 강제로 백신을 맞고 오라고는 할 수 없는 노릇이다. 만에 하나라도 정말 부작용이 생겨 잘못된다면, 수호가 책임져야 하는 상황이 벌어질지도 모르기 때문이다. 코로나에 걸리고 싶은 사람이 어디 있겠는가. 빠르게 일을 마무리한 뒤 수호 먼저 코로나 검사를 받으러 간다. 이제는 신속 항원이라는 것이 생겨서 지정된 장소에서 15분만 대기하면 결과가 나온다. 다행히 음성이었지만 잠복 기간이 15일이라 자주 검사를 하러 오라고 한다.

실장님도 검사를 위해 1시간 일찍 퇴근시켰다. 퇴근하면서까지 본인도 걸릴 것 같다며 구시렁구시렁… 걱정이 이만저만이 아니다. 다행히도 실장님은 음성이란다.

실장님이 들어가고, 수호는 은채와 장모님께 차례로 연락을 한다. 일주일이라는 공백을 메꾸기 위해선 가족의 도움을 받을 수밖에 없었다.

언젠가 한 번은 올 줄 알았기에 크게 동요하지는 않았지만, 막상 벌어지고 나니 정신이 하나도 없었다. 아이들을 봐주시기 위해 또다시 수호네 집으로 오신 장모님. 그리고 일주일 동안 혼자 식사를 하실 장인어른을 생각하니 너무나 죄송스러웠다. 하지만 가게를 운영하려면 다른 방법이 없었다.

홀 직원은 자가격리 기간이 일주일이었지만 3일만 더 쉬고 출근하라 했다. 잠복기가 있으니 2주 쉬고 나오게 해달라는 실장님 때문이다. 겨우겨우 타협하여 주말 포함 10일로 합의를 보았다. 은채와 장모님께 일주일을 더 부탁할 수도 없었기에 수호도 최대한 양보한 것이다.

은채가 매일 도와주면서 홀 직원이 나오지 못한 기간을 무사히 버틸 수 있었다. 하지만 하루 이틀 도와주던 것과는 차원이 달랐나 보다. 홀 직원이 자가격리를 마치고 출근을 시작한 날, 은채는 몸살기가 있다고 한다. 긴장이 풀리고, 오랜만에 일을 해서 그런 것 같다며 괜찮다고 하는 은채. 수호는 미안하고 걱정이 되어 마음속으로 기도해본다.

'우리 은채 안 아프게 해주세요.'

26

나무와 열매

은채는 너무 아파 보였지만 내색하지 않았다. 첫째 아이가 태어날 때 태아에게 좋지 않을 것 같다며 무통 주사도 맞지 않았던 사람이다. 자신이 아프고 힘든 것을 잘 표현하지 않는 그런 단단한 사람이다. 하지만 수호는 10년 동안 은채를 지켜봐 왔기에 지금 그녀가 얼마나 아픈지 단번에 알 수 있었다. 일주일 동안 가게 일을 하면서 너무 무리한 것인지, 오고 가며 코로나에 걸린 것인지 확인이 필요했다.

수호는 일을 최대한 빨리 끝내고 어린이집을 들러 나혜와 함께 집으로 향한다. 그냥 감기라고 꿋꿋이 우기던 은채는 승원이를 안고 누워있었다. 누워있었다기보다 쓰러져있었다고 하는 것이 정확할 것 같았다. 혹시 몰라 마스크까지 쓰고 아이를 재우는 모습을 보니 코끝이 찡해졌다. 아직 몸도 다 회복되지 않은 상태에서 일주일 동안 주방 일하랴, 손님 응대하랴, 새벽에 아이들 케어까지… 안 힘들었다면 거짓말일 것이다.

"나는 아이들도 사랑하지만, 아내를 더 많이 사랑한다. 아이는 열매이고, 아내는 나무다. 나무가 있고 열매가 있지, 나무 없는 열매는 있을 수 없다. 아이 엄마이기 이전에, 한 남자의 아내이기 이전에, 한 여자로서 사랑받으며 몸과 마음이 건강하고 행복해야 할 아내가 불행해지거나 힘들어한다면 나무가 병들기 시작한다. 나무가 건강해야 그 나무 안에서 열매가 건강하게 자랄 수 있다."

수호는 은채와 부부가 되고 나서 가수 션이 말한 이 글귀를 하루도 잊고 산 적이 없다. 그런데 지금 나무가 아프고 힘들어한다. 나무가 아픈 걸 모르는지 열매들은 해맑게 웃고 있다. 열매들이 아플까 봐 걱정하는 은채를 일으켜 세우고, 왼손으로는 나혜 손을 잡고, 오른손에는 승원이를 안았다. 수호가 할 수 있는 것이 없기에 빨리 병원으로 달려갔고, 가족 모두가 코로나 검사를 받았다. 5살 나혜는 처음 받는 코로나 검사에 깜짝 놀라 자지러지게 울면서 코피까지 흘렸다. 2살 승원이는 뭐가 뭔지도 모르는 검사에 대성통곡하다가 금세 다시 잠이 들었다.

결과는 아이러니하게도 은채만 코로나에 확진되었다. "결과가 나올 때까지 밖에서 대기해 주세요."라는 간호사의 말이 끝나기도 전에 진한 두 줄의 양성반응이 나왔다. 간호사도 이렇게 빨리 진하게 결과가 나온 적은 처음이라고 한다. 의사는 아마 가족들 전체가 걸릴 확률이 높다며 엄마는 자택에서 무조건 자가격리를 해야 하고, 나머지 가족들도 웬만하면 나가지 말라고 한다. 아이들은 집에 있을 수 있다고 하더라도 수호는 장사를 해야 하기 때문에 나갈 수밖에 없었다. 문제는 은채가 제대로 움직이기도 힘든 상황이라 아이 둘을 케어한다는 것이 불가능했다. 수호와 은채는 집으로 돌아와 곰곰이 생각해 보았지만, 선택할 수 있는 방법이 한 가지밖에 없었다. 장인어른 댁으로 가는 방법뿐.

결국 은채는 집에서 자가격리를 하고, 아이들과 수호는 짐을 꾸려 장인어른 댁으로 잠시 거처를 옮기기로 하였다. 혹시나 잠복해 있던 바이러스가 장인어른과 장모님께 전염될까 봐 마지막까지 고민하였지만, 본인들은 백신을 4차까지 다 맞았으니 괜찮다며 빨리 오라고 하신다. 염치가 없었지만, 방법도 없었다.

장인어른 댁에서 오전 2시에 일어나 씻지도 않고 도매시장으로 출발했다. 오전 3시부터 9시까지 반찬을 만들어 놓고, 홀 직원의 출근과 동시에 밖으로 나온다. 은채가 좋아하는 순댓국을 포장해서 집 문 앞에 두고는 문자를 보낸다.

'문 앞에 밥 사다 놨으니까 힘들어도 먹어. 약도 잘 챙겨 먹고 푹 쉬고 있어.'

혹시나 몰라서 집으로 들어가지도 않았다. 잘못하면 장인어른, 장모님, 딸내미, 아들내미까지 줄줄이 옮을 수도 있으니 말이다.

다시 장인어른 댁으로 가서 아이들을 데리고 병원으로 가는 수호. 3일 동안은 코로나 검사를 해야만 할 것 같았다. 애들이나 수호가 코로나에 확진되면 완전 비상 상황이 될 수 있기 때문이었다. 다행히도 아이들과 수호는 그 뒤로도 코로나에 걸리지 않았다. 참 신기한 일이다.

아이들 점심을 먹인 뒤 자는 모습을 확인하고 나면 다시 가게로 향한다. 홀 직원과 4시에 교대를 해야 하기 때문이다. 평소에 저녁을 자주 먹지는 않지만 힘들거나 배가 정말 고플 때는 가끔 먹곤 한다.

햇반을 데우는 동안 내일 팔지 못하는 반찬 중 가장 많이 남은 것 위주로 골라온다. 조리대 구석에 햇반과 반찬을 올려두고 빨간 플라스틱 의자 4개를 포개어 앉는다. 혹시라도 손님이 들어올까 봐 수시로 고개를 들었다 내렸다 하며 최대한 안 보이게 먹는다. 미어캣이 따로 없다. 이렇게 먹고 있으면 정말 자신의 모습이 처량하고 불쌍하게 느껴지는 수호였다.

'내가 이러려고 자영업을 시작한 게 아니었는데….'

후회가 파도처럼 밀려온다.

'코로나 시국에 매장 내에서 취식하는 몰상식한 가게'라는 글이 최근 맘 카페에서 큰 호응을 얻었다고 한다. 그 뒤로 웬만하면 매장 내에서 잘 먹지 않는다. 수호는 본인이 매장을 볼 테니 직원들도 나가서 사 먹고 오라고 한다. 맘 카페에 소문 한번 잘못 나면 망하는 건 순식간이기 때문이다. 소문이 얼마나 빠르고, 풍선처럼 부푸는지… 정말 무서운 세상이다. 얼마 전 오픈한 옆집 밀키트 가게도 맘 카페에서 맛이 없다는 글이 달리면서 사장님 고민이 이만저만이 아니었다.

밤 9시. 매장 문을 닫고 아이들을 만나러 장인어른 댁으로 간다. 도착하면 승원이는 어려서인지 할아버지 손에 곧잘 잠들어 있었고, 나혜는 항상 엄마 품에서 자던 버릇이 있어서 그런지 쉽사리 잠을 청하지 못하곤 아빠를 기다리고 있었다. 일단 도착하면 아이들을 재우는 것이 우선이라 같이 눕는 수호다. 엄마가 아픈 것을 아는지, 나혜는 아빠 품에서 잠이 드는 척하더니 이내 뒤돌아 눕는다. 자는 줄 알았던 딸내미 쪽에서 훌쩍거리는 소리가 들린다. 조심히 옆에서 바라보니 두 손으로 입을 가린 채 울고 있었다. 말은 못 하지만 엄마가 내심 보고 싶었던 모양이다. 수호는 자장가를 틀어주며 등을 토닥토닥 해준다. 어리지만 이럴 때 보면 참 기특하다.

아이들이 자는 것을 확인하고 다시 일어나 씻는다. 하루 종일 반찬을 하고 나면 온몸에서 퀴퀴한 냄새가 난다. 씻고 나와 장부를 정리하고 나면 어느덧 11시. 오늘은 2시에 일어나 시장을 갔다 왔으니, 내일은 3시에 일어나도 된다. 고작 1시간이지만 조금이라도 더 잘 수 있다는 것에 감사하며 눈을 붙인다. 그렇게 일주일이 흘러갔다.

다행히 은채는 기력을 되찾았고 수호 가족은 다시 일상으로 돌아갈 수 있었다. 은채가 코로나로 아팠던 일주일이 수호 인생에서 가장 힘들었던 순간이다. 그래도 본인보다 가족들이 더

걱정되는 수호였다. '앞으로 우리 나무가 아프지 않았으면 좋겠다. 물론 열매들도 마찬가지!'

날씨는 점점 따뜻해지고 수호에게도 봄날이 오길 바랐지만… 역시나 하늘은 여전히 수호 편이 아니란 말인가. 마트에 심부름 보냈던 홀 직원이 헐레벌떡 뛰어 들어오며 이야기한다.

"사장님!! 여기 마트에 반찬가게 생긴대요. 사람 모집한다고 현수막 걸고 있어요!"

27

아프니까 사장이다

"사장님!! 여기 마트에 반찬가게 생긴대요!! 사람 모집한다고 현수막 걸고 있어요!"

"마트 안에요??"

"네네. 사람 뽑아서 운영할 건가 봐요. 어떡해요??"

"뭘 어떡해요. 그냥 하던 대로 하는 거지. 우리가 더 맛있으면 손님들은 와주겠죠."

반찬가게라는 것이 워낙 어렵기 때문에 쉽게 생길 수 있는 업종은 아니다. 그런데 마트라면 얘기가 달라진다. 이건 너무 큰 변수였다. 직원들과 이런저런 이야기를 하고 있는데 한 손님이 들어와 이야기한다.

"사장님, 여기 마트에 반찬가게 생긴다는 거 아시죠?"

"저도 오늘 알았습니다. 언제 생긴대요?"

"그건 모르겠고 사람 모집한다고 현수막 붙이는 거 보니까 곧 오픈할 거 같던데?"

"마트 안에 생기면 사람들도 많이 이용할 수 있겠네요."

"그렇겠죠. 마트에서 팔면 여기보다 가격이 더 쌀 텐데. 사장님 분발해야겠어요."

비싸다고 자주 투덜거리던 손님이다. '마트에 반찬가게 생기면 너네도 힘들걸.'이라는 느낌으로 비꼬듯이 이야기하는 것 같았다. 드디어 올 것이 왔구나.

수호네 가게에서 도보로 1분만 걸어가면 동네 사람들 모두가 이용하는 대형마트가 있다. 4,000세대 항아리 상권 안에 있는 유일한 마트다. 그 안에 반찬가게가 생긴다고 한다. 안 그래도 몸과 마음이 지칠 대로 지쳐있는 수호였다. 그런데 경쟁상대까지 생긴다는 이야기를 들으니, 삶의 의욕마저 뚝뚝 떨어진다.

직접 두 눈으로 확인하기 위해 마트를 방문해 보니 사실이었다. 출입구 앞에 화구와 반찬용 쇼케이스까지 들어온 상태였고, 옆에는 큰 현수막이 붙어 있었다. 마트 내에서 직원을 고용하여 직접 반찬을 만들겠다는 것이다. 마트는 연계된 도매시장을 통해 자재들을 싸게 구해올 수 있고, 소진하지 못한 재료들도 활용할 수 있으니 가격 경쟁에서도 훨씬 앞설 수밖에 없는 구조다. 수호네 같은 프랜차이즈 반찬가게보다 훨씬 저렴하게 팔 수 있는 환경이다. 이런저런 생각과 함께 공사하는 모습을 보고 있었더니… 벌써부터 멘탈이 무너지면서 온몸이 두들겨 맞은 것처럼 아프기 시작했다.

'여기 생기는 반찬가게를 내가 이길 수 있을까?'

'내 가게도 반대편에 없어진 반찬가게 꼴이 되겠구나.'

'약육강식의 세계에서 결국 도태되는구나!'

정말… 아프니까 사장이다….

부정적인 생각이 머리를 가득 채웠고, 은채는 그런 수호를 위로하며 말한다.

"오빠, 그래도 지금 가게 매출이 어느 정도 나오니까 팔아보는 건 어때? 반찬가게 너무 힘들고 이걸 계속 끌고 가다가는 오빠가 먼저 아파서 쓰러질 것 같아. 부동산이나 점포 매매하는 곳에 매물로 내놔보자."

"팔 수 있을까? 요새 코로나 때문에 망하는 곳도 많고 공실도 많다는데 가능하려나."

"일단 해 보자. 가게가 잘될 때 팔려고 시도해 봐야 누군가 보기라도 할 거 아냐."

"그래. 알겠어. 한번 알아볼게."

다음 날 수호는 바로 점포매매에 대해 알아본다. 인터넷에서 찾아보니 직접 점포를 등록할 수 있는 사이트가 있었고, '아프니까 사장이다'라는 인터넷 카페에도 매도한다는 글을 올릴 수 있었다. 수호는 이 카페를 이제야 처음 알게 되었다. 카페 이름을 어쩜 이렇게 잘 지었는지 몇 날 며칠을 감탄했다. 이 카페는 많은 자영업자들이 서로의 일상이나 고충을 이야기하며, 정보를 나누고 도와주는 소통의 공간이었다.

수호는 점포 매도 게시판을 보며 엄청나게 놀랐다. 전국에 있는 다양한 업종의 매도 글이 1~2분 간격으로 올라오고 있는 것이 아닌가. 유명 프랜차이즈 카페부터 시작해서 스터디카페, 밀키트, 무인 아이스크림, 애견숍, 무인 문방구 등등. 모든 업종의 글이 정말 끝도 없이 올라오고 있었다.

수호는 입이 쩍 벌어진다.

'가게를 팔려는 사람들이 이렇게나 많다고?'

일단 반찬가게 매도 글을 모두 찾아본다. 그 어떤 글에도 힘들다거나 장사가 안된다는 이야기는 없었다. 대부분 반찬가게의 장점과 높은 매출만 적혀있을 뿐이다. 가게를 팔아야 하는데 굳이 좋지 않은 이야기를 쓸 필요가 없었던 모양이다. 수호도 비슷하게 적어 내려가기 시작한다.

'4,000세대 항아리 상권 유일한 프랜차이즈 반찬가게'

'한 달 매출 3,000만 원, 순이익 400만 원 이상 보장.(부가세 자료 확인 가능)'

'다른 매장과 함께 운영 중이라 이쪽을 정리하려고 내놓습니다.'

힘들다는 이야기는 쏙 빼놓고 좋은 이야기로만 포장하여 글을 올린다. 이 카페 점포 매도 글 중에서 90%가 이런 식으로 등록되어 있지 않을까 싶다. 장사가 잘되는 곳이라면 굳이 매물로 나올 이유도 없고, 권리금을 높게 산정하여 부동산에 내놓았을 것이다. 수호는 점포 매매를 하는 사이트 두 곳에도 매물을 상세하게 적어서 등록하였다. 매도 가격은 시설 투자금 1억과 권리금 3,000만 원을 합쳐 1억 3,000만 원.

매도 글을 모두 등록하고 나니 뭔가 시원섭섭했다. 가게를 알아보기 위해 열심히 돌아다녔던 시간도 생각나고, 후배들과 들뜬 마음으로 가게 오픈을 준비하던 때도 생각난다. 500만 원의 순이익을 달성했을 때는 앞으로 승승장구할 수 있겠다고 생각했는데….

불과 몇 개월 만에 상황이 180도 변해버렸다. 반대편에 있던 반찬가게도 이런 기분이었을까. 뭔가 할 수 있는 일이 없으니 더 답답했다. 그렇다고 1억이라는 자금을 투자한 이곳을 버리고 다른 일을 하기에도 좋은 선택은 아닌 것 같았다. 이렇게 사이트와 카페에 점포 매도 글을 올린 다음 날. 잠시 눈을 붙이려고 누워있는데 갑자기 전화 한 통이 걸려 온다.

"안녕하세요, 사장님. 점포 매도 글 보고 연락드렸습니다. 저희는 점포 매도를 전문적으로 도와드리는 창업컴퍼니라는 회사입니다. 사장님 점포가 굉장히 메리트가 있고 주변에서 원하시는 분들이 계셔서 연락드렸습니다. 혹시 괜찮으시면 잠시 통화 가능하실까요?"

"네네, 근데 어제 글을 올렸는데 벌써 원하시는 분들이 계시는 건가요?"

"그럼요. 거기 위치도 정말 좋고, 요새 코로나 때문에 반찬가게를 원하시는 분들이 많아요. 그래서 사장님께서 원하신다면 제가 매장을 방문해서 사진도 찍고 매출 자료도 받은 뒤에 매수자를 연결해볼까 하는데 한번 진행해 보실 의향 있으신가요?"

"저야 좋죠. 오전엔 직원들이 있으니, 오후에 방문해 주세요. 아직 직원들한테는 이야기하지 않을 거라서요."

"네, 그야 물론이죠. 그런데 사장님, 이게 비용이 조금 발생합니다. 저희는 컨설팅업체라 초반에 작업에 필요한 비용이 발생해요. 그걸 결제해 주셔야 저희 쪽에서도 움직일 수 있는 거고요."

"비용이 얼마나 하는데요?"

"점포 매도가 될 때까지 계속해서 컨설팅해 드리고, 아마 반찬가게는 3~6개월 정도면 매도하실 수 있을 거예요. 초기 컨설팅 비용은 300만 원이고요, 나중에 매도하시게 되면 매도금액에서 10%만 수수료로 저희에게 주시면 됩니다."

"300만 원이요?? 아니 뭘 하는데, 300만 원씩 들어요?"

"사장님 가게에 대한 자료를 받은 뒤 권리분석, 매출 분석, 주변 시세 분석까지 다 조사하여 책자로 만들게 됩니다. 만들어진 책자를 통해 다른 컨설팅업체에도 뿌리고, 창업박람회 같은 곳에도 뿌려서 다양하게 홍보를 할 예정이고, 손님이 붙으면 그때부터 저희가 적극적으로 푸시를 하게 되는 겁니다."

"그래도 너무 비싼데요."

"사장님께서 부동산에 내놓으면 주변에 소문이 나서 장사도 더 안될 것이고, 부동산에서 적극적으로 나서서 매도해 주지도 않을 겁니다. 저희는 사장님께서 매도를 하시면 수수료를 가져가는 구조라 적극적으로 빨리 매도하실 수 있게 도와드릴 수 있습니다. 가게를 빨리 매도하려면 어느 정도의 비용은 감수하셔야 하지 않을까요?"

"알겠습니다! 일단 와서 보고 얘기하시죠."

전화를 끊고 창업컴퍼니라는 곳에 대해 많이 찾아보고 알아보았다. 케바케였다. 부동산에서 1년 동안 팔지 못했던 가게를 두 달 만에 매도할 수 있었다는 사람도 있고, 완전 사기라고 절대 하지 말라는 사람도 있었다. 만약 부동산에 가게를 내놓으면 매수자에 한계가 있을 것 같았다. 부동산 사장님들이 적극적으로 손님을 찾아봐 줄 것 같지도 않고. 심지어 어제 올렸던 카페 매도 글은 벌써 저 멀리 뒤로 넘어가서 보이지도 않았다.

다음 날, 깔끔한 정장 차림의 창업컴퍼니 실장이라는 사람이 찾아왔다. 밤새 수호네 가게에 대해 분석해 보고 일찍 도착하여 주변을 둘러보고 오셨다고 했다. 이 정도 위치에 하나밖에 없는 반찬가게라면 1억 3천보다 더 올려서 매도할 수 있다고 한다. 1년도 안 된 매장이라 상태도 매우 좋고 원하시는 분들도 많을 것 같다면서 말이다. 빠르면 3개월, 길면 6개월 안에 매도가 가능할 것 같다는 소리에 수호는 심장이 뜨거워졌다. 기간 안에 진행이 안 되더라도, 매도될 때까지 꼭 책임지겠다는 말에 수호는 홀딱 넘어간다. 마트 안에 반찬가게가 들어와 자리 잡기 전까지 꼭 매도를 해야겠다는 생각뿐이다. 부동산에 내놓거나, 인터넷에 매도 글을 올리는 방법 모두 오래 걸릴 것 같았고, 비용을 지불해서라도 하루빨리 이 반찬가게를 벗어나는 게 우선이었다. 그만큼 몸과 마음이 지쳐있던 상태였고, 지푸라기라도 잡고 싶은 심정이었다.

결국 수호는 창업컴퍼니라는 곳과 계약을 하고, 바로 300만 원을 송금까지 했다. 초기 비용에다가 수수료 10%를 지불한다고 해도 충분히 남는 장사였고, 6개월 안에 반드시 매도해 줄 수 있다는 말을 믿어보기로 결정한 것이다. 그 뒤로도 여러 컨설팅 업체에서 가게를 매도해 주겠다며 전화가 계속 걸려 왔다. 가게만 매도할 수 있다면 300만 원이 아니라 1,000만 원도 줄 수 있다는 생각과 함께 일단 기다려 보기로 하는 수호.

행복한 희망 회로를 돌리며 어느덧 시간은 4월을 향해 흘러가고 있었다.

28

싼 게 비지떡

"우당탕탕 쾅쾅~~"

"사장님!! 사장님! 저 좀 살려주세요! 빨리요 빨리!"

천장이 무너지는 듯한 소리와 함께 홀 직원의 살려달라는 목소리가 다급하게 들렸다. 주방에서 조리를 하던 수호와 실장은 깜짝 놀라 홀로 달려 나갔다. 처음엔 천장이나 벽이 무너진 줄 알았다. 달려가 보니 홀에 설치되어 있던 벽걸이 에어컨이 떨어진 것이다. 떨어지면서 아래쪽에 있던 저울과 랩핑기까지 덮치면서 완전 아수라장이 되었다. 그나마 다행인 것은 한쪽만 떨어지면서 홀 직원이 순간적으로 잡아냈다는 것이다. 만약 잡지 못했다면 오른쪽마저 떨어지면서 앞에 있던 홀 직원이 크게 다쳤을지도 모르겠다.

손님은 없었지만, 에어컨이 떨어지면서 벽도 일부 같이 떨어졌고, 분진과 함께 기계 안에 있던 물까지 분수처럼 콸콸 흘러내리고 있었다. 날씨가 더워지면서 벽걸이 에어컨을 작동시키자마자 이런 일이 발생한 것이다. 도대체 이게 무슨 일인지 수호는 도무지 이해가 가질 않았다. 아니 공사를 어떻게 했길래 벽에 걸려있던 에어컨이 떨어진단 말인가. 아래쪽에 있던 저울은 살짝 부서졌지만 사용하는 데 지장은 없었다.

문제는 당장 써야 하는 랩핑기였다. 랩핑기는 완전 박살이 나서 사용이 불가능했다. 포장을 위해 기다리던 반찬들은 에어컨 물에 흠뻑 젖어 버렸고, 그 위에는 하얀 분진이 눈꽃처럼 쌓여있었다. 수호는 어렵게 만든 반찬들을 다 갖다 버렸다. 정말 한숨밖에 나오질 않는다. 당장 에어컨 업체에 전화를 거는 수호.

"사장님! 작년에 에어컨 설치했던 반찬가게인데요! 벽걸이 에어컨이 떨어졌어요! 아래쪽에 있던 기계도 고장 났는데, 이거 어떡하실 거예요??"

“네? 에어컨이 떨어졌다고요? 제가 지금 바로 가보겠습니다!”

에어컨 업체는 차로 10분 거리에 있어서 바로 달려오셨다. 보시더니 미안하다며 자기가 다시 달아주겠다고 한다. 하지만 떨어지면서 에어컨 내부가 망가졌을지도 모른다는 것이 문제였다. 수호는 찝찝한 마음에 넌지시 바꿔 달라고 얘기해 보았지만… 사장님은 내부가 멀쩡해서 다시 달면 전혀 문제없다고 한다. 그냥 빡빡 우기면 바꿀 수도 있었지만, 마음 약한 수호는 알겠다며 빨리 고쳐 달라고 한다.

가장 큰 문제는 랩핑기였다. 포장을 기다리는 반찬들이 줄을 서 있다. 본사에 전화하여 똑같은 기계를 빨리 구해야 한다고 했더니 수소문 끝에 종로에 있는 업체를 알려주었다. 옆에 있던 에어컨 사장님이 가격을 듣고 미안하다며 돈을 건네주신다. 에어컨 수리가 끝나고 보니 이번엔 좀 더 튼튼하게 고정시켜주셨다. 사장님은 앞으로 고장 나거나 문제가 생기면 자기가 바로바로 오겠다며 믿고 계속 쓰라는 이야기와 함께 번개같이 도망가셨다. 아마 다른 사람 같았으면 손해배상 청구를 했을지도 모른다. 도대체 이게 있을 수 있는 일이냐면서 말이다.

수호는 1년 전, 은채와 벽걸이 에어컨을 고를 때가 생각났다.

은채 말대로 가전은 역시 브랜드를 골랐어야 했는데… 싼 게 비지떡이라는 말이 괜히 있는 게 아닌가 보다. 랩핑기를 다시 사오고 나니 시간은 어느덧 오후 4시였다. 장사를 완전 망쳤지만, 홀 직원이 다치지 않은 것만으로도 다행이었다.

수호는 자기한테 왜 이런 일이 계속 일어나는지 도무지 알 수가 없었다. 열심히 살고 있는… 그냥 동네 자영업자 중 한 명일 뿐인데… 한숨만 절로 나온다. 이쯤 되면 굿이라도 해야 하나 싶다.

29

기적의 10분

22년 5월. 드디어 코로나 방역이 풀리기 시작했다. 모든 시설의 영업 제한도 없어지고, 사적 모임 인원 제한도 사라졌다. 아직 확진자 수는 많이 나오는 상황이었지만 위드코로나 시대를 맞이하기 위해선 정부도 방역 제한을 풀어야 한다고 생각했나보다.

가게를 매도하기로 결정은 했지만, 달라지는 것은 한 개도 없었다. 프랜차이즈 계약 기간이 3년이었기에, 양수 양도로 진행할 수밖에 없었다. 양수 양도 방식으로 매도하기 위해선 매장의 매출도 잘 관리해야 한다. 매수자가 나타난 시점에 매출이 떨어진다면 거래가 성사되기 어렵기 때문이다. 창업컴퍼니 실장도 매출 관리를 잘해야 하고, 빨리 팔기 위해 현금 매출을 가짜로 올리는 곳도 있다고 한다. 그래서 수호도 가끔 현금 매출을 가짜로 올려보기로 한다. 매출이 77만 원인데, 3만 원을 올려서 앞자리를 8자로 바꾸고 싶은 충동이 생기는 날에만 말이다.

하루는 은채가 마감을 도와주러 온 날이 있었다. 3만 원만 매출을 올리면 100만 원으로 바뀔 수 있었다. 매출 100만 원을 찍으면 기분이 좋아지겠다는 생각에 은채가 잠깐 나간 사이 현금 3만 원의 가짜 매출을 올려놓았다. 잠시 후, 마감을 하던 은채가 포스를 보더니 이상했는지 수호에게 물어본다.

"오빠, 여기 현금 3만 원이 5분 전에 찍혀있는데 이거 뭐야?"

"응? 3만 원? 아까 찍힌 거겠지."

"아니야. 내가 오자마자 매출 봤는데 97만 원이었어. 근데 지금 100만 원인데? 나 오고 손님 아무도 안 왔잖아?"

"그래? 이상하다. 뭐 잘못 눌렸나 봐. 취소시켜."

"포스 이상한 거 아냐?? A/S 받아야 하나?"

은채는 현명하면서도 눈치가 빠르다. 근데 눈치가 빠르면서도 약간은 부족하다. '그냥 모르고 넘어가 주면 얼마나 좋을까.' 라고 생각하는 일도 정확하게 콕콕 잡아낸다. 아주 똑 부러진다. 겨우겨우 얼버무리며 넘어가는 수호. 이런 가짜 매출도 수호의 비자금이 금방 떨어지면서 몇 번 하지 못했다. 3만 원의 매출을 더 찍으면 수호의 지갑에서 3만 원을 꺼내 메꿔야 하기 때문이다.

은채는 4월 끝자락에 회사 복직을 했다. 아직 승원이가 10개월밖에 되지 않았지만, 아이들이 어릴 때 바짝 벌자는 것이 수호와 은채의 생각이었다. 수호가 자영업을 하고 있고 은채가 복직을 하다 보니 모든 일정이 바뀔 수밖에 없었다. 은채는 아침 일찍 출근하는 유연근무를 하면서 아이들 하원을 담당하기로 하고, 수호는 새벽에 시장을 갔다가 집으로 돌아와서 아이들을 등원시키고 다시 출근하기로 한다.

은채가 집에 도착하면 오후 4시 20분. 오자마자 아이들을 데리고 놀이터로 간다. 수호가 홀 직원과 교대를 위해 집에서 나오는 시간도 오후 4시 20분. 나오자마자 수호의 빠른 걸음이 놀이터로 향한다. 수호가 홀 직원과 교대를 위해 가게로 출발해야 하는 시간은 오후 4시 30분. 이렇게 수호네 가족이 평일에 다 같이 만날 수 있는 시간은 단 10분이다. 그것도 수호와 은채가 부지런히 움직여야만 만들 수 있는 기적의 시간이다.

수호가 퇴근하기 전에 아이들은 잠자리에 들고, 다음 날은 아침 일찍 은채가 출근하기 때문에 다 같이 얼굴 볼 수 있는 시간이 없다. 수호는 이 소중한 10분 동안 놀이터에서 아이들에게 최선을 다한다. 시간은 순식간에 지나가고… 아빠 가야 한다고 말하면 아직 말을 못 하는 승원이를 대신해 나혜가 큰 소리로 외친다.

“아빠! 일찍 와야 해! 깜빡하지 말고!”

뒤도 돌아보지 못하고 가야 하는 수호는 가족들에게 너무 미안했다. 자영업을 시작한 뒤로 수호네 가족은 흔한 산책 한번을 제대로 해 본 적이 없다. 일요일에도 수호가 대청소를 하고 오면 아이들이 항상 밖에 나가자고 보채지만… 그때마다 은채는 아빠 쉬어야 한다며 혼자 아이들을 데리고 나가곤 한다.

직장인일 때는 가족과 보낼 수 있는 저녁 시간이 이렇게 소중하다는 걸 알지 못했다. 자영업자가 되고 보니 가족과의 시간이 얼마나 소중한지 이제야 깨닫는 수호다. 가게만 팔리면 가족과 정말 많은 시간을 보낼 것이라고 다짐하고 또 다짐해 본다.

30

이상한 여행

컨설팅업체에서 첫 손님을 데리고 왔다. 차로 20분 거리에 사는 분이었는데 와이프와 장모님이 반찬가게를 하고 싶다고 하셔서 알아보다가 여기까지 왔다고 한다. 수호네 매장 상태를 보더니 매우 만족스럽다고 이야기했지만, 가격이 조금 비싸다며 돌아갔다. 컨설팅업체에서 제시한 금액은 1억 5천이었고, 매수자가 원했던 금액은 1억이었다. 가격 차이가 너무 심해서 결국 거래는 이루어지지 않았다. 조금 더 기다려 보기로 하면서 적어도 1억 3~4천에는 매도할 수 있겠다는 희망을 품어보는 수호다.

어느 날 화장실을 다녀오다가 가게 뒤쪽 미용실 사장님을 만

났다.

“사장님, 안녕하세요!”

“요새 장사는 좀 잘돼? 마트에 반찬가게 생긴다는 이야기가 있던데?”

“뭐 그럭저럭 버티는 거죠. 하하.”

“우리도 이번 달까지만 하고 이제 접기로 했어.”

“왜요? 손님 많잖아요!”

“힘들어서 이제 그만하려고. 가게를 내놓은 지 1년도 넘었는데 한 명도 보러 안 오네. 미용이라는 게 기술이다 보니 배우는 사람도 많이 줄었고, 대부분 강남 같은 데서 매장을 오픈하더라고.”

“사실 저도 가게 내놨어요. 너무 힘들어서….”

“사장님도 젊을 때 너무 힘들게 일하면 나중에 다 병으로 돌아와. 조심해야 해. 내가 평생 이렇게 일을 했더니 몸이 좀 안 좋아져서 그만두는 거거든. 결국 돈과 건강을 바꾼 꼴이야.”

“네네 알겠습니다. 그만두시기 전에 한번 들르세요.”

“그래그래. 사장님은 부지런해서 뭐든 잘할 거야.”

“감사합니다.”

나중에 부동산 사장님께 전해 들은 이야기지만 미용실 사장님은 암 투병을 시작하셔서 그만두었다고 한다. 본인이 좋아하는 일을 평생 하셨는데도 이렇게 병이 생기다니…. 수호는 이러다 자신도 암에 걸릴 수 있겠다는 생각이 든다. 1억에 매수자가 나타났을 때 팔아야 하나라는 고민도 살짝 했지만 조금 더 기다려 보기로 한다. 3천만 원이면 누군가에겐 연봉이 될 수 있는 금액인데, 가격을 너무 낮춰서 팔고 싶지는 않았다.

그렇게 미용실이 사라진 자리에 프랜차이즈 피자가게가 들어왔다. 바닥 권리금 500만 원을 주고 들어왔다고 한다. 업종이 전혀 다르니 바닥 권리금만 조금 받고 넘기신 모양이다. 수호가 이곳에서 장사를 시작한 지 1년이 되어가는데 벌써 주변에 많은 점포들이 바뀌었다. 반찬가게 대신 커피숍, 미용실 대신 피자가게, 개인 카페 대신 밀키트가 들어왔다. 신기한 건 모두 프랜차이즈라는 것이다.

프랜차이즈 커피, 프랜차이즈 피자, 프랜차이즈 밀키트….

프랜차이즈로 창업을 시작하는 것이 쉽다고 판단해서 뛰어든 초보 사장님들일 것이다. 바로 수호처럼 말이다.

수호는 가게를 운영해 보니 프랜차이즈 창업에 들어가는 투자금이 너무 비싸다는 것을 이제는 알게 되었다. 시설 공사와 인테리어 비용에서 너무 덤터기를 쓰고 시작하게 된다는 것이다. 하지만 분명 수호와 비슷하게 대부분의 초보 사장들은 정보가 없고 어렵다는 생각에 프랜차이즈로 시작했을 가능성이 높다. 투자 비용이 높다는 것을 반대로 말하면 그만큼 돈을 회수하기까지 오래 걸린다는 이야기다. 하지만 대부분의 사람들이 이 부분을 모르거나 아니면 너무 쉽게 생각한다. 평균적으로 2년에서 3년 정도를 꼬박꼬박 모아야 초기 투자 비용을 회수할 수 있다. 그것도 본인이 한 푼도 안 가져가고 말이다.

간단히 계산해 보자. 한 달에 순이익이 400만 원이라고 가정한다면, 1년이면 4,800만 원이다. 한 푼도 안 쓰고 꼬박꼬박 모아야만 2년 뒤 1억에 가까운 돈이 모인다. 수호는 반찬가게를 오픈하면서 1억을 투자했다. 결과적으로 2년 동안 뼈 빠지게 일해야만 겨우겨우 투자 비용을 회수하는 것이다. 가장 큰 문제는 매달 400만 원을 번다는 보장이 없다. 거기에 2년 동안 과연 한 푼도 안 쓰고 모을 수 있을까? 세금, 고정 지출비, 가족 생활비, 차량 유지비, 개인 생활비, 아이들에게 들어가는 돈까지…. 아무리 맞벌이를 한다고 하더라도 한 달에 400만 원을 벌어서 모두 저축한다는 것은 불가능에 가까운 것이다.

결국 투자 비용 회수 기간을 3년으로 생각해야 한다. 만약 3

년 동안 한 푼도 안 쓰고 모을 수 있다면 무엇이든 시작해도 괜찮다. 그렇게 3년을 버틴다면 그 뒤로 매년 4,000만 원의 수익을 온전히 가져올 수 있기 때문이다. 단, 내가 아프지 않고, 아무런 사고가 없어야 하며, 추가 투자 비용에 들어가지 않아야 한다.

누군가는 자산에 1억을 투자해서 1년 뒤 2억, 2년 뒤 4억을 버는 경우도 있다. 물론 잃을 수도 있겠지만 본인이 열심히 배우고 공부한다면 육체적으로나 정신적으로 조금은 낫지 않을까.

수호는 자영업에 1억을 투자하였고, 3년 동안 힘들게 일하면서 내 돈을 찾아와야만 하는 그런 이상한 여행을 하는 중이다. 그렇게 내 돈을 찾아오는 여행이 끝나면… 아마 그때는 몸이 망가져 있을 것이고, 쓰던 기계나 기물들이 고장 나기 때문에 또 다시 시설에 많은 돈이 들어가게 될 것이다.

3년이라는 이상한 여행을 하지 않으려면 정말 신중하게 고민해서 창업을 결정해야 한다. 수호가 시작할 때 이런 정보들은 그 어디에서도 얻을 수 없었고, 알려주지 않았다. 수많은 자기계발 서적과 창업 관련 책에도 쓰여있지 않았단 말이다. 수호가 나약해서 그렇다고 생각하는 사람들도 분명히 있을 것이다. 하지만 주변 사람들은 안다. 수호가 힘들어한다면 진짜 어려운 일이라는 것을… 대신 바보 같이 그걸 왜 시작했냐고 질타는 한다. 하지만 이제 수호는 자신의 과오를 후회하지 않는다. 자영업 경험이 수호의 인생을 바꾸는 큰 전환점이 되었기 때문이다.

굳이 경험하지 않아도 되는 일은 하지 말고, 피할 수 있는 시행착오는 모두 피해야 한다. 수많은 영상과 책들이 쏟아져 나오는 세상 아닌가. 올바른 정보를 가지고 제대로 계획한 여행은 참 즐겁고 행복한 시간이 될 것이다. 수호는 다른 사람들이 자기와 같은 이상한 여행을 하지 않았으면 하는 마음이다.

31

나비효과

A. 불경기

B. 직원들 간의 불화

C. 경쟁업체 난립

D. 환율 상승,

E. 이자율 상승

F. 전쟁

G. 횡령과 도난

H. 소송

I. 구인난

J. 임금 상승

A부터 J까지 중에서 사장의 잘못이 아닌 것은? 바로 전쟁입니다. 전쟁을 제외하고는 결국 당신이 이 모든 문제를 해결해야 할 사람이기 때문이죠.

- 김승호, 『사장학개론』 P.255

김승호 회장님의 『사장학개론』에 이런 이야기가 적혀 있다. 전쟁을 제외하곤 모든 문제가 사장의 잘못이라고. 그런데 전쟁이 터졌다. 그것도 지구 반대편인 우크라이나에서 말이다. 근데 왜 식용유의 가격이 오르는 것일까? 밀가루도 오르네?? 지구 반대편에서 전쟁이 터졌는데 왜 식용유와 밀가루 가격이 오르는 것일까? 이유를 찾아보는 수호다.

세계 밀 생산의 3분의 1을 우크라이나가 책임지고 있다고 한다. 해바라기유 최대 수출국도 우크라이나라고 한다. 전쟁이 터지면서 밀가루와 식용유 생산에 차질이 생겼고 그것이 공급부족으로 이어져 지금의 상황을 만든 것이다. 3만 원에 들어오던 식용유는 7만 원이 되었고, 밀가루도 2배 이상 가격이 올랐다. 전쟁으로 인한 나비효과가 바람을 타고 수호네 가게까지 불어온 것이다.

더 웃긴 건 본사에서 들여오던 200여 가지의 품목이 이때다 싶었는지 차례로 같이 오르기 시작했다. 원가가 오르고 있으니, 본사에서는 판매 가격을 500원 정도 올리라고 한다. 하지만 그 정도 가지고는 어림없는 소리다. 고추장, 된장, 식용유, 밀가루, 참기름, 설탕, 소금 같은 수많은 양념들은 가격이 올라도 마진율 계산에 거의 포함되지 않는다.

수호네 매장에서 가장 잘나가는 코다리조림. 코다리 2마리의 원가는 4,000원이고, 갖은 양념을 넣어 손님에게 판매하는 가격은 9,000원이다. 근데 코다리 2마리의 원가가 5,000원으로 오르면 판매 가격을 10,000원으로 올리면 된다고 생각한다. 문제는 여기에 들어가는 고춧가루, 식용유, 고추기름, 고추장, 된장, 물엿 같은 양념들의 가격도 같이 올랐다는 것이다. 이 부분들까지 마진율에 계산한 뒤 가격을 올린다면 아마도 수호네 가게에 오는 손님은 파리밖에 없을 것이다. 전쟁이 시작된 지 두 달이 지나고 나서야 원자잿값들이 오르기 시작했다.

김승호 회장님 말씀대로 전쟁은 사장의 책임이 아니라고는 하지만 해결책이 없다. 그냥 전쟁이 끝날 때까지 기다리는 수밖에… 이 전쟁은 2024년 6월인 현재까지도 끝나지 않았다. 그래서 빵집과 중국집이 그렇게 많이 문을 닫았다고 한다.

이처럼 전쟁으로 물가가 상승한다면 그 피해는 고스란히 자영업자에게 돌아온다. 원자재를 파는 사람들은 가격을 올리면 되고, 손님들은 물가가 오르든 말든 기존에 사던 가격으로 구매하길 원한다. 중간에 있는 자영업자가 모든 피해를 떠안아야 한다는 것이다. 그리고 이렇게 상승하기 시작한 물가는 아무리 전쟁이 끝나고 경기가 좋아진다 할지라도 오른 폭만큼 떨어지지는 않을 것이다. 물가는 인건비와 비슷한 성질을 가지고 있어서 하방경직성이 짙은 항목이다. 한번 올라간 원자재 가격은 웬만해서 내려오지 않는다는 것이다.

어쩔 수 없는 상황이라고 하기엔 순이익이 너무 많이 감소했다. 결국 기름을 많이 쓰는 품목을 줄이게 되고, 밀가루까지 사용하는 전이나 부침개는 만들 수 없게 되었다. 품목은 줄어들고, 순이익도 감소했으며, 조금 올린 가격은 손님들의 거부 반응을 일으켰다. 완전 악순환의 고리였다. 지구 반대편에서 일어난 전쟁이 수호에게 이렇게 큰 피해를 입힐 줄은 꿈에도 상상 못 했다.

그뿐만이 아니다. 가게가 1년이 되어가니 사용하던 기물들이 하나둘 망가지기 시작했다. 웍이나 프라이팬은 바닥 코팅이

벗겨지기 시작했고, 국자나 집기류도 많이 고장 나서 다시 주문할 수밖에 없었다. 주방에서 사용하는 기물들을 소중히 다루어 주면 좋겠지만… 그건 언제까지나 주인이 옆에서 지켜볼 때뿐이다. 자기 물건처럼 소중하게 오래오래 사용할 수 있도록 다뤄준다면 1년도 넘게 사용할 수 있었겠지만, 수호네 가게는 그러지 못했다.

'이 가게가 만약 안 팔리면 내가 앞으로 2년을 더 버틸 수 있을까?'

'다 때려치우고 공무원 시험이나 준비해볼까.'

'남들은 부동산에 1억 투자해서 2~3억씩 벌었다는데.'

'사랑하는 가족들과 시간도 못 보내면서 이게 뭐 하는 것인지.'

수호는 가게를 오픈한 지 1년이 지나면서 엄청난 회의감이 들었다. 정말 너무나 살기 싫을 정도로 좌절감과 죄책감이 밀려오기 시작한다. 다음 달에 창업박람회가 열리던데… 가서 업종 변경이라도 알아봐야겠다.

32

장사와 권리금

절정이던 코로나 확진자 수가 감소하기 시작하였다. 여름이 되면서 감기 환자가 줄어든 영향도 있고, 마스크를 잘 쓰고 다녔기 때문일 수도 있다. 대신 다른 환자가 발생하기 시작했다. 바로 식중독이다. 전국에서 식중독 환자가 기하급수적으로 늘고 있었고, 그 원인으로 지목된 것은 바로 계란이었다. 김밥에 들어가는 계란에서 살모넬라균이 검출된 것이었다. 수호네도 계란이 들어가는 반찬을 조금 줄이거나 당분간 만들지 않기로 하였다. 항상 옆집 김밥을 사 오시던 손님이 방문하셨는데 오늘은 김밥이 없어서 여쭤보았다.

"사모님, 오늘은 김밥 안 사셨나 봐요?"

"요새 누가 김밥 먹어요. 그거 먹었다가 배탈 나면 큰일 나게?"

점심시간 그리고 주말만 되면 항상 북새통을 이루던 옆 김밥집이 요새 좀 잠잠하긴 하다. 가성비가 좋은 가게라 손님들이 굉장히 많았고 부부 사장님 인심이 워낙 좋으셔서 이 동네에서 김밥과 떡볶이로는 단연 최고의 집이었는데도 말이다. 하지만 이런 곳도 식중독이 유행하면서 매출에 큰 타격을 입을 수밖에 없었다. 그날 저녁 김밥집 사장님께서 방문해 주셨다.

"박 사장! 김밥이랑 떡볶이 남아서 좀 가져왔어. 가서 애들이랑 먹어."

"네네! 감사합니다! 사장님네 요새 김밥 잘 안 나가죠??"

"말도 마. 식중독이 전국적으로 난리를 치니까 김밥 사 가던 손님이 절반으로 줄었어. 우리가 이틀에 한 번씩 계란을 받아왔는데, 지난달부턴 일주일에 한 번씩 받을 정도야. 날씨도 엄청 더워지니까 손님도 많이 줄어들었고."

"아이고, 여름이라 장사에 타격이 크시겠어요."

"근데 뭐 우리야 항상 그러려니 하고 넘어가는 거지, 장사 20

넌 해 보면 이런 일은 별것도 아니야."

"그래요?? 전 이제 1년 넘어가는데… 진짜 너무 힘들어요. 사장님이 존경스럽습니다."

"우리도 지금 생각하면 자네 같은 나이에 시작했지만 왜 고생길로 들어왔는지 가끔 후회하기도 해. 요샌 집사람이랑 나랑 번갈아 가며 병원 다니잖아. 그리고 이제는 직원들 안 쓰면 힘들어서 못 해. 그렇지만 장사는 버티는 거야. 버티다 보면 기회가 오고 그때부터 돈을 버는 거라고 생각해야 해."

"네, 알겠습니다! 사장님 반찬 좀 싸 드릴게요."

워낙 장사를 오래 하신 분이라 이런 식중독 같은 문제는 대수롭지 않은 듯 보였다. 매년 똑같은 생활이 반복되다 보니 충분히 내공이 쌓이신 것 같았다. 사실 반찬가게는 여름에 사람이 가장 많다. 날씨가 더우면 반찬 하기 어렵기 때문에 손님들이 더 방문해 주신다. 그래서 이번 여름도 손님들이 점점 늘어나는 추세였고, 힘들었지만 가게가 팔릴 때까지 잘 버텨보자고 생각하는 수호다.

2022년 6월 26일은 아들 승원이가 돌이 되는 날이었다. 문제는 수호가 자영업을 하느라 돌잔치를 하기 어려웠고, 가족끼리 여행 한 번 제대로 갈 수 없는 상황이었다. 가족을 위해 이렇게 열심히 일을 하고 있는데… 가족과 가질 수 있는 시간이 전혀 없다니… 뭔가 아이러니하지 않은가? 수호와 은채는 돌잔치를 할 상황이 안되었지만, 그래도 사진은 남겨주고 싶었다. 그래서 결국 스튜디오만 예약하여 후딱 돌 사진만 찍고 왔다. 참 서글프고 미안했다.

결국 수호는 주변 부동산에도 가게를 내놓기 시작한다. 지금처럼 장사가 잘될 때 하루라도 빨리 팔아치우고 싶었다. 몸도 계속 안 좋아지고 있었고, 물가는 미친 듯이 오르는 중이었다. 매일 저녁 9시까지 손님을 기다리는 것도 이제는 지쳐간다.

가장 먼저 건물 뒤쪽에 있는 부동산 사장님을 방문했다.

"사장님, 안녕하세요!"

"오랜만이네. 웬일이야?"

"사장님, 저 가게 좀 내놓으려고요."

"왜? 장사 잘되는 것 같던데, 왜 팔려고?"

"힘들어서 못 하겠어요. 직원들 관리도 너무 힘들고요."

"맞아. 사람 쓰는 게 정말 힘든 거지. 그래서 얼마에 팔려고?"

"여기 시설 투자한 금액 1억에다가 권리 5천 정도 생각하는

데 괜찮을까요?"

"사장님 너무 세상 물정 모르는 거 아냐? 저기 위에 밥버거집 있지? 거기가 지난주에 팔렸는데 프랜차이즈 떡볶이집이 들어오기로 했어. 물론 업종이 다르긴 하지만 권리금 500만 원 받고 팔았어. 근데 사장님은 5천을 받겠다고? 시설 투자금만 얘기해도 들어올까 말까 하는 세상이야. 정말 팔고 싶다면 잘 생각해야 해."

"아 그래요? 저는 컨설팅업체랑도 진행하고 있는데 거기선 1억 5천 이상은 무조건 받아야 한다고 하던데…."

"사장님 이제 보니까 진짜 답답하구나. 컨설팅업체들은 지네가 수수료 챙겨가야 하니까 무조건 비싸게 내놓으려고 하겠지. 걔네는 사장님 가게가 팔리든 말든 별로 신경도 안 쓸걸? 지금 자영업자들 다 망해서 공실이 얼마나 많은데 권리금을 5천씩 생각하면 어떡하나 이 사람아."

수호는 자신이 잘못 판단하고 있는 것인지… 부동산 사장님이 일부러 저러는 것인지 도무지 알 수가 없었다. 시설 투자한 1억도 받기 힘들다니… 이게 정말 현실인가? 일단은 사장님께 1억 2천 정도까지만 해달라고 하곤 밖으로 나온다. 프랜차이즈를 하나 차리려면 1억 정도는 기본으로 들어가기 때문에 그리 비싸다고 생각하진 않던 수호다. 매출도 잘 나오고 있으니 권리도 받을 수 있다고 생각했는데… 너무 세상 돌아가는 것을 모르는 것인가 싶기도 하다.

6월 마지막 주, 컨설팅업체에서 두 번째 손님을 데려왔다. 이분은 근처에 사시는 여자분이었는데 자매끼리 분식점을 해 볼까 하다가 컨설팅업체의 강력 추천으로 한번 보러 왔단다. 하지만 역시나 가격이 문제였다. 그 사람들은 초기 투자금을 6~7천 내외로 생각하고 있다고 말했다. 당연히 계약은 성사될 수 없었다. 컨설팅업체에 부동산 사장님과 나눈 대화를 이야기했더니, 그럼, 이제부터는 1억 2천 정도에 맞춰서 작업을 진행해 보자고 한다. 이렇게 해서 가게를 팔 수 있을지 조금씩 걱정되는 수호였다.

33

새로운 출발

가게를 내놓은 지도 어느덧 4개월이 넘어가고 있는데, 아무런 소식이 없다. 수호는 업종 변경이라도 해 볼지 하는 마음이다. 마침 근처에서 창업박람회가 열린다는 것을 알게 되었고, 구경이라도 해 보자는 마음에 이번엔 혼자서 방문해 본다.

1년 전보다 더 다양한 업체가 생겼고, 훨씬 많은 사람들이 온 것 같았다. 아직도 이렇게 프랜차이즈를 창업하려는 사람들이 많다는 것을 보니 탄성이 절로 나온다. 수호네 반찬가게도 저 멀리 보인다. 1년 전 수호와 상담했던 직원도 그대로 그 자리를 지키고 있었다. 수호는 가서 한 대 쥐어박아주고 싶었지만 자기

보다 어른이라 참는다.

반찬가게가 힘들지 않고 돈도 많이 벌 수 있다며 그렇게 꼬시더니… 지금도 앞에 앉아 있는 손님을 똑같이 꼬시는 것 같았다. 당장이라도 달려가서 반찬가게 창업하지 말라고 이야기 해주고 싶었지만, 본사 직원들과 말도 섞기 싫어서 그냥 지나친다. 업종 변경을 위해 여러 곳을 방문했지만 쉽지 않았다. 현재 시설을 활용할 수 있는 업종은 밀키트나 샐러드 같은 업체들뿐이었다.

그러던 중 수호 눈에 들어온 것이 있었다. 바로 무인계산대인 키오스크다. 급하게 수호는 머리를 굴려본다.

'오전에 반찬을 만들고 키오스크를 통해 무인으로 매장을 운영해 볼 수 있지 않을까?'

'키오스크가 자리를 잡으면 직원들 인건비도 줄일 수 있고, 24시간 돌려볼 수도 있겠는데?'

'저녁에 가게를 지키지 않아도 되고, 아이들과 산책도 할 수 있지 않을까?'

왜 지금까지 이 생각을 하지 못했을까? 수호는 바로 상담을 받으러 들어갔다. 가격은 300만 원 정도. 리스도 가능하다고 한다. 가게 매도를 위해 진행하고 있는 컨설팅 비용과 똑같았다. 수호는 '키오스크를 먼저 도전해 봤으면 좋았겠다.'라는 생각이 들었지만 지나간 걸 어쩌겠는가.

집으로 돌아와 은채에게 키오스크에 대해 이야기해준다. 역시나 은채는 현명한 여자였다.

"오빠, 키오스크가 좋은 생각이긴 한데 먼저 본사에 물어봐야 하지 않을까?"

"기계 먼저 설치했는데 본사에서 안 된다고 하면 허공에 300만 원 날릴 수도 있는 거 아냐?"

은채 말대로 본사에서는 절대 안 된다고 하였다. 무인 점포로 운영 시 회사의 이미지를 실추시킬 수 있고, 매출이 감소할 것은 뻔하기 때문이라는 것이다. 하지만 수호는 몇 날 며칠을 설득하였고, 결국 각서를 쓰는 조건으로 무인 점포 사용을 허락받을 수 있었다.

하나. 본사의 이미지를 실추시킬 경우 모든 책임과 피해 보상을 본사의 요구대로 진행할 것을 약속한다.

둘. 매출이 떨어질 경우 그 어떤 책임도 본사에 이야기하거나 요구하지 않는다.

셋. 도난, 파손 등의 문제가 발생할 경우 본사와 아무 상관이 없으므로 점주가 책임진다.

넷. 타 매장에서 문의 시 본사에서 진행한 것이 아니라 개인이 진행한 것을 명시한다.

다섯. 키오스크 매출 집계를 매달 본사에 통보한다.

본사에서는 수호가 전국 최초로 시도하는 것이고, 무인 반찬 가게가 없는 데는 이유가 있는 것이라며 끝까지 반대하였다. 다시 한번 생각해 보라며 계속 만류했지만, 수호의 마음은 이미 확고했다. 가게가 언제 팔릴지도 모르는 상황이고, 더 이상 이렇게 힘들게 살고 싶지 않았다. 몸 쓰는 일이 아닌… 머리 쓰는 일을 해야 한다는 것을 느끼기 시작한 것이다. 그러기 위해선 반드시 이 키오스크를 설치해야 한다고 생각하는 수호였다.

창업박람회에서 상담한 업체를 통해 300만 원짜리 새 제품이 아닌 200만 원짜리 중고로 설치하기로 하였다. 무인 점포가 되면 매출이 떨어질 수 있겠지만 대신 가게에 발이 묶여있지 않을 수 있고, 가족과의 시간, 나만의 시간을 가질 수 있다는 생각에 수호는 너무 행복해졌다. 멈추었던 부동산 공부도 다시 시작할 수 있었다.

키오스크는 굉장히 간단하고 사용하기 쉬웠다. 진작에 설치했다면 얼마나 좋았을까. 역시 사람은 자주 보고, 많이 배우며, 항상 행동해야 한다는 것을 또 한 번 느꼈다. 수호가 만약 이번 창업박람회에 가지 않았다면 키오스크라는 것을 아예 만날 수 없었을 테니 말이다. 행동했기 때문에 새로운 것에 도전한 것이고, 조금이라도 더 나은 삶을 살 수 있도록 만들어 갈 수 있는 것이다.

두 달간은 홀 직원과 수호가 매장을 지키며 손님들께 안내하기로 하였다. 처음 사용하시는 분들은 어려울 수 있고, 잘 몰라서 그냥 나가버리시는 경우도 종종 있기 때문이다. 그래도 키오스크는 수호에게 신세계를 만들어 주었다. 저녁에 잠깐 나가서 잡다한 일 처리도 할 수 있었고, 화장실도 천천히 다녀올 수 있게 되었다.

수호는 앞으로 오후와 저녁 시간을 어떻게 활용할지 계획을 세우기 시작한다. 가장 먼저 1년 전 멈추었던 부동산 공부가 우선이다. 직장 생활을 하면서 배웠던 경매 공부는 전국의 아파트

값이 말도 안 되게 상승하면서 도전하기가 쉽지 않았고, 레버리지 투자를 전문적으로 배우는 곳에서 다시 공부를 시작하기로 했다.

아직은 키오스크 적응 기간이라 저녁 시간을 가족과 보낼 수 없었지만, 두 달 후부터는 아이들과 밥도 먹고 산책도 할 수 있다고 생각하니 수호는 기분이 좋아진다. 아이들이 잠자리에 들면 잠깐 나가서 가게를 정리하면 되고, 반대로 정리하고 난 뒤 집에 와서 아이들과 함께 잠을 잘 수 있는 그런 환경을 만들어 갈 수 있다. 이 얼마나 꿈같은 일이란 말인가…. 별일 아닌 것 같지만 자영업자에겐 그 별일이 생각보다 어려운 것이었다. 이렇게 키오스크는 수호에게 새로운 출발을 만들어 주기 시작했다.

34

직장인 vs 자영업

코로나가 점점 줄어들면서 정부는 본격적으로 소상공인 살리기에 들어갔다. 방역을 위해 영업 제한을 했던 업종들과 매출이 현저하게 줄어든 업종에 보상금을 나누어 주기 시작했고, 생계가 어렵거나 버틸 능력이 안 되는 사람들은 저금리로 대출을 받게 해주었다. 수호는 어느 분야에도 해당하지 않았기 때문에 보상금을 받을 수 없었다. 영업 제한이 있었던 것도 아니고 매출이 떨어지지도 않았기 때문이다. 그래서 사실 보상금이나 소상공인 지원에 대해 크게 관심도 없었고 알지도 못했다.

키오스크를 설치하고 하루하루 더 나아진 생활을 시작하게 되면서 약간 긴장이 풀렸나 보다. 오랜만에 후배들과 술자리를 가지는 수호. 골뱅이에 소주 한잔 마시며 이야기하고 있는데 TV에서 소상공인 지원 사업에 대한 뉴스가 나오고 있었다. 그런데 갑자기 옆 테이블에서 고성이 들려왔다. 흰 셔츠를 입은 것으로 보아 직장인 무리였다.

"아니 똑같이 세금 내는데 왜 자영업자들만 돈을 준다는 거야?"

"그러니까 말이다. 우리가 내는 세금 다 자영업자들 먹여 살리는 데 들어가는 거 같아."

"자영업자들만 힘든가? 우리 같은 월급쟁이들은 봉이야?"

"지네들 밤에 장사 못 하고 영업 제한 했으니까 보상해 달라고 난리 치는 거지 뭐."

"솔직히 누가 가게 차리라고 했나? 지네가 돈 많이 벌겠다고 시작한 거잖아. 근데 왜 보상을 바라는 건지 모르겠네. 누군 회사 다니고 싶어서 다니는 줄 아나."

"우리 부장님도 희망퇴직하고 나가서 치킨집 차렸는데 오픈 때 가보니까 장사 엄청나게 잘되더라고. 근데 무슨 지원금 달라고 난리 치는 건지 참 이해가 안 돼."

말을 어찌나 크게 하던지 가게 사장님께서 표정이 일그러지셨다. 아마 수호가 있는 이 가게 사장님도 영업 제한 때문에 고생 좀 하신 것 같았다. 수호는 해당 사항이 없어서 가만히 있었지만, 그 이야기를 듣던 후배들이 사장님과 수호의 눈치를 살핀다. 수호는 후배들에게 조용히 얘기했다. "나는 지원 대상이 안 돼서 저거랑 전혀 상관없어." 후배들은 웃더니 웅이라는 놈이 사장님께 이야기한다. "사장님, 야구 좀 틀어주세요!"

같은 자영업자로서 영업 제한이나 폐쇄 기간이 있으면 얼마나 힘든지 짐작은 할 수 있었다. 하지만 짐작일 뿐, 그분들의 고통까지는 수호도 알 수 없었다. 자영업자라고 해서 모두가 지원금을 받는 것도 아니었고, 장사가 다 안되는 것도 아니기 때문이다. 지원금에 대해 수호가 좋고 나쁨을 판단할 수는 없지만 코로나로 자영업자들이 힘들어진 것은 확실하다. 대출을 받아서 연명해 가는 자영업자가 수두룩하기 때문에 정부의 도움을 절실히 기다리고 있는 사장님들이 굉장히 많을 것이다. 사실 정부에서 자영업자들을 도와주는 가장 큰 이유는 근로자보다 자영업자가 세금을 조금 더 많이 내기 때문이라는 말도 있다.

하지만 수호는 자영업자와 근로자의 가장 큰 차이가 일을 그만둔 뒤에 있다고 생각한다. 근로자는 보통 월 급여의 8.33% 정도의 퇴직금이 누적되면서 쌓이지만, 자영업자에게는 별도의 퇴직금이라는 것이 존재할 수 없다. 또한 근로자는 비자발적 퇴사일 경우 실업 급여라는 제도가 있지만 자영업자에겐 그림의 떡이다.

수호는 직장 생활도 10년을 해 봤기에 직장인 또한 매우 힘들다는 것을 잘 안다. 그리고 코로나로 직장을 잃은 1인이기도 하다. 어떤 것이 더 힘들다고는 이야기할 수 없지만, 영업 제한을 할 수밖에 없었던 업종들은 누군가의 도움이 절실히 필요했을 것이다. 세상에는 하루 벌어 하루 먹고사는 자영업자도 엄청나게 많다. 누가 그걸 시작하라 했느냐고 묻는다면 할 말은 없다. 하지만 새로운 꿈과 희망을 품고 도전하는 사람들에게 코로나라는 전염병은 전혀 예상할 수 없던 부분이었을 것이다.

비록 수호는 1원의 지원금도 받지 못했지만, 같은 자영업자로서 대변하는 마음을 가지고 있을지도 모른다. 하루 문을 닫거나 영업시간이 제한된다면 얼마나 큰 타격을 입는지 잘 알고 있기 때문이다.

그렇지만 자영업자들이 지원금을 받는다면 과연 어떻게 사용할까? 그동안 주지 못했던 직원들 월급을 주거나, 밀린 월세를 낼 확률이 가장 높다. 지원금을 받더라도 개인적으로 쓸 수 있는 여유가 없다는 것이다.

반대로 수호는 코로나로 직장을 잃은 사람의 마음도 잘 알고 있다. 순식간에 실업자가 되어 자존감이 바닥으로 떨어지고, 가족에게는 죄인이 되는 경험을 겪어봤던 수호다. 직장인들은 다시 취업을 준비하고 면접을 보러 다니며 노력과 시간을 빼앗기겠지만, 금전적인 손해는 발생하지 않는다. 자영업자는 코로나라는 전염병으로 금전적인 손해가 커지게 된다면, 가정이 어려워지고, 최악의 경우 스스로 생을 마감하는 상황까지 생길 수 있다. 실제로 방역 기간 동안 많은 사장님들이 버티다 못해 자살했다는 뉴스가 가끔 들리기도 했다.

무분별한 지원보다는 국민들이 납득할 수준으로 도와주는 정도는 필요하겠다는 것이 수호의 생각이었다. 그래야 자영업자들도 버티면서 점점 다시 살아날 수 있고, 그로 인해 경제가 살아나면서 근로자들에게 더욱 질 좋고 더 나은 서비스를 제공할 수 있는 그런 세상이 올 것이라고 생각하기 때문이다. 모두가 윈윈할 수 있는 그런 날이 오길 바라는 마음뿐이다.

자영업자와 근로자 사이에서 너무 고심했던 탓일까? 수호는 만취 상태가 되었고, 후배들에게 질질 끌려 집으로 들어갔다. 다음 날 일어나 보니 은채와 아이들이 보이지 않았다. 수호의 핸드폰에는 메시지가 도착해 있었다.

'역시 사람은 고쳐 쓰는 게 아니라더니… 오빠를 두고 얘기하는 것 같아. 우리 이제 그만하자.'

35

선물과 가족

'내가 어제 집에 어떻게 왔더라….'

'아 진짜 왜 이렇게 많이 마셨지….'

'이번엔 진짜 술 끊는다….'

수호는 은채의 섬뜩한 메시지를 보고는 벌떡 일어난다. 그러고는 창문 밖을 바라보며 차가 있는지 확인해 본다. 차가 없다면 처가댁으로 갔을 확률이 높고, 차가 있다면 놀이터에 있을 가능성이 높다. 다행히도 차는 주차장에 있었다. 일단 옷을 입고 빨리 나가야 한다. 그래야 만나서 싹싹 빌기라도 할 것 아닌

가. 생각해 보니 오늘 아이들과 어린이대공원에 가기로 한 날이었는데… 그것도 잊어버리고 술독에 빠진 수호다.

역시나 아이들과 은채는 놀이터에 있었다. 아빠가 지금 벼랑 끝에 서 있다는 것을 아는지 모르는지… 아이들은 수호를 보자마자 아빠를 부르며 달려온다. 은채는 수호를 쳐다보지도 않는다. 어르고 달래서 겨우겨우 집으로 들어가서 수호는 싹싹 빌기 시작했다.

"오빠, 가게 하면 술 다신 안 먹는다며… 그래서 오빠 믿고 대출까지 받아서 시작한 거잖아. 나는 이제 더 이상 오빠를 믿을 수 없으니까, 내가 나가든지 오빠가 나가든지 둘 중에 정하자."

"오빠가 요새 너무 힘들어서 그래. 알잖아. 근데 이제 키오스크도 설치했고, 다음 주부턴 부동산 강의도 다시 들어야 하니까 진짜 마지막으로 마신 거야. 한 번만 믿고 넘어가 줘. 미안해 정말."

"싫어. 이렇게 얼렁뚱땅 넘어간 게 벌써 열 번도 넘을 거야. 나도 이제 너무 힘들고 지쳤어. 그리고 아이들한테도 너무 미안하고…."

"그럼, 오빠가 오늘부터 술 종류에 상관없이 아예 입에 안 댈 테니까 진짜 마지막으로 한 번만 믿어줘."

"웃기고 있네. 내가 그 말을 또 믿으라고?? 저번에도 후배들이 끌고 와서 얼마나 쪽팔렸는지 알아? 얼마나 지났다고 또 그래? 내가 왜 오빠 후배들을 혼내야 하는지도 모르겠지만 걔네한테도 진짜 미안해 죽겠어."

"알겠어. 오빠가 오늘부터 술 한 모금이라도 마시면 그때는 진짜 이혼서류 들고 올게. 그리고 빈털터리로 집에서 나갈 테니까 마지막으로 한 번만 기회를 줘."

"… 진짜지? 담배도?"

"당연하지. 오빤 술 안 마시면 담배도 안 피워. 술 마실 때만 피우니까…."

"자랑이다. 아주."

역시 착한 은채는 알면서도 또 한 번 속아 넘어가 준다. 수호는 2022년 9월 19일, 금주 금연을 선언했다. 수호에게 금주는 16년간 단 한 번도 성공하지 못한 미지의 영역이었다. 은채는 듣는 둥 마는 둥 한숨만 계속 쉬며 당분간 나가서 따로 자라고 엄포를 한다. 이렇게 오늘도 얼떨결에 넘어가게 돼서 다행이었다. 하지만 이번 결심은 정말 뭔가 달랐다. 이렇게 살다가는 언젠가 술 때문에 대형 사고를 칠 것만 같았기 때문이다.

일주일 뒤, 수호는 1년 6개월 만에 임장을 갔다. 자영업을 시작하면서 중단했던 부동산 공부를 다시 시작하게 된 것이다. 키오스크가 있었으니, 이젠 언제라도 임장을 갈 수 있었다.

주말 이틀 동안 임장을 하고 나니 발바닥에 물집이 잡혔고, 무릎은 이미 수호의 것이 아니었다. 얼마 전 고주망태가 되어 들어온 남편인데도 걱정은 되었는지 은채는 내일 임장에 필요한 아이템을 사러 가자고 했다. 은채는 휴가까지 써가며 수호를 데리고 백화점으로 향한다. 신발과 상의, 바지까지 임장 아이템을 여러 가지 사주었다. 금액만 30만 원이 넘었다.

"이거 너무 많이 사는 거 아니야?? 갑자기 무섭게 왜 이래???"

"이번에 오빠 정신 차리라고 내가 단단히 못 박는 거야. 이렇게까지 해주는데 또 술 마시면… 오빠는 사람도 아니지. 평생 마지막 선물이 될 수도 있어."

수호는 순간 뜨끔했다. '이 아이템들이 나의 족쇄가 되겠구나.'라는 생각과 함께 말이다. 하지만 부자가 되기 위해선 부동산 공부를 반드시 해야 한다고 생각한다. 그래서 더더욱 은채에게 고마웠다. 역시 아이템을 장착하니 훨씬 덜 힘들었고 편하게 임장을 다닐 수 있었다.

키오스크가 점차 자리를 잡아가기 시작했지만, 오후에 관리할 사람이 없다 보니 배달은 포기해야만 했다. 배달 매출이 아깝긴 했지만, 지금은 앞날을 위해 시간을 만들어야 한다고 생각했다. 다시 시작한 부동산 공부 때문에 당분간 아이들과 보낼 수 있는 시간이 거의 없었다. 매주 주말 임장을 가야 했기 때문이다. 그래서 이번 주엔 아이들과 함께 놀이공원을 다녀오기로 하였다.

주말보다는 평일이 나을 듯하여 은채는 휴가를 쓰고 수호는 아침 일찍 일을 끝낸 뒤 출발하였다. 오후에는 키오스크가 있으니 걱정 없이 다녀올 수 있었다. 다섯 살인 나혜도 놀이공원이 처음이었다. 그동안 코로나가 심해서 어디 잘 돌아다니지 못하기도 했지만, 아빠가 자영업을 시작하면서 가족과의 시간을 만들 수 없었던 것이 가장 큰 이유다.

처음 간 놀이공원에서 아이들은 물 만난 물고기였다. 엄마 아빠는 점점 지쳐가는데, 동물도 보고 놀이 기구도 타면서 아이들은 점점 더 쌩쌩해지는 것 같았다.

'우리 아이들이 이렇게 잘 놀았었나?'

'내가 그동안 집이라는 감옥에 가두었던 것은 아닐까.'

아이들은 너무나 행복한 표정을 지으며 아빠를 연신 부르는데 수호는 죄책감이 들었다. 그렇게 하루 종일 신나게 놀았더니 어느덧 마지막 불꽃놀이 시간이 다가왔다. 수호네는 불꽃놀이가 잘 보이는 명당에 미리 와서 앉았고, 아이들은 불꽃놀이가 뭔지도 몰랐기에 자꾸만 힘들다며 떼를 쓰기 시작했다. 시간이 되자 하늘 위로 형형색색의 불꽃들이 터지기 시작했고, 아이들은 난생처음 보는 불꽃놀이에 침을 흘리며 눈을 떼지 못한다.

신기해하는 아이들의 모습을 보고 있던 순간, 갑자기 수호의 눈에서 눈물이 흘러내렸다. 불꽃놀이를 바라보는 아이들 눈이 너무나 초롱초롱하게 빛나고 있었고, 지금까지 한 번도 볼 수 없었던 행복한 표정이었다. 그 모습을 보니 가슴이 답답해지면서 눈물이 철철 흘러내렸다. 누가 볼까 봐 얼른 수호는 불꽃놀이 쪽으로 얼굴을 돌렸지만 계속 흘러내리는 눈물을 주체하기 어려웠다. 아이들은 엄마 옆에 붙어 있었기에 수호는 바로 화장실로 향했고, 겨우겨우 눈물이 멈추고 나서야 돌아올 수 있었다. 특히 세상을 다 가진 듯한 천진난만한 딸내미의 얼굴은 죽을 때까지 잊지 못할 거 같다. 그동안 코로나라는 핑계로 넓은 세상을 보여주지 않았던, 못난 아빠라고 생각하는 수호다.

수호는 지금도 당연히 술을 마시지 않는다. 맥주, 와인, 칵테일 등등 종류를 상관하지 않고 말이다. 수호가 금주, 금연을 꼭 지켜야겠다고 생각하게 된 것이 바로 놀이공원을 다녀온 날이다. 가끔은 술을 마시고 담배를 태우고 싶은 날도 있지만, 불꽃놀이를 바라보던 아이들 표정을 떠올리면 그 생각이 바로 사라지곤 한다.

36

정말로 무서운 세상

기준금리가 무섭게 오르기 시작했다. 수호가 자영업을 시작할 때만 해도 0.5%였는데, 지금은 3%가 되었다. 기준금리가 올라가면서 30만 원대였던 이자가 50만 원을 넘어섰다. 앞으로 얼마나 오를지 모른다는 것이 더 큰 문제였다. 금리 때문에 신경이 날카로운 상황인데 홀 직원은 자꾸만 지각을 한다. 아이를 기르는 엄마라 수호도 어느 정도 이해했지만, 한 달에 한두 번이던 지각이 이제는 일주일에 한두 번씩으로 늘어난 기분이었다.

그러던 어느 날 갑자기 아이가 아파서 내일 하루만 쉬겠다는 연락이 왔다. 어쩔 수 없이 은채가 연차를 쓰고 하루 도와주기로 했다. 수호는 조만간 한번 날을 잡아서 근무 태도에 관해 이야기해야겠다는 생각이 들었다.

일주일 뒤, 홀 직원과의 교대 시간보다 조금 일찍 가게에 도착한 수호. 이 시간이라면 실장님도 아직 퇴근할 시간이 아니었지만 보이지 않았다. 홀 직원에게 물어보니 일이 생기셨다며 일찍 퇴근했다는 것이다. 사장인 수호에게 한마디 얘기도 없이 그냥 일찍 갔다고?? 이건 분명 처음 있는 일이 아닐 거라는 느낌이 팍 들었다.

cctv를 모두 돌려볼 수는 없었지만, 최근 한 달 치를 돌려보니 역시나 수호의 예상이 들어맞았다. 수시로 30분에서 1시간 정도 일찍 퇴근하고 있었다. 수호는 갑자기 속에서 열이 확 뻗쳤다. 사장이 오후에 매장에 없고 출퇴근을 잘 체크하지 않는다는 것을 이용하는 것 같았다. 수호는 일단 모르는 척하며 실장님께 전화를 건다.

"실장님, 나 지금 매장 왔는데 어디 갔어요?"

"제가 오늘 병원 예약을 3시로 잡아서 조금 일찍 나왔어요."

"3시 퇴근인데 병원을 3시로 잡았어요? 왜요?"

"병원에 갔다가 제가 어디를 좀 들러야 해서…."

"그게 말이 돼요? 아니 한 시간씩 일찍 가면서 뭘 맨날 힘들다고 그래요? 나 참, 제가 계속 아무 말 안 하니까 그냥 막 나가시는 거 같네요?"

"죄송합니다."

호의가 계속되면 권리인 줄 안다는 말이 이럴 때를 두고 하는 말인가 보다. 사실 수호는 직원들을 거의 터치하지 않았다. 좋은 게 좋은 거라고 생각하는 성격이었기에…. 사람이 살다 보면 지각을 할 수도 있고, 일찍 가야 하는 사정이 생길 수도 있다. 그렇다고 수호가 안 보내주거나 핀잔을 준 적은 단 한 번도 없었다. 그런데 말도 안 하고 이렇게 행동한다면 문제가 있는 거 아닐까? 이건 좀 아니라는 생각에 수호는 다음 날 직원들을 불러 이야기한다.

"제가 드리는 호의가 여러분에게 권리가 된다면 더 이상 같이 일 못 합니다. 아무리 구멍가게라도 서로 지킬 건 지켜야 하는 거예요."

직원이라곤 두 명밖에 없는데… 수호는 이런 얘기를 하는 자기 자신이 너무 웃기면서도 어이가 없었다. 이런 상황이 계속 발생할 때, 사장이 할 수 있는 제도가 무엇인지 세무사에게 물어보았다.

다른 방법은 없고, 30일 전에 그만두라고 얘기하는 방법밖에 없다고 한다. 근로자들이 약한 위치에 있고, 사장보다는 힘이 없기 때문에 많은 제도가 근로자에게 유리하다고 한다. 수호가 근로자의 근무 태만을 처리할 수 있는 제도가 없냐고 재차 물어보았지만, 지금은 딱히 방법이 없다면서 한 가지 이야기를 해주었다.

"사장님 직원 두 분 입사 기록을 보니까 이제 막 일 년이 넘으셨더라고요. 일 년이 지나면 퇴직금 주셔야 하는 거는 아시죠? 그리고 비자발적 퇴사가 되면 그분들은 실업급여도 받으실 수 있고요."

"네네, 그거야 당연히 잘 알고 있죠."

"일 년이 지나면 근무 태도가 변하는 직원들이 간혹 있습니다. 비자발적 퇴사를 하고 싶어서 그러는 경우가 왕왕 있어요. 일부러 지각을 자주 하거나, 근무 태도가 불성실해지는 것이죠. 그렇게 되면 사장님들은 강제로 해고할 수밖에 없고, 1년이 지났기 때문에 그분들은 퇴직금도 받고 실업급여도 받을 수 있는 겁니다. 그걸 악용하는 사람들이 요즈음 많이 생긴다고 하더라고요."

"그럼 일부러 잘리고 싶어서 그렇게 행동한다는 건가요?"

"네, 그렇죠. 물론 많은 사람들이 그렇지는 않겠지만 충분히 가능성은 있습니다. 얼마 전 다른 곳에서 2년 된 직원이 퇴직금을 안 받을 테니 권고사직 처리를 해달라는 경우도 있었습니다. 퇴직금보다 실업급여가 더 많이 나오기 때문이죠."

"참 세상 무섭네요. 우리 직원들은 그런 의도는 아닌 것 같은데… 일단 알겠습니다. 감사합니다!"

통화를 끝내고 '아프니까 사장이다' 카페를 들어가 보았다. 수호는 진짜 이런 일들이 있는지 찾아보고 싶었다. 이럴 수가, 실제로 이런 일들이 비일비재하게 일어나고 있었다. 일 년이라는 시간을 들여 직원을 교육하고 키워놨는데 갑자기 태도가 돌변한다면 정말 화가 많이 날 것 같았다. 이런 일들이 많이 일어난다고는 하지만, 수호는 자기 직원들이 비자발적 퇴사를 원해서 이렇게까지 행동한다고는 생각하지 않는다. 그동안 열심히 일하고 도와준 것을 생각하면 그럴 사람들이 아니라고 생각하기 때문이다. 하지만 확인할 방법이 없으니, 그냥 아니길 바라는 수밖에… 참말로 무서운 세상이다.

37

실패해도 괜찮아

어느 날 수호네 가게 뒤쪽에 있던 국숫집이 없어지고 프랜차이즈 수제버거집이 들어왔다. 정신없이 살다 보니 뒤쪽에 가게가 없어지고 바뀐 것도 모르던 수호였다. 2주 동안 오픈 행사를 진행한다고 대대적으로 홍보를 다니는 걸 보고 알게 되었다. 수제버거집 또한 수호의 먼 경쟁상대였기 때문에 달갑지는 않았다.

반찬가게를 시작한 지 어느덧 1년 6개월, 주변에 새로 생긴 프랜차이즈 요식업만 6개가 넘는다. 도대체 왜 자꾸 요식업만 생기는 건지, 수호는 조금 짜증이 난다. 금리가 오르고 위드코로나가 시작되면서 매출이 조금씩 떨어지는 와중에 계속해서 요식업이 생기는 게 정말 싫었다. 하지만 수호가 할 수 있는 일은 한 가지뿐이었다. 더 맛있고 다양한 반찬을 만드는 것. 이젠 제발 주변에 새로 오픈하는 가게가 없었으면 하는 바람이다.

창업 컨설팅업체에서 전화가 왔다. 이번에 진짜 반찬가게를 원하는 손님을 모시고 간다고 말이다. 6개월 안에는 매도가 가능하다고 호언장담하더니 벌써 7개월이 넘어가고 있다. 그래도 관심 있다는 손님을 가끔 모시고 오니 기다릴 수밖에 없었다. 대부분 가격이 맞지 않아서 거래가 성사되지 않았지만, 이번 손님은 더 심했다. 6천만 원 아래로 가게를 원한다고 했다. 맘 같아선 확 넘겨버리고 싶었지만, 시설 투자금을 회수하지 못한 상황이라 그 가격에 도장을 찍을 수는 없었다.

창업컨설팅 실장은 이제 곧 월드컵도 시작되고, 겨울이라 당분간 손님이 많지 않을 것 같다며 돌아갔다. 컨설팅 비용을 받기 전에는 자신 있다며 그렇게 침이 마르도록 이야기하더니, 언제 그랬냐는 듯 당분간은 힘들 거란다. 왠지 느낌이 사기를 당한 기분?? 수호는 자영업을 시작하면서 느낀 거지만 세상엔 착한 사람이 생각보다 많지 않았다. 자신에게서 돈을 뜯어 가려는 사람들만 득실거리는 것 같았기 때문이다. 참 어려운 세상이다.

키오스크를 설치하고 조금씩 삶의 여유가 생기기 시작했다.

그래서 프랜차이즈 떡볶이집을 시작했던 두 친구 놈 가게를 방문했다. 직접 가보니 위치가 생각했던 것보다 더 안 좋았다. 공실 많은 상가 2층 구석이었다. 아무리 배달 전문이라지만, 가게가 어디 있는지도 모르겠고, 오고 가면서도 아예 볼 수 없는 곳에 있었다.

"야, 아무리 그래도 여긴 좀 아니지 않냐?"

"배달만 한다니까? 월세만 싸면 되지."

"아무리 배달이라도 오가며 사람들이 볼 수 있는 곳에서 하는 게 낫지. 여긴 뭐 전혀 노출도 안 되고, 이러니 장사가 되겠냐?"

"그냥 해 보는 거지, 경험이 중요하니까."

"처음에 시작할 때랑 말이 많이 다르다? 그때 내가 그렇게 뜯어말렸는데 사업한다고 자신만만하더니, 그 자신감 어디다 갖다 버렸냐?"

"아 몰라, 생각보다 쉽지 않네. 인건비는커녕 월세도 안 나온다 지금."

"그래, 좋은 경험이라 생각하자. 우리가 지금 하고 있는 건 사업이 아니야. 그냥 개미처럼 일해야 하는 장사일 뿐이지. 근데 좋은 경험이 돼서 돌아올 것이다. 힘내자!"

수호는 가게를 나오면서 느낄 수 있었다. 여긴 절대로 올해를 넘기기 어렵겠다고 말이다. 처지는 비슷했기에 동병상련을 느낄 수 있었다.

역시나 두 달 뒤, 2022년 12월을 마지막으로 이 친구들은 가게를 접었다. 참 가슴 아픈 일이었지만, 젊을 때 고생은 사서도 한다는 말이 있지 않은가. 실패해도 괜찮다. 우리는 아직 젊고, 그걸 바탕으로 다시 일어설 수 있기 때문이다. 수호는 지금의 실패를 경험 삼아 더욱 높은 곳에서 만나는 날이 반드시 올 것이라 생각한다.

38

오! 필승코리아

역사상 처음으로 겨울에 열리는 월드컵이 카타르에서 개막하였다. 우리나라는 우루과이, 가나, 포르투갈과 같은 조 편성을 이루고 있었고, 첫 상대는 우루과이였다. 하지만 수호에게 이런 국제대회는 골칫거리 중 하나다. 대한민국 축구 경기가 있는 날은 매출이 반토막 난다는 것을 여러 번 경험했기 때문이다. 그런 날은 치킨과 맥주, 떡볶이와 순대 같은 메뉴들이 더욱 불티나게 팔린다. 반찬가게를 찾는 손님들이 거의 없다는 이야기다.

차라리 경기가 새벽에 시작한다면 모를까. 카타르에서 하는 경기인데도 우리나라 시간으로 밤 10시에 시작한다. 그 시간이면 많은 사람들이 시청하고 자도 되는 시간이었다. 예상했던 대로 월드컵이 시작되고 매출이 떨어지기 시작하였다. 한국 경기가 있는 날만 손님이 없는 것이 아니라 전체적으로 장사가 되지 않았다.

수호는 키오스크 설치 후 매장 정리를 위해 항상 저녁 9시쯤 가게를 방문하곤 했다. 우리나라와 우루과이의 경기가 있는 날에도 마찬가지로 9시쯤 매장에 도착했다. 옆에 있는 떡볶이집과 치킨집은 포장을 기다리는 사람들로 문전성시를 이루고 있었다. 가게 정리를 마치고 포장을 기다리는 사람들의 긴 줄을 보던 수호… 잠시 고민하더니 치킨집 줄 맨 뒷자락에 가서 선다. 마음은 씁쓸했지만 '축구는 치맥이지.'라고 생각하면서 말이다.

월드컵과 연말이라는 특수성 때문에 매출은 서서히 더 큰 폭으로 줄어들기 시작했다. 연말에는 모임이나 행사가 많은 편이라 장사가 잘 안되는 게 통상적이긴 하지만, 거기에 월드컵이라는 국제대회가 기름을 부은 격이었다. 수호는 은채와 대책 회의를 할 수밖에 없었다.

"오빠, 그동안 열심히 했는데 그냥 상가 계약 끝나면 그만두는 게 어때?"

"철거하라고? 팔지 못하면 우리 대출받은 1억 그냥 날아가는 거야…."

"돈은 다시 벌어서 갚으면 되지. 오빠 지금 몸 상태를 봐. 맨날 한의원 가고 밤에 잠도 잘 못 자면서 일하는데 매출은 떨어지고 있잖아. 장사라는 게 변수가 너무 많은 것 같아. 직원들 땜에 계속 힘들어했지, 금리 오르면서 손님들도 돈 안 쓰지, 전쟁 터지면서 식자재 다 올랐지, 코로나 풀리면서 반찬 수요도 떨어졌지, 버틴다고 해서 될 게 아닌 거 같아."

"그거야 그렇지만… 가게가 팔리면 조금이라도 갚을 수 있으니까 팔릴 때까지만 해 보려고 했지."

"팔린다는 것도 쉽지 않을 것 같아. 부동산에서도 연락 한번 없잖아. 업종과 장소가 딱 맞는 사람이 과연 있겠느냐는 생각도 들고…."

"나도 막상 시간이 지날수록 그런 생각이 들긴 해. 하지만 1억이라는 대출을 언제 갚지."

"그건 걱정하지 말라니까. 나도 일하고 오빠도 일하면 금방 갚을 수 있어. 버티다가는 몸도 망가지고 빚도 더 생길 거야. 그만두는 게 더 현명한 선택이라고 봐."

수호는 은채의 말이 내심 위로가 되었다. 1억이라는 돈을 날리는 것에 대해 매일 걱정했고, 죄책감에 시달려서 잠을 잘 못 이루곤 했다. 사실은 빨리 때려치우고 싶은 마음이 굴뚝같았기 때문에 은채의 말이 너무나 고마웠다. 결국 수호는 내년 5월 상가 계약이 종료되는 시점까지만 가게를 운영하기로 결정하였다. 그 사이에 팔리면 좋겠지만, 안 되더라도 그냥 철거하기로 말이다.

거기에 더해서 직원들도 올해까지만 근무시키기로 하였다. 30일 전에는 직원들에게 권고사직을 구두로 전달해야 한다기에, 11월 말 수호는 직원들에게 권고사직을 통보하였다. 직원들의 표정을 보니 어느 정도 예상했던 것 같기도 하면서 약간은 본인들이 원하는 방향대로 흘러간다는 눈치였다. 동대문에서 콧대 높은 디자이너들을 상대했던 수호에게 직원들의 표정은 금방 읽힐 수밖에 없었다. 사람이 표정을 숨긴다는 것은 결코 쉬운 일이 아니기 때문이다. 직원들이 아쉬워하고 걱정하는 말을 하고는 있지만 속으로는 쾌재를 부르고 있었을지도 모르겠다. 권고사직은 퇴직금과 실업급여를 모두 받을 수 있는 환경을 만들어 주니까 말이다. 사람의 마음이 다 그렇지 않겠는가.

이번 2022년 카타르 월드컵은 2002년 한일 월드컵만큼이나 재미있고 흥미진진했다. 20년 전과 똑같이 포르투갈을 이기고 극적으로 16강에 진출했던 짜릿한 순간은 아마 오래오래 기억에 남을 것이다. 그리고… 매장을 폐업하기로 결정했던 가슴 아픈 순간도 아마 오래오래 기억에 남을 것이다.

39

입원

위드코로나를 선언하면서 서서히 마스크를 벗는 일상이 되어 가고 있었다. 그러자 유치원과 어린이집에 감기가 다시 유행하기 시작했다. 수호네 아이들도 피해 갈 수 없었다. 처음엔 그냥 감기라고 생각하고 동네병원을 다녀왔지만, 시간이 지나갈수록 기침 소리가 예사롭지 않았다. 수호와 은채는 결국 아이들을 데리고 조금 더 규모가 큰 유아 전문병원을 방문했다. 예약하지 않은 터라 1시간 정도 기다려서 겨우 진료받을 수 있을 정도로 아픈 아이들이 너무나 많았다.

큰 병원에 처음 온 아이들은 긴장한 모습이 역력했다. 옆에 있는 또래 친구들이 기침도 심하게 하고, 울고불고하다 보니 살짝 무서웠나 보다. 승원이는 처음 보는 기계들이 낯설었는지 엑스레이 찍는 과정에서 대성통곡을 한다. 의사 선생님께서 엑스레이 사진을 보시더니 폐렴이 심각하다고 하시면서 빨리 입원을 시키라고 얘기하는데, 수호는 정말 너무 미안하고 가슴이 아팠다. 나혜는 그나마 폐렴 초기라 입원까지는 안 해도 되는 상황이었지만 같이 입원시켜서 빨리 낫게 하는 게 더 좋겠다는 말에 함께 입원하기로 결정하였다. 그렇지만 입원이 문제가 아니었다. 아이들의 그 작디작은 손에 바늘을 찔러 넣어야 한다는 것이 수호를 너무나 아프게 했다.

아이들은 입원이라는 것을 처음 해 보는 상황. 손에 바늘을 꽂아야 한다는 걸 모른 채 웃으면서 진료실로 들어갔다가, 놀래기도 하고 아프기도 했는지 눈물 콧물 범벅이 돼서 밖으로 나온다. 승원이는 울면서 "빼", "빼"를 연신 외쳤다. 그래도 나혜는 몇 살 더 먹은 누나라고 눈물도 금방 그치더니 씩씩하게 동생 먼저 챙긴다.

아이가 둘이라 엄마 아빠 모두 보호자로 들어갈 수 있었지만, 수호는 가게 영업 때문에 왔다 갔다 해야 했고, 나갔다가 다시 들어오려면 매번 코로나 검사를 통과해야만 들어갈 수 있었다. 결국 은채 혼자 보호자로 들어가기로 했고, 수호는 이틀에 한 번씩 면회를 오면서 아이들을 만나기로 결정했다. 3~4일 입원하면 될 것 같다던 아이들은 쉽게 낫질 않았다. 2~3일 정도 더 입원하는 게 좋겠다는 말에 이틀 연차를 냈던 은채는 3일 더 휴가를 낼 수밖에 없었다.

그렇게 일주일이 지나고 다행히 아이들은 폐렴에서 벗어날 수 있었다. 승원이는 감기가 오면 호흡기 쪽으로 바로 증상이 올 것이라며 조심하라고 하셨다. 퇴원 수속을 하는 은채를 바라보니 일주일간 엄청나게 핼쑥해진 것 같았다. 얼마나 힘들었을지, 수호는 고생했다며 은채를 꼬옥 안아주었다. 아이들도 얼굴이 반쪽이 되었지만 팔이 자유로워지고, 집에 가자는 수호의 말에 펄쩍펄쩍 뛰면서 좋아한다.

아이들이 아프면 대신 아파주고 싶은 게 부모 마음 아닐까. 저 작은 아이들이 제대로 말도 못 하고 얼마나 힘들었을지. 아이들이 입원해 있는 동안 일도 제대로 하지 못한 수호다. 자식이 아픈데 일이 손에 잡히는 부모가 어디 있겠는가. 그건 사장이나 직원이나 모두 같은 마음일 것이다.

아이들이 아프지 않고 잘 크는 게 부모들의 가장 큰 바람이지 않을까 생각한다. 이렇게 아픔이 많았던 11월이 지나가고 크리스마스가 있는 12월이 다가오고 있었다.

40

이별과 만남

크리스마스를 앞두고 한 여성분이 수호네 가게를 찾아왔다.

"사장님, 저 본사에서 얘기 듣고 여기 가보라고 해서 왔어요. 가장 최연소 점주님이시고, 무인으로도 운영하고 계신다고 하던데, 어떤지 한번 보고 싶어서요."

"아, 반찬가게를 해 보고 싶으셔서 오신 건가요?"

"네네, 제가 언니하고 직원 한두 명 고용해서 같이 해 보려고 하는데 무인으로도 운영하면 어떨까 해서요."

"절대 하지 마세요. 반찬가게 하셨다가는 언니랑도 사이 안 좋아지실 수 있고, 너무 힘들어서 오래 못 하실 거예요."

"안 그래도 다른 곳도 들러봤는데, 다들 힘들다고 하시더라고요. 근데 돈은 된다고 하시던데…."

"돈은 될지 모르겠지만 그냥 힘든 수준이 아니에요. 너무 힘들어서 항상 아프고, 맨날 병원 가고, 사람 때문에 스트레스받아서 탈모도 심해졌어요. 정말 웬만하면 하지 마세요. 다른 거 알아보시는 게 훨씬 나을 거예요."

"어머, 그래요? 몇 가지만 만들어서 팔면 된다고 쉽게 이야기하던데, 본사에서도 무인으로 시스템 만드는 중이라고 하더라고요."

"저는 처음에 무인 기계를 들일 때 본사가 반대해서 각서 쓰고 진행했어요. 그러더니 얼마 전에 전화 와서는 무인 시스템 어떤지 물어보더라고요. 솔직히 키오스크 들인 덕에 매장에 항상 붙어있지 않아도 되는 건 좋지만 힘든 건 비슷해요. 매일같이 시장 가야 하고 전부 조리해야 되고, 주말에는 대청소하고 그래야 해요. 그냥 무작정 만들어서 팔기만 한다고 생각하시면 절대 안 돼요."

"그래도 돈은 좀 벌 수 있지 않아요?"

"그것도 올해 초까지나 좀 벌었을 거예요. 코로나 풀리면서 수요도 많이 떨어지고, 금리는 오르지, 내년에 인건비 오르지, 식자재 오르지, 세금은 세금대로 나오지, 그런데 반찬 가격은 올리지 못하니… 지금은 직장 생활했을 때보다 못하는 거 같아요. 뭐 날씨가 따뜻해지면 조금 회복되긴 하겠죠."

"사장님이 젊으신데도 이렇게 힘들다고 하시는데, 저희는 더 힘들겠네요."

"그러실 거예요. 저도 오픈하기 전에 손님처럼 다 물어보고 다녔어요. 저처럼 이렇게 뜯어 말려주셨던 사장님 한 분만 계셨어도 시작하지 않았을 텐데, 그런 분이 없으셨거든요. 나중에 생각해 보니 그냥 버티면서 다들 하신 것 같아요. 없어진 곳도 많고요."

"네네, 진심으로 말씀해 주셔서 감사합니다."

"이거 하시면 정말 반드시 후회하실 거예요. 잘 생각하셔서 결정하세요."

어떤 결정을 했는지는 수호도 알 길이 없다. 하지만 이렇게 진심을 다해서 말렸는데도 반찬가게를 창업했다면 그건 그분의 운명일 것이다. 수호는 이렇게 힘들지만 분명 잘하는 사람도 있을 테고, 수호의 말이 정답은 아닐뿐더러, 결정은 본인의 선택이기 때문이다.

월드컵의 열기로 한풀 꺾인 매출은 연말이 다가올수록 더욱 더 아래로 곤두박질치고 있었다. 모든 악재들이 쌓이고 쌓여 지금의 상황을 만든 것이나 다름없다. 열심히 한다고 해서 될 일이 아니라는 것을 이제야 조금 느끼는 수호다. 남은 시간 동안 가게가 팔릴지 안 팔릴지는 모르겠지만 수호는 당분간 혼자 운영하는 것에 도전하기로 마음먹는다. 이런 장사를 혼자 해보면 어떨지 느껴보는 것도 나중에 큰 도움이 될 것 같기 때문이었다.

직원들과 1년 3개월 동안 미운 정 고운 정 들면서 함께 일했던 탓인지 아쉽기는 했지만, 밝은 미래를 응원하며 기분 좋게 헤어졌다. 그동안, 직원들이 수호를 도와주었기에 지금까지 버티면서 올 수 있었다는 것은 자명한 사실이다. 홀 직원은 수호에게 선물도 주면서 떠났고, 실장님은 절대 알려주지 않던 본인 레시피를 공개해 주며 떠났다. 아름다운 이별이라고나 할까?

수호는 본인도 직장인이던 시절이 있었기에 최선을 다해 배려하고 이해해 주었다고 생각한다. 그분들이 수호를 어떻게 생각해 왔을지는 모르겠지만 나중에 다시 만난다면 떳떳할 수 있는 수호였다. 사람의 인연이라는 것이 소중하기에, 수호는 그분들의 안녕을 바라며 이별했다.

8월부터 본격적으로 시작한 부동산 공부가 어느덧 무르익어 가고 있었다. 수호는 일주일에 5번의 임장을 갔다. 차가 막히는 금요일과 팸데이인 토요일을 제외하고는 매일 떠났다. 매일매일 3만 보 이상을 걸어 다녔고, 부동산 방문을 위한 정장과 구두, 임장 아이템은 항상 차에 가지고 다녔다.

오전에 일을 마치고 출발하여 오후 6시까지 임장을 하고, 가게로 돌아와 정리를 마친 뒤 근처 스터디카페로 향한다. 그리고 밤 12시까지 지역을 분석하고 임장 보고서를 작성했다. 이렇게 꾸준히 했더니 어느새 다양한 지식들이 쌓여가고 있었다. 남들은 회사 다니면서 공부하느라 시간이 부족했지만, 수호는 부동산 공부에 시간을 갈아 넣을 수 있었다. 너무 절박하면서도 이것이 수호에겐 마지막 희망이었다. 반드시 투자에 성공하여 지긋지긋한 반찬가게와 육체 노동을 때려치우자는 일념 하나로 매일같이 앞만 보고 달려가는 수호.

하지만 혼자 다니다 보니 지치기도 하였고, 이게 맞는 것인지 정보를 공유할 사람도 없었다. 그래서 수호는 다시 한번 부동산 커뮤니티의 힘을 빌리기로 결정한다. 23년 1월부터 시작하는 부동산 정규반을 접수하였고, 조장 지원을 통해 8명의 조원분을 만나게 되었다. 새로운 만남이었지만 하나같이 대단하신 분들이라는 것을 알 수 있었다. 수호처럼 절박하신 분, 서울 입성을 목표로 달려오시는 분, 동해, 춘천, 가평, 홍천같이 먼 곳에서도 부동산 투자를 위해 기꺼이 수도권으로 오시겠다는 분들이셨다. 줌으로 첫 모임을 진행하면서 많이 떨리고, 누군가를 이끌어 가보는 게 처음인 수호였지만 목표를 이루기 위해 한 걸음 더 나아가야 한다는 생각으로 열심히 배우고 도전해 본다. 이때 만난 여덟 분은 지금까지도 매일매일 기상 인사를 하고 투자 정보를 공유하면서 함께 나아가고 있다.

지금의 수호에게 있어 가장 큰 목표는 반찬가게를 때려치우는 것이었지만 장기적인 목표는 경제적 자유와 10억 달성이다. 목표 기간은 40대가 되기 전까지. 당장 1월부터 혼자 일을 하게 되면서 이 계획들이 가능할지 걱정도 되었지만, 반드시 이뤄야 하는 목표라고 생각하며 열심히 달려가는 수호다.

현금 10억이 있으면 한 달에 300만 원씩 총 30년 동안 쓸 수 있다는 것을 아는가? 지금은 많은 곳에서 10억이 별거 아닌 것처럼 이야기하지만 따지고 보면 엄청나게 큰돈이다. 중요한 것은 그 10억이라는 돈이 반찬가게를 운영해서는 절대 모으지 못한다는 것이다. 그렇기 때문에 수호는 죽기 살기로 부동산 공부를 하고 있으며, 지금의 이 반찬가게 경험이 10억을 달성하는 밑거름이 되어주길 바랄 뿐이다. 힘든 경험과 실패는 분명 성공의 가장 큰 자양분이 될 수 있다고 믿어본다.

41

적자생존

새해가 밝았다. 수호가 점포매도를 할 수 있는 시간은 앞으로 4개월… '아프니까 사장이다' 카페에도 꾸준히 글을 올리고, 매물을 올릴 수 있는 모든 곳에는 등록하고 있었다. 직방, 다방, 벼룩시장 심지어는 당근마켓에도 매도 글을 올렸다. 그러자 연락이 엄청나게 오기 시작했다. 문제는 연락 오는 곳이 전부 컨설팅업체라는 것이다.

"100만 원만 입금해 주시면 3개월 안에 팔아드립니다."

"관심 있으신 분들이 있는데 소정의 금액이 발생할 수 있습니다."

"괜찮은 매장을 가지고 계시던데 저희가 작업비만 받고 매도해 드리겠습니다."

수호는 한번 경험해 보니 이런 연락들이 다 부질없다는 것을 알게 되었다. 수많은 프랜차이즈 카페, 무인 점포, 스터디카페들이 나오고 있는 상황에서 반찬가게를 하려는 사람이 과연 얼마나 될까. 사람들이 많이 접근하지 않기 때문에 블루오션이라고 생각했던 선택이 이렇게 발목을 잡을 줄 전혀 예상하지 못했다. 권리금까지 받고 팔 수 있을 것이라는 희망 회로를 돌린 것도 문제였다.

수호는 남은 4개월 지출을 최소화하고 수익을 극대화하기 위해 직원들을 모두 내보냈다. 혼자 해야 하니 할 일이 산더미다. 동이 트는 깜깜한 새벽 4시, 힘든 몸을 부여잡고 시장으로 향한다. 추운 겨울이라 그런지 무거운 짐들을 옮기면서 손가락이 어디에 부딪히기만 하면 아리고 퉁퉁 부었다. 힘들게 짐을 옮기고 난 후 혼자서 수십 가지의 반찬을 조리해야 했다. 오전 10시 전에 모든 반찬의 조리를 마쳐야 오전에 포장을 할 수 있다. 설거지는 뒷전일 수밖에 없다. 일단 반찬을 빠르게 만들어야 팔 수 있기 때문이었다.

그렇게 포장까지 모두 마치면 어느덧 점심시간. 수호는 재빨리 설거지를 시작한다. 그래야 가까운 곳이라도 임장을 갈 수 있다. 임장을 마치고 오면 어느덧 땅거미가 내려앉아 있었고, 얼른 정리를 한 뒤 스터디카페로 향한다. 한참을 열심히 공부하다가 달이 머리 위로 넘어갈 때쯤 집으로 출발한다. 수호는 속으로 생각한다. '마지막 4개월을 허송세월 보내지 말고 부지런히 공부하면서 버텨보자!'

다음 날 우연히 스터디카페 사장님을 만나게 된 수호.

"사장님, 안녕하세요. 저 여기 앞에서 반찬가게 운영하는 사람입니다. 몇 가지 여쭤볼 게 있는데 혹시 시간 괜찮으신가요?"

"네네, 말씀하세요."

"보통 이 정도 규모로 스터디카페를 창업하려면 투자금은 얼마나 들고 수익률은 어느 정도 돼요?"

"저는 1억 3천 정도 들었고요, 보증금까지 하면 1억 5천 들어갔어요. 근데 웬만하면 하지 마세요. 돈이 안 돼요."

"돈이 안 돼요? 대신 관리할 게 많이 없잖아요."

"하루에 1~2시간씩 관리해 주면 되긴 하는데, 민원이 너무 많이 들어오고, 투자한 자금을 모두 회수하려면 5년은 넘어야 할 거예요. 물론 잘되는 곳도 있겠지만 현실적으로는 100군데 중에서 2~3개 정도만 그럴 거예요. 특히 주변에 많이 생겼잖아요. 그냥 다 나눠 먹기인 거예요. 지난달에 매출 100만 원도 못 찍었어요."

"보통 시간정액제나 기간권으로 사용하시니까 그럴 수 있는 거 아니에요?"

"그것도 시험 기간이거나 수능 직전일 때나 그런 거예요. 12월, 1월처럼 아무것도 없는 비수기에는 그냥 손가락만 빨고 있어야 해요. 월세도 안 나와요."

"그렇군요. 저도 진짜 쉽지 않은데 사장님은 더하시네요. 힘내십쇼! 감사합니다."

시설도 괜찮고, 5층인 데다가 조용해서 그런지 곧잘 사람들이 찾아오는 곳이었다. 그런데도 이 정도라고?? 반찬가게를 하기 전에 스터디카페도 생각했었는데, 더 나쁜 결과를 가져왔을 수도 있겠다는 생각에 조금은 위안이 되는 수호였다. 얼마 후 이 스터디카페도 사장님께서 헐값에 내놓은 것을 점포 매도 사이트에서 발견할 수 있었다. 세상에 모든 업종이 참 힘들다는 것을 다시 한번 느낀다.

가게를 시작하고 최악의 한 달을 보내고 있었다. 처음으로 순이익이 마이너스를 기록했다. 그 이유는 나가야 할 지출을 미리미리 모아두지 못했기 때문이었다. 직원들 퇴직금으로 500만 원, 부가세로 200만 원을 지출해야 했다. 있는 돈 없는 돈 다 끌어모아도 부족해서 은채에게 빌리기까지 했다. 그렇게 700만 원이라는 돈을 이체하고 나니 일할 맛이 전혀 생기지 않는 수호다. 도대체 왜 일을 하고 있는 것인지 회의감이 들고 너무 허탈하기만 했다. 직원들 월급 주고 나라에 세금 내면 남는 게 하나도 없다는 말이 바로 이런 뜻인가 보다.

거기다 이번 달에는 구정까지 있다. 구정 같은 연휴 기간에는 반찬을 사러 오는 사람이 거의 없다. 전이나 명절 음식을 판매하지 않는 이상 차라리 문을 열지 않는 것이 나을 정도다. 양가 부모님 선물도 드려야 하고, 조카들 세뱃돈도 줘야 하는데… 앞길이 정말 막막했다. 그나마 이제 그만두기로 했다는 것이 수호를 지탱해 주는 실낱같은 희망이었다.

장사라는 것이 이렇게 안 될 때도 있다는 것을 생각해 본 적이 없었다. 누구나 시작은 창대한 꿈을 가지고 달려들지만, 뒤편에 가려진 어두운 부분을 깨닫기까지는 그리 오래 걸리지 않는다. 하지만 이 정도면 어두운 부분보다 더 심각하다. 그냥 낭떠러지로 들어가는 기분이랄까.

수호는 책임져야 할 가족이 있고, 믿어주는 사람들이 있었기에 여기서 포기할 수는 없었다. 슬럼프? 번아웃? 수호에게 이런 것들은 사치였다. 그런 것들이 오기 전에 부지런히 움직여서 쫓아내야 한다. 그래야 수호에게도 가족에게도 희망이 생긴다. 수호는 오늘도 임장을 가고 스터디카페에 간다. 끊임없이 독서를 하고 강의를 들으며 죽어라 공부하고 생각한다. 언젠간 나올 아웃풋을 위해서 말이다.

42

노하우

수호가 가게를 주변 부동산에 모두 내놓았더니 많은 분들이 귀신같이 알고 찾아오신다. 단골손님들은 어디서 들으셨는지 왜 그만두냐면서 많이들 아쉬워하셨고, 주변 사장님들은 수호의 마음을 아시는 것처럼 한결같이 이야기하셨다.

"자네는 젊고 부지런해서, 뭘 해도 잘할 거야. 솔직히 그 나이에 계속 장사하기엔 너무 아까워. 이런 일하지 말고 넓은 세상으로 가봐. 좋은 환경에서 더 멋진 일을 해 보라고!"

주변 사장님들과 음식도 바꿔 먹으면서 오는 정 가는 정 많이 들었나 보다. 명절만 되면 수호까지 챙겨주셨던 옆집 떡볶이 사장님, 퇴근할 때 항상 들르라고 하시는 건너편 분식집 사장님, 반찬 자주 사러 오셨던 떡집, 빵집 사장님까지… 참 많은 분들께 도움을 받았던 것 같다. 아직 그만두려면 두 달도 넘게 남았는데 벌써들 오셔서 위로의 말씀을 해주시니 민망한 수호였다.

두 해 동안 주변에 계신 사장님들의 이야기를 듣다 보니 자영업이란 것이 어떻게 해야 하는지 이제는 조금 알 것 같았다. 시작하기 전에 이런 현실적인 이야기를 들었다면 얼마나 좋았을까? 수호는 혹시라도 나중에 도움이 될 것 같아 배우고 느낀 것들을 공책에 적어둔다.

하나. 자영업은 최소 5년 이상을 바라보고 들어와야 한다. 특히 지금은 모든 것의 가격이 올랐기 때문에 더더욱 그렇게 생각해야 한다. 진짜 수익은 보수적으로 5년 이상 운영해야 시작된다고 봐야 한다는 것이다. 순이익에서 시설 투자금을 따로 빼서 회수한다는 것이 생각보다 쉽지 않다.

둘. 매출의 90% 이상이 카드로 이루어지기 때문에 모든 매출이 전부 잡히게 된다. 그렇기 때문에 매입 증빙서류를 반드시 잘 챙겨야 하고, 특히 부가세는 조금씩이라도 미리미리 모아놔야 한다.

셋. 아파트처럼 장사에도 사이클이 있다. 직원을 상주시킬 게 아니라 매뉴얼을 만들어서 시기에 맞춰 잘 고용해야 한다. 인건비가 굉장히 많이 올랐기 때문에 시기와 시간을 잘 조절해서 고용해야만 나의 수익을 극대화할 수 있다.

넷. 주인이 소홀해지면 손님은 기가 막히게 알고 찾아오지 않는다. 수호가 키오스크를 들이고 매출이 떨어진 것은 사실이다. 손님들은 아마 반찬가게 사장이 소홀해졌다고 생각했을 것이다. 항상 최선을 다해야 한다.

다섯. 손님과의 약속을 철저하게 지켜야 한다. 주인 마음대로 가게 문을 일찍 닫거나 주말에 갑자기 쉬면 안 된다는 뜻이다. 주변 사장님들은 정말 한결같이 정해진 쉬는 날에만 쉬시고 출퇴근도 엄격하셨다. 대부분 새벽 6시에 출근하셔서 저녁 9시에 들어가신다. 수호는 이분들이 10년 이상 하셨다는 말에 입이 떡 벌어진다.

어느 날은 이런 일이 있었다. 단골손님이 한 분 오시더니 새로 생긴 프랜차이즈 떡볶이집에 대해 이야기해 주셨다.

"사장님, 거기 젊은 남자애들 세 명이 하는 떡볶이집 나 다신 안 가려고."

"왜요? 무슨 일 있으셨어요?"

"아니, 그 앞에서 셋이 담배를 엄청나게 피우더니 들어가서 그대로 음식을 만드는 거야 글쎄."

"매장 앞에서 대놓고 담배를 피워요? 그것도 주인이라는 사람들이?"

"그렇다니까? 내가 반대편 도로에 있었으니, 지네들이 못 봐서 그런 거 같은데…. 손님들은 다 보고 있지."

"아니 매장도 훤히 다 보이잖아요. 그렇게 일하면 당연히 손님들이 다 볼 텐데…."

"그러니까 말이야. 아주 정신들이 썩어빠졌어. 생긴 지 얼마 되지도 않았는데."

손님들이 매의 눈으로 우리 매장을 보고 있다는 사실을 절대 잊어서는 안 된다. 장사는 자칫 하나의 실수 때문에 가게 문을 닫아야 할 수도 있는 그런 것이다. 손님들이 떠나면 그냥 바로 주저앉아 버릴 수 있기 때문이다. 결국 그 떡볶이집은 일 년도 버티지 못하고 사라졌다. 정말 열심히 해도 살아남을까 말까 하는 세상에서 행동거지를 그렇게 하니 금방 망할 수밖에 없는 것이다. 예비 창업자들이 놓칠 수 있는 부분이 바로 이런 것들이다. 본인의 일거수일투족을 손님들이 보고 있다는 것을 절대 잊지 말아야 한다.

43

갑과 을

오랜만에 컴플레인이 들어왔다. 명백한 수호의 실수다. 손님들의 눈을 조심하라고 그렇게 이야기해놓고 정작 본인이 실수를 저질렀다. 멸치볶음을 사 가신 손님이 노발대발하며 전화를 거셨다.

"아니, 멸치에서 유리 조각이 나왔어요. 도대체 반찬을 어떻게 만드시는 거예요?"

"유리 조각이요? 유리가 들어갈 품목이 전혀 없는데… 죄송합니다. 정말 유리가 맞나요?"

"그럼 내가 지금 거짓말하는 걸로 보여요? 그것도 손가락 한 마디 정도 되는데 이거 먹었으면 어쩔 뻔했어요?"

"아 정말 죄송합니다!! 제가 다시는 이런 일이 없도록 하겠습니다. 그리고 그 유리 조각을 회수해야 원인을 찾을 수 있을 것 같은데 제가 지금 고객님 계신 곳으로 방문하겠습니다."

"이걸 어떻게 보상할 거예요? 제가 지금 이것 때문에 이빨이 흔들리는 것 같아서 치과를 좀 가보려고요."

"제가 그 부분까지 다 보상해 드리겠습니다. 죄송합니다. 주소 알려주시면 바로 가겠습니다."

유리 조각이라니. 한 번도 이런 적이 없는데 도대체 유리 조각이 어디서 흘러 들어간 것일까. 거기다 이빨까지… 잘못하다간 돈 백 깨질 것 같은 느낌이었다. 이제 막 임장을 위해 중랑구에 도착한 수호였지만 다시 차에 몸을 싣고 매장으로 돌아간다. 고객의 불편을 최소화하기 위해 빨리 움직여야 한다. 혹시 모르니 10만 원을 넣은 봉투까지 준비한다.

자세히 보니 진짜 손가락 마디만 한 유리 조각이었다. 바닷물에 갈리고 갈려 마모가 많이 된 작은 사각형 모양의 유리 조각. 멸치를 업체에서 받을 때 일일이 확인할 수도 없고, 바다에서 오면서 같이 딸려 들어온 것 같았다. 몇 번의 유통과정을 거치는 데도 걸러지지 않고 여기까지 온 것이다. 사실 조리하는 과정, 포장하는 과정에서 신경을 썼다면 거를 수 있었을 것이다. 예전 같으면 홀 직원이 한 번 더 체크할 수 있었겠지만, 지금은 모든 걸 수호 혼자 하다 보니 미처 보지 못한 것이다. 모든 일을 정신없이 혼자 하다 보면 놓치는 부분이 꼭 생기지 않던가. 정말 할 말이 없는 수호였다.

그저 손님에게 몇 번이고 90도로 죄송하다고 연신 고개를 숙였다. 어떻게 보상할 것이냐는 말에 수호는 흰 봉투를 꺼내드렸다. 얼마 안 되지만 나의 성의를 표시한 것이다. 그리고 혹시나 병원에 가셔서 치료받게 되신다면 꼭 연락을 달라고도 말했다. 다행히 그 뒤로 연락은 오지 않았다. 4,000원짜리 멸치볶음이 10만 원짜리가 되었지만, 그 뒤로 아무 일 없었기에 싸게 먹힌 걸로 생각하고 넘어간다.

다음 날 수호는 멸치 업체를 찾아갔다. 유리 조각을 보여주고 이것 때문에 손님한테 10만 원을 손해배상 해줬다고 했더니 역시나 예상했던 반응이었다. 나 몰라라… 건어물에는 그런 것이 들어갈 수도 있다… 죄송하다… 끝!

수호도 계속 이 집과 거래를 해야 하기 때문에 변상해달라고 막무가내로 밀어붙일 수는 없었다. 물론 다른 곳과 새롭게 거래를 하면 될 수도 있지만 2년 가까이 거래를 해오면서 관계를 유지했기 때문에 매몰차게 할 수는 없었다. 자영업자는 이렇게 항상 을이라는 위치에 서 있다.

손님에게도 을, 건물주에게도 을, 거래처에게도 을, 본사에게도 을, 심지어 직원들에게도 을이 될 수 있다. 그래도 수호는 오래 거래한 덕분에 멸치 한 상자를 얻어올 수 있었다.

손님들의 컴플레인은 언제 어디서든 생길 수 있다. 컴플레인은 장사를 시작하면서부터 대처 방법을 많이 생각해 볼 수밖에 없다. 하지만 컴플레인에도 종류가 있다. 예상이 가능한 컴플레인이 있고, 전혀 그렇지 못한 컴플레인도 있다. 손님과 싸워서 본인들이 득 될 것이 단 한 개도 없기 때문에 무조건 을이 되어야 한다. 자영업자가 되기 위해선 반드시 이 부분을 알고 시작해야 한다. 그렇지 않으면 자영업을 하는 동안 계속해서 마음의 상처를 받게 될 테니 말이다.

44

객기

창업컴퍼니에서 연락이 왔다. 이번엔 진짜 반찬가게를 원하는 손님과 접촉하고 있는데 협력업체 쪽에서 제의가 왔다며 작업비로 100만 원을 요구했다. 만약 거래가 성사되지 않으면 100만 원은 그대로 환불된다고 해서 믿고 진행했다. 이제 가게를 매도할 수 있는 시간도 얼마 남지 않았기 때문에 지푸라기라도 잡는 심정이었다. 가격도 6천만 원까지 내렸다. 그 아래로도 괜찮으니 무조건 팔아달라고 얘기했다.

어느덧 가게를 시작한 지 2년이 다 되어가는데, 뒤를 돌아보면 어떻게 이 반찬가게를 끌고 왔나 싶은 수호였다. 두 달을 혼자 했더니 어디 하나 성한 곳이 없었다. 수호는 일을 하다 갑자기 하늘이 노랗게 변하면서 휘청거렸다. 순간 아찔했다. 과로로 쓰러지거나 무리하게 일을 하다 사망한 사건들이 떠올랐다. 이러다 죽겠구나 싶어, 오전에 잠깐 도와줄 직원을 뽑기로 결정했다. 대신 하루 2시간 30분씩, 주 15시간 미만으로 채용공고를 작성하기로 말이다. 주 15시간 미만은 주휴수당이 발생하지 않고, 4대 보험도 3개월 미만이면 산재만 가입하면 되기 때문이다.

공고를 올리자마자 하루 만에 20명이 지원했다. 수호는 정말 깜짝 놀랐다. '아니 하루에 3시간도 안 되고, 주휴수당도 받지 못하는데 이렇게 많은 사람들이 지원을 한다고?? 일자리가 그렇게 없나??'

지원자들과 전화를 하고 면접을 본 뒤, 매장에서 가깝고 경험이 많은 사람으로 뽑았다. 20대 중반이었지만 요식업에서 일을 많이 해 봤고, 집도 5분 거리라 근무 환경이 매우 좋았다. 어차피 5월까지만 운영할 계획이라 계약 기간은 두 달로 정하고 근로계약서를 작성했다.

예상대로 성실하면서 일을 매우 잘했다. 젊어서 그런지 빠릿빠릿하고 알려주는 대로 곧잘 따라 했다. 잠깐이지만 직원이 한 명 생기니 정말 살 것 같은 수호였다. 요식업이라는 게 절대 혼자 할 수 없다는 걸 다시 한번 깨달았고, 혼자 일을 해 본 것이 어떻게 보면 수호에겐 큰 경험이자 자산이 되었다.

작년 6월에 오픈을 준비했던 마트 반찬가게는 결국 생기지 못했다. 반찬가게를 만든다고 대대적으로 홍보하고 시설 공사까지 다 끝냈는데 왜 시작하지 못했을까. 사람을 못 구한 것인지 식자재 값이 올라서 그런 것인지는 알 수 없지만 최근에 그 자리는 다시 진열대로 바뀌었다. 언제 생길지 몰라 조마조마한 마음으로 6개월을 견뎠는데… 생기지도 않은 반찬가게를 쓸데없이 걱정했나 싶었다. 일어나지 않은 일을 미리 걱정하지 말라는 말이 바로 이런 것인가 보다.

날씨가 따뜻해지고 코로나와 금리라는 변수가 이제는 영향력이 떨어지면서 매출이 다시 늘어나는 추세였다. 하지만 언제 그렇게 소문이 났는지 오시는 분들마다 왜 그만두냐고 물으셨다. 수호가 너무 힘들어서 더는 못하겠다고 이야기하면 손님들은 고개를 끄덕끄덕하시며 나가신다.

'다들 이 반찬가게가 힘들다는 것을 알고 있는데, 나는 왜 이것을 할 수 있다고 자신 있게 소리쳤을까? 사람들이 하지 않는 것에는 다 이유가 있나 봐.'

젊은 나이에 객기를 부린 것이라고 생각해 보는 수호다. 이번 달부터는 두 달 동안 매주 부산으로 임장을 가야 한다. 지방 부동산에 대해 공부하는 수업을 신청했기 때문이다. 수호는 매일같이 부동산 공부를 하며 지금의 수호를 잊고 앞으로의 수호를 상상해 본다. 지금의 실패와 경험이 언젠가는 피가 되고 살이 될 것이라는 생각과 함께 말이다.

45

약정과 위약금

창업컴퍼니에서 한 달만 더 기다려 달라고 한다. 고객이 지금 결정을 내리지 못하고 있다고 말이다. 반찬가게 두 곳 중에서 고민 중이라는데, 이 말을 믿어야 할지 말아야 할지 모르겠다. 손님이라는 사람을 데려온 적도 없고, 자기네끼리 와서 봤다고 하는데….

이제는 그냥 쇼하는 것 같았다. 질질 끌다가 철거하고 나가길 기다리는 느낌? 물론 창업컴퍼니 쪽에는 건물주와 곧 재계약을 진행해서 2년 정도 더 할 예정이라고 이야기했다. 그만둘 것이라고 하면 아예 알아봐 주지도 않을 테니 말이다.

이제 수호는 가게에서 마음이 떠났다. 얼마 남지 않은 기간 동안 꼭 팔렸으면 하는 마음으로 마지막 한 달을 더 기다려본다.

수호가 직접 경험을 해 보니 만약 가게를 매도할 경우 돈을 요구하는 컨설팅업체가 접근한다면 무조건 걸러야 한다고 생각한다. 돈을 받기 전과 받은 후의 태도가 너무 다르다. 차라리 온라인 카페나 당근마켓에 수시로 올리는 것이 훨씬 나을 것 같다. 조건이 딱 맞아떨어지는 매수자를 만난다는 것은 하늘의 별 따기와 비슷하기 때문이다. 그래서 자영업에 도전하고 싶다면 금액이 많이 들어가는 업종은 절대로 피하라고 말하고 싶다. 원금 회수를 빨리해야 그때부터 정말 내 수익이 될 수 있기 때문에 투자금이 적은 것이 유리하다. 물론 장사를 잘하면 된다고 생각할 수 있지만 현실적으로 정말 쉽지 않다. '나는 잘할 수 있을 거야.'라는 자신감도 좋지만, 그 자신감으로 성공하는 사람은 10%도 안 된다는 것을 꼭 알았으면 한다.

이제 수호는 슬슬 약정이나 위약금에 대해 알아봐야 한다. 기본적으로 모든 것들이 3년이라는 약정으로 계약되어 있었다. TV, 인터넷, 전화기, 정수기, 포스, CCTV, 그리고 프랜차이즈 계약까지.

수호는 2023년 5월 15일까지만 프랜차이즈를 유지하겠다고 본사에 이야기했다. 프랜차이즈 계약 기간은 3년이었고 남은 기간에 대한 위약금이 1,000만 원이라고 한다. 6개월 동안 주문한 본사 자재료 값의 평균을 남은 기간으로 곱하여 책정한다고 그러는데… 생돈 1,000만 원이 또 날아간다고 생각하니 진짜 억장이 무너지는 것 같았다.

2년 동안 가게를 하면서 이리 치이고 저리 치이면서 너무 많이 지쳤고, 몸은 성한 곳이 없어서 매일 병원에 다니고 있었다. 수호는 더 이상 유지할 힘이 없었기에 위약금을 깎아달라고 처절하게 빌었다. 결국 50% 감면받아서 500만 원의 위약금으로 합의를 보았다.

3년이라는 시간은 생각보다 굉장히 긴 시간이었다. 예비 창업자들은 계약서를 쓸 때 애초에 미리 계약 기간을 상가와 같이 2년으로 조율해 보는 것도 좋은 방법일 수 있다. 밑져야 본전이니 무조건 본인에게 유리한 계약조건으로 다 시도해 보자. 프랜차이즈 본사들은 어떻게든 계약을 성사시키기 위해서 어느 정도의 요구는 들어줄 수 있다고 하니 말이다. 안 되면 말고.

약정이라는 것이 정말 무서운 것이었다. 본사 위약금 500만 원을 준비하면서 다른 것도 다 조사해 보니 200만 원은 더 필요했다. 인터넷과 TV는 40만 원, 정수기 20만 원, 포스 20만 원,

CCTV 30만 원 등등. 오픈할 때 이벤트로 받았던 것들이 약정을 못 채우다 보니 다 뱉어내야 했다. 프랜차이즈 위약금까지 총 700만 원가량을 내야 한다. '1년을 더 해야 하나.'라는 마음이 잠깐 들 정도로 엄청난 지출이었다. 하지만 여기서 멈출 수밖에 없었다. 그렇지 않으면 수호는 정말 죽을 것 같았기 때문이다.

어느 곳 하나 위약금을 선처해 주는 곳이 없었다. 요새는 자동이체나 카드 결제가 연결되어 있어서 위약금 부분도 다음 달에 합산되어 빠져나갔다. 참 무서운 세상이다. 결국 2월, 3월 동안 번 돈으로 위약금을 처리했다. 벌면 뭐 하나… 다 빠져나가고 남는 돈이 없는 상황인데. 이래서 주변 사장님들이 어쩔 수 없이 버틴다고 이야기하는 것 같다.

'이제껏 부지런함과 성실함으로 살아왔는데 고작 2년밖에 버티지 못하다니….'

어떻게든 1년을 더 버티지 못하는 자신이 너무 나약한 존재라고 생각하는 수호는 죄책감이 밀려온다.

46

착각

상가임대차 계약이 끝나는 5월이 다가왔다. 수호는 창업컴퍼니에서 진행하고 있던 점포 매도를 중단시켰다. 100만 원은 환불받았지만, 이런 업체들이 사기일 것 같다는 생각이 들었다. 6개월 안에 반드시 매도할 수 있다고 호언장담하더니, 1년이 넘는 시간 동안 결국 희망 고문만 당하다가 끝나버린 것이다. 시간이 지나갈수록 신경도 쓰지 않는 느낌이었고, 손님을 간혹 데려오긴 했지만 계속 연결이 되지 않았으니 큰 의미가 없었다. 창업컴퍼니라는 곳은 계약 당시 300만 원을 받았으니, 설렁설렁 신경 써주는 척하면서 결국 가게가 망할 때까지 기다리는 것 같았다.

이제 와서 깨달았지만, 웬만하면 돈을 요구하는 컨설팅업체는 피하는 것이 좋다. 점포 매도를 위해 굳이 돈을 들이지 않고, 다양한 커뮤니티나 온라인을 통해 충분히 가능하다고 생각한다. 물론 컨설팅업체를 통해 매도를 잘하는 사람도 있겠지만 업종, 지역, 금액이 딱 맞아떨어지기까지는 산 넘어 산이다.

수호가 매도 글을 올렸을 때, 컨설팅업체에서 걸려 온 전화만 무려 50통이 넘는다. 처음부터 사람을 살살 굴려 가며 자신들의 입맛에 맞도록 대화를 이끌어 간다. 그러고는 마지막에 소정의 금액을 지불해야 한다고 말한다. 수호뿐만이 아니라 많은 사람들이 아마 비슷한 상황일지도 모른다. 하지만 본인이 당했다는 생각과 바보 같다는 쪽팔림 때문에 이런 이야기를 밖에서 하지 못할 뿐이다.

그리고 요새는 창업을 시작하면서부터 권리금을 받고 팔겠다는 분들이 굉장히 많은 것 같다. 매장을 번듯하게 차려놓고 자리를 잡은 뒤 권리금을 포함시켜 매도하겠다는 전략으로 말이다. 세상은 그렇게 호락호락하지 않기 때문에 착각하지 말라고 이야기하고 싶다. 수호도 그런 생각으로 접근했던 자영업자 중 한 명이었기 때문이다.

아파트 분양권을 사서 등기 치기 전에 매도하고 나와야겠다는 투자방식과 비슷하다. 입주 시기가 도래했는데 매수한 가격보다 더 내려가 발을 동동 구르는 것처럼, 딱 맞는 매수자가 나타날 때까지 한없이 기다리다가 철거하고 나와야 하는 상황이 올 수도 있다. 아니면 마이너스 피로 던지면서 손해를 감수하는 것처럼, 투자금 회수는 고사하고 헐값에 가게를 매도해야 한다는 것이다. 착각은 자유이지만 그 뒤에 나타날 후폭풍은 본인이 모두 책임져야 한다는 것을 잊지 않았으면 하는 수호다.

47

철거와 폐업

철거를 위해 가게에 있던 모든 식자재와 반찬들을 모두 폐기했다. 수호가 음식물만 처리해 주면 나머진 철거업체에서 다 하겠다고 한다. 그렇게 철거가 시작되었다. 매장 안에 있던 기물들을 중고로 넘기는 가격과 철거 비용이 비슷했기에 따로 철거하는 비용은 들어가지는 않았다. 기물을 하나씩 중고장터에 내놓아서 팔았다면 좀 더 제값을 받을 수 있었겠지만, 이제는 시간이 더 중요하다는 것을 알고 있기에 일괄적으로 다 넘긴 것이다. 새벽에 기물을 다 빼고 오전 동안 철거가 끝났다.

자영업을 시작하는 데 들인 시간과 노력을 생각해 보면 정말 허무하기 짝이 없었다. 창업을 위해 두 달 동안 시장조사를 하였고, 인테리어 공사는 한 달이 걸렸다. 그런데 철거는 반나절도 걸리지 않았다. 1억을 들인 수호의 반찬가게가 몇 시간 만에 사라진 것이다. 철거가 다 된 매장을 보니 수호는 과거의 시간이 데자뷔처럼 머릿속을 지나갔다.

철거하는 과정도 끝까지 꼼꼼하게 지켜봐야 했었는데 수호가 다른 일 때문에 직접 보지 못하였다. 사실은 기물을 모두 꺼내고, 가게가 부서지는 모습을 굳이 볼 필요가 있겠나 싶어서 지켜보지 않은 것이다. 하지만 결국 마지막까지 문제가 생기게 되었다. 냉장고나 큰 가전제품을 빼내는 과정에서 문을 뜯을 수밖에 없었는데, 끝나고 보니 문의 아귀가 맞지 않아 닫히지 않는 것이었다. 거기에 전선도 제대로 정리가 안 된 상태로 분전함까지 내팽개치고 가버렸다.

건물 주인은 문도 고쳐놓고 분전함까지 다시 설치해 놓아야 보증금을 돌려준다는 것이었다. 수호는 당장 철거업체에 전화를 걸었다. 철거업체 사장님도 기물을 파느라 정신이 없어서 공사할 때는 정작 현장에 없었다고 한다. 보증금을 못 받다 보니 예민해져서 언성이 높아진 수호. 거기에 2년 동안 자영업을 하면서 사람을 잘 못 믿게 되고 성격도 괴팍하게 변한 것 같았다.

예전 같았으면 상대방에게 화를 잘 내지 않고, 본인이 조금 손해 보더라도 이해하고 넘어갔을 텐데… 스스로 많이 변했다는 것을 느끼는 수호다. 세상이 이렇게 만든 것이다. 스스로 정신 차리지 못하고 하나하나 따지지 못하면 결국 그 손해와 뒷담당은 모두 본인과 가족에게 돌아오는 것이었다. 세상은 정말 어려움의 연속이고, 만만하게 봐서는 안 된다는 것을 꼭 알아야 한다.

철거하는 데 고작 반나절도 걸리지 않았다는 충격에서 벗어나지 못하고 있던 수호였는데, 한 번 더 충격을 받고 말았다. 바로 폐업 절차 때문이었다. 정말 어이가 없을 정도로 너무나 간단했다. 그냥 인터넷으로 폐업 신고 클릭 한 번이면 끝나버리는 것이었다. 창업을 시작할 때는 사업자등록증, 보건증, 대출 심사, 영업신고증, 식품업 교육, 부동산 계약, 본사 교육까지… 정말 많은 것을 준비해야만 했다. 너무 많은 서류 때문에 정신이 하나도 없었던 것이 불과 얼마 전이었던 것 같은데, 어느새 폐업을 위해 컴퓨터 앞에 앉아 있는 수호였다.

홈택스에서 정말 쉽고 빠르게 폐업 절차가 진행되었다. 참 씁쓸하다. 꿈과 희망을 가지고 시작했던 창업이 이렇게 버튼 하나로 끝나다니. '이렇게 빠르고 편해진 세상에서 나는 2년 동안 반찬과의 사투를 벌이며 뭘 한 거지.' 수호는 자기 자신이 너무 한심하다는 생각이 든다.

철거가 완벽하게 끝나고 건물 주인에게 보증금을 받았다. 그런데 또 이번엔 100만 원을 빼고 보내준 것이었다. 열이 받아서 바로 전화했더니 부동산 계약서를 반납해야 하고 공과금 납부 확인서를 가지고 와야 나머지 금액을 돌려준다는 것이었다. '하… 아니 처음부터 이야기해 주든가.' 건물 주인이라는 사람이 뻔히 알고 있는 내용을 미리미리 알려주면 얼마나 좋을까. 수호는 이 모든 과정이 처음이었기에 잘 알지 못했다. 바쁜 와중에 이것저것 챙겨서 건물 주인을 또 만나러 가야 한다고 생각하니 짜증이 확 치솟았다. 그제도 만나고 어제도 만났는데 도대체 왜 그러는 건지 모르겠다. 건물 주인은 본인도 정신이 없어서 미리 말해주지 못했다며 미안하다고만 한다.

한전과 예스코에 전화하여 폐업 사실과 사용요금을 정산하였고, 부동산 계약서를 반납하였더니 그제야 나머지 금액을 보내주었다. 입금된 내역을 보니 이게 또 100만 원이 아니라 90만 원이었다. 수호는 또 흥분하면서 건물 주인에게 전화를 걸었다. 철거하는 과정에서 분전함이 부서지고 전선들이 제대로 정리되지 않아서 전기업자를 불러야 하기 때문에 10만 원을 빼고 보냈다는 것이다. 아니면 업자를 불러서 고쳐놓으라고 말한다. 이젠 싸울 힘도 없는 수호였다. 더 이상 여기에 에너지를 소비하고 싶지 않았다. 사실 확인을 위해 철거업체에 전화를 했더니 분전함은 애초에 부서져 있었고 전선은 다음에 들어오는 사람들이 다 알아서 하는 것이라며, 그걸 왜 주인이 돈을 달라고 하는지 모르겠다고 한다.

듣고 보니 또 맞는 말인 것 같았다. 다음에 들어올 사람이 시설 공사를 하면서 들어오면 되는 것인데, 아마 건물 주인이 10만 원이라도 챙기려고 그런 것 같았다. 돈 아끼려고 이빨까지 다 뽑은 사람이라는데… 그냥 먹고 떨어지라는 심정으로 더는 연락하지 않기로 했다. 사람들은 어떻게 하면 돈을 더 뜯어갈지 궁리하는 것 같았다. 참 못된 세상이다. 정신 차리지 않으면 나만 손해 보는 느낌이랄까?

이렇게 수호의 자영업 여정은 막을 내렸다. 지금 와서 아무리 생각해 봐도 2년 동안의 기억 중에 좋은 것이 하나도 없었다. 가족을 행복하게 해주고, 돈 걱정 안 하면서 살게 해주기 위해 시작했던 창업이었다. 하지만 정반대의 상황이 되어버린 것이다. 폐업을 한 뒤 남은 것이라곤 지친 몸과 마음, 그리고 1억이라는 대출금 뿐이었다. 막막하긴 했지만 그래도 수호에게는 기다려주는 가족이 있기에 여기서 멈추면 안 된다는 것을 잘 알고 있다.

집에 오면 아빠가 폐업하고 백수가 된 걸 아는지 모르는지 한결같이 달려와 주는 아이들과, 서서히 변해가는 수호를 보며 이제는 믿고 지지해 주는 아내 은채가 기다리고 있다. 가족을 위해서 수호는 지금의 이 역경을 딛고 일어나 반드시 성공해야만 한다.

그동안 열심히 일하고 최선을 다했지만 분명 잘못된 방향으로 달려간 것이다. 달려가는 방향은 사람마다 모두 다를 것이다. 누군가는 수호가 도전했던 반찬가게로 성공할 수도 있지 않겠는가. 본인에게 맞는 길을 찾아내고 올바른 방향으로 나아간다는 것은 결코 쉬운 일이 아니다. 하지만 노력해야 한다. 노력한다면 분명 그 길을 찾을 수 있을 것이니 말이다. 그리고 수호는 지금 그 길을 찾았다고 생각한다. 지난 2년간의 경험이 수호에게 큰 자산이 될 수 있을지는 앞으로 하기에 달려 있지 않을까.

3년 뒤 40세가 되었을 때, 이 글을 보면서 자신이 어떨지 상상하고 시각화해 보는 수호. 그리고 성장을 위해 멈추지 않고 달려가는 많은 분들과 함께하고 싶은 마음이다. 멈추지 않는다면 분명 미래는 밝을 것이다. 경제적 자유를 달성하는 그날까지 멈추지 말고 천천히 꾸준하게 달려가 보자!

48

폐업 그 이후

수호에게 있어서 폐업은 인생에서 중대한 사건이었다. 부모님 덕분에 금수저로 태어나 부유한 학창 시절을 보냈고, 그 뒤로도 실패라는 것을 경험해 본 적이 없을 정도로 무난한 인생을 살아왔다. 부모님께서 사기를 당하며 힘든 적도 있었지만, 지금 와서 생각해 보면 수호 본인이 죽을 정도로 힘들지는 않았다. 하지만 스스로 창업을 해 보고 폐업하는 과정에서 빚이 1억 이상 생기다 보니 지금이 더 큰 고통을 받고 있는 것이었다.

수호는 앞으로 어떻게 해야 할지 하루 종일 고민하기 시작했다. 가게는 모두 정리한 상태였고, 은채의 외벌이로 네 식구가 살아가기는 어려운 상황이었다. 주택담보대출은 원금과 이자가 매달 200만 원씩 빠져나가는 상황이었고, 사업자대출 이자 또한 60만 원씩 다달이 내야 했기 때문이다. 거기다 집 생활비에 아이들 유치원, 어린이집, 경조사비 등등….

수호는 대학교 3학년 시절부터 폐업하는 순간까지 단 하루도 일을 쉬어본 적이 없다. 그러다 보니 지금 이 상황이 굉장히 혼란스럽기만 하다. 경력을 살려 디자인 계통으로 다시 취업을 알아보기도 하고, 다른 반찬가게에 직원으로 들어가 볼까도 고민했다. 아니면 마트에서 뽑는 주차관리나 카트 관리 같은 단순노무도 지원해 보려고 생각했다. 하지만 아무리 생각해 봐도 지금 보고 있는 일자리들은 미래 발전이 전혀 없는 것들이었다. 그동안 책을 꾸준히 보면서 배우고 느낀 것이 있었다.

'나만의 무기를 찾아야 한다.'

'앞으로 꾸준히 본인도 발전할 수 있는 일을 하자.'

'남을 도와주는 일을 해야 길이 넓어지고 올바른 방향으로 갈 수 있다.'

수호는 자신에게 이런 일을 할 수 있는 경험이나 능력이 없는 것 같았다. 그래서 당장 일을 하는 것보다 자신의 무기를 찾고, 자기 계발에 힘써 보고 싶었다. 부자들이 꼭 하라는 몇 가지를 실행해 보면서 그 길을 가보고 싶었던 것이다. 미라클모닝, 글쓰기, 독서, 강의, 유튜브, 운동, 투자 등등 여러 가지가 있었지만 수호는 일단 본인이 할 수 있는 것부터 해 보기로 결정했다. 그리고 은채에게 이야기한다.

"오빠 올해까지만 나를 좀 바꾸고 발전시키고 싶은데, 일을 하면서는 그게 안 될 것 같아. 지금 내가 할 수 있는 일은 대부분 몸을 써야 하는 것들이고, 미래 가치를 창출할 수 없는 일만 수두룩하더라고. 그래서 오빠가 당분간 돈을 못 벌더라도 당신이 조금 이해해 주고 기다려줬으면 좋겠어."

"우리 지금 한 달에 주택담보대출 200만 원, 집 생활비 150만 원, 총 고정비만 350만 원 나가는 거 알지? 지금 이 350만 원까지는 딱 내가 감당할 수 있는 금액이야. 그래서 내가 경제적으로 오빠를 도와줄 수는 없어. 그래도 버티면서 할 수 있겠어? 강의를 듣거나 임장을 가면서 드는 돈은 오빠가 알아서 해결해야 한다는 거야."

"그건 폐업하면서 노란우산공제 끝나니까 그걸로 열심히 해

볼게."

"노란우산공제 해약하면 얼마나 되는데?"

"한 500만 원 정도 될 거 같아."

"알겠어. 대신 올해까지만이야. 내가 오빠한테 돈 달라고 얘기 안 하고 어떻게든 집에 들어가는 돈 만큼은 책임질 테니까 걱정 말고 오빠 성장에 힘써 봐. 6개월 전이라면 오빠를 믿지 못하겠지만 이제는 믿을 수 있을 것 같아. 자기 계발도 중요하지만 그 계발이 우리가 돈을 벌 수 있는 방향으로 가야 하는 거 알지? 오빠 성격에 남 좋은 일 시키고 질질 끌려다닐까 봐 살짝 고민이 되긴 하지만, 변화된 모습을 보여주고 있으니까 믿는 거야. 그리고 빚 1억 있는 거 생각하지 말고 일단 오빠가 가고 싶은 길로 가. 정 안 되면 집 팔고 부모님 집으로 들어가면 되지. 그거 계속 생각해서 주눅 들지 말라는 얘기야."

"알겠어. 고마워 은채야. 당신이 기회로 준 시간을 허무하게 쓰지 않을게. 그리고 우리 은채 40살 전에 반드시 은퇴시켜 줄게!"

"은퇴는 무슨! 일단 우리 딸 초등학교 갈 때 휴직부터 좀 시켜줘! 초등학교 가면 우리 둘 중에 한 명이 돌봐야 해."

참 현명하고 똑똑한 은채다. 본인 은퇴보다 딸내미를 더 걱정하는 걸 보면 역시 엄마라는 직업은 아무나 할 수 있는 것이 아닌 것 같다. 수호는 결국 은채에게 소중한 시간을 허락받았다. 당장의 돈을 좇기보다 미래를 생각하여 선택한 결정이었다. 수호도 은채도 미래의 일을 알 수는 없다. 하지만 수호의 변화된 생각과 행동을 보며, 은채는 확신을 가질 수 있었던 것 같다. 드디어 우리 남편이 정신 차렸다는 것을 말이다.

자영업을 통해 1억이라는 돈을 날린 것은 사실이지만, 수호는 그 경험을 통해 그 이상의 가치를 얻었다고 생각한다. 그래서 더욱더 간절하면서도 절실하다. 반드시 성공하여 창업 경험과 돈 1억이 본인의 밑거름이 되었다고 이 세상에 말하고 싶다. 그렇게 된다면 지금의 폐업은 실패가 아닌 경험이 될 것이니 말이다.

전지적 와이프 시점

#1. 새로운 시작

코로나로 사업이 어려워지자, 남편의 출퇴근하는 모습이 힘들어 보였다. 2019년 11월 우리는 안정적인 보금자리를 마련하기 위해 주택자금 대출을 최대로 받아 집을 매수했다. 대출을 빨리 갚자는 마음에 만기를 15년으로 설정했더니 매달 상환하는 금액이 매우 많았다. 그래서 남편과 나의 고정 수입은 변동이 없어야만 했다.

나는 어렸을 때부터 부모님께 “남에게 빚을 지고 살면 큰일 난다, 최대한 빚은 만들지 말고 살아야 한다.”라고 듣고 배우며 자랐다. 그런 이유로 대출은 좋지 않은 것이라는 고정관념을 가지고 있었다.

어느 날 남편이 퇴근 후 진지하게 말했다. "내가 동대문에 계속 있으면 안 될 것 같아. 다른 방법을 찾아야겠어." 남편은 코로나로 사무실이 어려워진 것을 나에게 얘기하지 않았지만, 어느 정도는 느낄 수 있었다. 새벽같이 나가고 저녁 늦게 들어오던 남편이 코로나 이후로는 굉장히 한가해졌기 때문이다. 문제는 남편이 당장 그만두면 우리 가정도 마이너스로 생활할 수밖에 없었다.

남편은 집을 담보로 대출을 받아 장사를 해 보겠다고 한다. 속으로는 담보 대출로 사업을 하면 안 된다고 외치고 있었지만 뾰족한 수가 없었다. 남편은 동대문을 오래전부터 나오고 싶어 했다. 여러 가지 이유가 있었지만 가장 큰 이유는 가족 기업의 위험성, 사양산업이라는 것이었다. 상황이 이렇게 된 지금 장사를 해 보겠다고 하는데 무조건 안 된다고만 할 수는 없었다. 솔직히 나는 장사를 전혀 모른다. 해 본 적도 없고 할 생각도 없었다. 그래도 남편은 동대문에서 장사를 오래 해 봤으니, 전적으로 믿고 남편을 지지해 주기로 했다. 그렇게 우리는 프랜차이즈 박람회를 방문하게 되었다.

취업박람회는 많이 가보았지만, 창업박람회는 처음이다. 정말 다양한 업종이 즐비해 있었다. 스터디카페, 밀키트, 무인카페 등등 최근에 많이 생기는 업종들은 상담조차 어려워 보였다. 남편은 반찬가게를 계속 찾는다. 다른 것도 한번 생각해 볼 법한데… 남편은 반찬가게에서 상담받더니 뭔가 더 홀린 것 같다. 나 또한 그런 기분이었으니 남편은 오죽했을까. 코로나 시국에 딱 맞는 업종이라는 생각과 요즘 사람들이 반찬을 많이 사다 먹으니 괜찮을 것만 같았다.

결국 우리는 그날 가맹계약서를 작성하고 나왔다. 순식간에 가맹계약부터 대출과 부동산 계약까지 모든 게 순조롭게 진행되었다. 하지만 우리 언니들은 반찬가게가 쉽지 않을 거라며 다시 한번 생각해 보라고 했다. 큰언니는 동네 반찬가게를 다니면서 사장님들에게 이것저것 물어보고 알려주었다.

"막둥아, 여기 사장님들도 너무 힘들다고 하더라, 너네도 다시 한번 생각해 봐. 언니도 음식을 좋아하고 자주 해 먹지만, 집에서 가족들 먹이려고 하는 것과 누군가에게 팔기 위해 장사를 하는 것은 차원이 다른 문제야."

"언니 말도 맞긴 한데, 뭐 세상에 안 힘든 일이 어디 있겠어. 코로나라 오히려 반찬 사 먹는 사람들이 늘어나고 있으니까 괜찮을 것 같아."

언니들이 한사코 말렸지만, 남편의 확고한 의지를 믿어줄 수밖에 없었다. 내 남편을 믿어줄 사람은 나밖에 없지 않은가.

가게 자리가 제일 중요하다고 생각했기에 어린 딸을 친정엄마에게 맡기고 거의 매주 남편과 상가를 알아보러 다녔다. 둘째를 임신한 상태였기에 힘들었지만 내가 남편을 위해 해줄 수 있는 일은 옆에서 응원해 주고 같이 다녀주는 것밖에 없었다.

우여곡절 끝에 점포 자리를 확정하고 부동산 계약을 했다. 하루는 본사 교육을 받기 위해 남편과 프랜차이즈 본사를 다녀왔다. 생각했던 것보다 규모가 큰 회사 같았다. 기본 교육부터 세금에 관한 부분까지 열심히 듣다 보니 내가 여태까지 전혀 알지 못한 세상이 펼쳐지고 있었다. 직장인보다는 더 수입이 좋을 것처럼 보이긴 했지만 해야 할 일이 너무 많았다.

남편은 가게 오픈을 위해 열심히 달리고 있었다. 하루는 남편이 오픈 준비를 도와준 후배들과 밥을 먹고 온다고 한다. 나는 이럴 때마다 불안하다. 남편이 10년 동안 고치지 못한 문제가 있다. 바로 술이다.

연애할 때부터 결혼해서도 늘 술만 먹으면 고주망태가 된다.

후배들한테 질질 끌려온 적이 한두 번이 아니다. 연애할 땐 귀가 후 상황을 내가 알 수 없었으니 이 정도까지인 줄은 몰랐는데 정말 해도 해도 너무한다. 오죽하면 신혼 때 시청에서 이혼서류까지 가지고 와서 협박 아닌 협박도 해 봤지만, 그때뿐이었다.

나도 지칠 대로 지쳤고 점점 커가는 딸아이가 아빠를 보면서 무슨 생각을 할지도 걱정이었다. 그래도 가게를 시작하면 마시지 않겠다고 했으니 정말 마지막이라 생각하고 넘어간다.

그런데 갑자기 배가 너무 아팠다. 이건 진통이었다. 출산 경험이 있었기 때문에 진통인지 아닌지 느낌으로 알 수 있었다. 부리나케 병원으로 달려갔다. '분만이 없는 조기 진통' 경부 길이가 짧아지고 자궁이 수축해 있단다. 바로 입원해서 안정을 취해야 한다고 했다. 입원은 했지만 마음이 편치 않았다. 엄마가 없으면 잠도 잘 못 자는 우리 딸. 가게 오픈이 얼마 남지 않은 우리 남편. 코로나 시국에 면회도 금지다.

며칠 뒤면 어린이날인데… 다른 건 몰라도 어린이날은 우리 딸과 함께 있고 싶었다. 의사를 볼 때마다 누워만 있을 테니 퇴원을 시켜달라고 졸랐다. 의사는 내 성화에 못 이겨 진단서를 끊어주며 절대 안정을 취하라고 한다. 내 뜻대로 어린이날 바로 전인 5월 4일에 퇴원하였다.

남편은 가게 오픈이 한창이라 퇴원 후 혼자서 택시를 타고 집으로 향한다. 택시 안에서 한참을 울었다. 딸과 함께 어린이날을 보낼 수 있다는 안도감과 왠지 모를 서러움에 눈물이 났던 것 같다. 택시 아저씨가 서럽게 우는 나를 보며 이혼당한 임산부라고 생각했을지도 모르겠다.

집에 도착하니 딸내미는 어린이집에 가 있었고, 친정엄마는 미역국을 끓이고 계셨다. 나를 보더니 꼬옥 안아주는 우리 엄마. 또 한 번 눈물이 또르르 흘러내린다.

평범하게 사는 게 이렇게 힘들 일인가. 나뿐만 아니라 남편도, 주변 사람들도, 많은 사람들이 이렇게 살고 있지 않을까. 그래도 다시 일상의 행복을 찾으러 간다. 우리 딸내미가 어린이집 문을 열고 나오자마자 나에게 달려온다. 세상에서 가장 행복한 시간이다.

전지적 와이프 시점

#2. 걱정

한 달간 병가를 내고 집에서 쉬게 되었다. 출산 예정일에 맞춰 휴가를 사용할 계획이었지만, 조산기와 첫째 아이를 위해 모든 일정을 조금씩 앞당겼다. 출산휴가와 함께 배 속의 아이도, 남편의 새로운 가게도 안정을 찾는 듯했다.

가게 오픈으로 남편은 매일 새벽에 나가 밤늦게 돌아온다. 문제는 아직 한 달도 안 되었는데 너무 힘들어 보인다는 것이다. 보약이라도 한 제 먹여야 할 것 같았다. 젊은 남편도 이렇게 힘든데 연세가 있으신 시어머니는 더 걱정이 됐다. 아가씨에게 어머님과 함께 마사지라도 받고 오라고 돈을 보내줬다.

출산 예정일도 아직 한 달이나 남았고, 남편 가게도 출산 전에 자리를 잡을 수 있을 것 같았다. 그렇게 생각하며 잠이 들었다. 다음 날 아침… 느낌이 좋지 않았다. 뭔가 이상했다. 양수가 터진 것 같지는 않았고, 분명 그때와는 다른 느낌이었다. 아뿔싸! 화장실로 달려가 보니 하혈을 하고 있었다. 너무 겁이 나서 남편에게 바로 전화를 했다. 첫째 아이가 아직 잠을 자고 있었기에 혼자선 병원으로 갈 수 없는 상황. 남편이 오기만을 초조하게 기다리며 출산 가방을 하나씩 챙기는데, 눈물이 계속 흘러내렸다.

'혹시 아이에게 무슨 일이 생긴 건 아니겠지? 이번 주만 잘 넘기면 괜찮을 거라 생각했는데….'

'아가야, 조금만 더 버텨줄 수 없겠니….'

남편이 오고, 곧바로 엄마도 도착했다. 곤히 잠들어 있는 딸을 엄마에게 맡기고 정신없이 남편과 병원으로 향했다. 각종 검사를 진행하고 분만 준비에 들어갔다. 걱정되는 마음과 여러 가지 안 좋은 생각들이 떠올라서 그런지 벌써 내 몸은 완전히 지쳐있었다. 그렇지만 내 몸이 문제가 아니다. 그저 아이가 무사히 태어나주길 바랄 뿐이다.

하늘이 도운 것인지, 여러 번의 분만 시도 끝에 우렁찬 울음소리와 함께 둘째 아이가 건강하게 태어났다. 정말 작은 보물 같았다. 간신히 2.5kg을 넘겼고, 심장과 폐 소리가 좋아서 인큐베이터에는 들어가지 않아도 된다고 한다. 정말 다행이었다. 갓 태어난 아이가 내 가슴에 안기는데, 너무 작아서 다칠 것만 같았다. 부러질까 봐 손도 제대로 잡지 못하고, 눈물만 계속 흘러내렸다. 안도의 눈물이다.

'정말 고생 많았어. 건강하게 태어나줘서 고마워. 엄마가 고생시켜서 너무나 미안하고 사랑해.'

아직 어린 딸을 생각하여 산후조리원은 가지 않기로 결정했다. 3일간 병원에서 몸을 추스르는 동안 매일같이 영상통화를 했다. 엄마를 보며 눈물을 뚝뚝 흘리던 우리 나혜가 너무 보고 싶었다.

집에 도착하여 짐을 정리하고 있는데 어린이집을 다녀온 딸내미가 엄마를 부르며 달려온다. 엄마랑 떨어져 있는 동안 잘 버텨준 아이가 참 고맙고 사랑스러웠다.

"엄마, 내 동생이야?"

"응, 동생이 이렇게 건강하게 태어나줬어. 어때?"

"너무 작은데? 얘가 빼꾸기야?"

"맞아, 나혜 동생 빼꾸기야. 예쁘지?"

"너무 예뻐. 내가 옆에서 잘 지켜줄게."

동그란 눈으로 동생을 바라보는 눈이 작은 보석처럼 반짝반짝 빛나고 있었다. 막 도착한 남편도 힘들어 보였지만 아들내미를 안아보더니 세상을 다 가진 표정을 짓는다.

정말 정신없이 시간이 흘렀다. 남편의 가게 오픈과 출산이 겹치면서 눈코 뜰 새 없이 바빴다. 남편에게 들어보니 어머님이 많이 힘들어하시는 것 같았다. 일하다가 다치시거나 건강이 안 좋아지면 나중에 어머님을 어떻게 볼 거냐며 새로운 직원을 구해보자고 이야기했다. 내가 여러 번 설득한 끝에 어머님은 더 이상 가게에 나오시지 않기로 하였다. 정말 다행이라고 생각한다. 나중에 알게 된 사실이지만 어머님이 다치셔서 그만두었다는 것을 남편의 일기를 통해 알았다. 그전까지는 내가 설득해서 그만두신 줄 알았는데… 직원 핸드폰 액정이 깨진 이야기도 아마 내가 걱정할까 봐 그 당시엔 이야기하지 않은 것 같았다.

조산기에, 출산에….

남편이 오픈한 가게를 한 번도 가보지 못해서 궁금하기도 하고, 걱정도 되었다. 갓난아기를 두고 가볼 수도 없고 참 답답했다.

그러던 어느 날, 남편에게서 급하게 연락이 왔다. 홀 직원이 갑자기 며칠 못 나오게 돼서 잠깐만 도와달라고. 홀 직원의 아이가 코로나 격리대상자가 되었다고 한다. 다니던 어린이집에서 확진자가 나왔다고 말이다. 코로나로 사람들이 외부와 단절되면서 반찬을 구매해 가는 손님이 늘어난 것은 사실이다. 하지만 그 코로나가 우리의 발목도 잡기 시작했다. 당장 반찬을 포장해야 할 직원이 못 나온다고 하니… 급하게 어디서 사람을 구할 수 있겠는가. 어쩔 수 없이 아이들을 친정엄마에게 맡기고 성치 않은 몸을 이끌고 가게로 향했다. 어차피 가게도 궁금했는데 이참에 한번 보고 오자는 생각과 함께 말이다. 아이들에게는 조금 미안했지만 우선 우리 가게가 잘되었으면 하는 바람이었다.

그렇게 며칠 가게를 경험해 보니, 남편이 왜 힘든지 알 것 같았다. 실장님은 실력이 좋았지만, 남편을 너무 지치게 하였고, 주방보조는 또 그만둔다고 한다. 그나마 다행인 것은 남편 후배들이 가끔 도와주기로 했다는 것이다. 후배가 도와주러 나온

날, 남편은 거하게 한잔하고 들어왔다. 가게를 시작하면 절대 술 안 마신다더니… 역시나 술버릇은 쉽게 고쳐지지 못하나 보다. 그래도 고생하는 남편을 생각해서 조금은 참아본다.

남편의 대학 후배들은 나도 참 좋아한다. 애들이 착하기도 하고 성실하면서 가정에 충실한 후배들이다. 남편이 취하든 말든 그냥 갈 수도 있지만 이 후배들은 남편을 꼭 집 문 앞까지 데려다준다. 그렇게 올 때마다 나한테 혼나곤 했다. 생각해 보면 남편 후배들이 혼날 게 아닌데 말이다. 나도 너무 미안하다.

우리 남편 술버릇은 과연 언제 고쳐질까? 술 때문에 이혼서류까지 작성했던 사람이 아직도 술만 마시면 고주망태가 되어서 들어온다. 우리 남편은 부지런하고 성실하면서 가정에 정말 충실하다.

근데 이놈의 술!

이거 딱 하나가 문제다.

이걸 어떻게 하면 고칠 수 있을까?

누가 답을 알려주었으면 좋겠다.

전지적 와이프 시점

#3. 복직

가게에서 일해보니 남편에게 늘 말로만 듣던 직원들의 캐릭터가 확 와닿았다. '우리 남편 얼마나 힘들었을까?' 말만 사장이지… 이건 거의 알바보다도 못한 수준이었다. 직원들의 비위를 맞춰가며 일하는 게 쉽지는 않았을 텐데, 그럼에도 묵묵히 직원들 기분에 맞춰가며 대화하는 남편이 대단하면서도 안쓰러웠다.

직원들은 나를 '사모님'이라 불렀다. 난생처음 들어보는 '사모님'이란 호칭. 항상 회사 소속의 직원으로만 살아왔던 내가 사모님으로 불려본 적은 처음이다. 호칭이 익숙지 않아서 그런지 너무 불편했다. 더구나 주방 실장님은 우리 엄마와 비슷한 연배였기에 그 호칭이 더 부담스러웠다.

그러던 어느 날, 우리 가게에 악플이 달렸다. 남편은 직원과의 마찰보다 고객 컴플레인이 더 무섭다고 한다. 내가 가게에 있을 때 이런 일이 발생하여 경험해 보니 억장이 무너졌다. 처음 경험하는 데다가 수입과 직결되는 문제라 그런지 더 민감하게 받아들이게 되었다. '맘 카페를 통해 소문까지 나서 우리 가게가 망하면 어쩌지.'라는 최악의 상황까지 생각하게 되었다.

배달 주문도 마냥 반길 수만은 없었다. 나는 지금까지 배달을 시키면 점주는 고객이 낸 수수료로 배달비를 충당하는 줄 알았다. 하지만 우리가 가게를 운영해 보니 배달 플랫폼 업체와 배달 대행 수수료까지 추가로 부담해야 한다는 것을 알게 되었다. 그 비용 또한 만만치 않았다.

소비자는 2,000원 정도의 배달 비용을 지불하지만, 점주는 배달플랫폼과 배달 대행에 4,000원 이상을 지불하는 구조다. 심지어 우리 가게를 더 많이 광고하려면 배달플랫폼에 추가적으로 비용을 지불해야 한다. 거기에 리뷰 이벤트로 서비스 반찬까지 제공하고 나면… 우리는 반찬 2개를 무상으로 제공하는 꼴이었다. 그렇다고 모든 가게가 다 하는 배달을 우리만 하지 않을 수도 없는 노릇이다.

오랜만에 가게 일을 도와줘서 그런가. 몸이 좀 이상하다. 감기 몸살인가. 자고 나면 괜찮아지겠지 했다.

다음 날 아침, 남편은 일찍 가게에 나가고 아이들 밥을 먹여야 하는데 도무지 일어날 수가 없었다. 눈앞이 깜깜했다. 체온을 재보니 40도가 넘는 고열이었다. 설마 코로나는 아니겠지?

남편이 새벽같이 일을 마치고 집으로 돌아온다. 부축을 받으며 아이들과 겨우겨우 병원으로 향했다. 병원은 코로나 검사를 기다리는 사람들로 북새통이었다. 3층에 있는 병원 입구에서부터 계단을 통해 1층까지 줄지어 기다리고 있었다. 1시간을 기다려 코로나 검사를 받는다.

검사하자마자 빨간 두 줄이 나왔다. 코로나 양성이었다. 다행인 것은 나만 걸렸다는 것이다. 안도감도 잠시, 당장 어떻게 해야 할지 불안감이 밀려온다. 남편과 논의 끝에 아이들을 친정에 보내기로 한다. 딸내미는 엄마와 헤어진다고 벌써부터 울고 있었고, 아직 돌도 안 된 아들은 눈만 말똥말똥 뜨고 있었다. 미안하고 또 미안했다.

자가 격리 기간이 끝나고, 회사에 있는 친한 언니에게서 연락이 왔다.

"둘째는 잘 크고 있어? 이제 많이 컸지?"

"언니, 오랜만이야! 잘 지내고 있어? 회사엔 별일 없지?"

"회사야 뭐… 나 없이도 잘 굴러가는 곳이 회사잖아. 그나저나 너 조기 복직할 생각 없어? 부장님이 너 괜찮으면 조금 빨리 복직했으면 하시던데. 집에서 아기만 보기도 힘들잖아. 생각해 보고 연락 줘!"

가게 운영도 그렇고, 아이들도 그렇고… 남편 혼자 벌어서는 저축을 전혀 할 수 없는 상황이었다. 회사 언니의 연락을 받고 갑자기 머릿속이 복잡해진다. '빨리 복직하면 조금씩 저축도 할 수 있을 거 같은데. 아직 돌도 안 된 둘째 아이는 어쩌지… 이유식도 다 못 먹였는데, 벌써 어린이집을 보내도 될까.' 불안감을 해소해 보고자 둘째 언니에게 전화를 한다.

"언니, 빼꾸기 아직 이유식도 다 못 먹였는데 벌써 어린이집 보내도 될까?"

"막둥아, 애들도 다 환경에 적응하는 거야, 어차피 보내야 하는 거 조금 일찍 보낸다고 생각해. 모유 수유도 다 끊었고, 어린이집 오전에 간식으로 죽도 나오니까 크게 걱정 안 해도 될 거야."

언니와 통화를 하고 나니 걱정이 조금 사라졌다. 다음 날 딸내미가 다녔던 어린이집에 전화를 해 본다. 아이 입소 대기는 미리 걸어놨던 터라 4월에 바로 적응하고 입소하기로 결정했다. '예정된 시간보다 조금 일찍 보내는 것뿐이니 너무 걱정하지 말자!'

막상 어린이집에 같이 들어가 보니 내 예상과는 전혀 달랐다. 엄마 배 속에서부터 산전수전을 다 겪어서 그런지 생각보다 잘 적응했고, 심지어 낯도 가리지 않았다. 이걸 다행이라고 해야 하나.

회사에는 5월부터 출근하겠다고 조기 복직신청서를 제출했다. 이제 자리를 좀 잡아갈 수 있겠다고 생각하며 밀린 집안일들을 한다. 복직까지 남은 기간은 앞으로 보름.

그런데 어느 날, 어린이집에서 전화가 왔다.

"어머니, 어린이집이에요. 뻐꾸기가 열도 있고, 기침을 많이 하는데, 병원에 데려가 보시는 게 좋을 것 같아요."

잘 적응하는가 싶더니 감기에 걸린 것 같았다. 어린이집에서 단체 생활을 시작하자마자 귀신같이 옮은 것이다. 아이를 데리고 소아과를 간다.

"어머니, 아이 기관지가 좋지 않습니다. 기록을 보니 아이가 조산하기도 했고, 감기에 걸리면 주로 기관지염으로 전이될 확률이 아주 높을 것 같아요."

"네? 기관지염이요? 제가 당장 다음 주에 복직인데, 어떻게 하는 게 좋을까요."

"병원에 매일 오시기 힘들다면 집에서 수시로 호흡기 치료를 해주셔야 합니다. 레뷸라이저라는 게 있는데 의료기기 판매하는 곳에서 구입하시면 되고, 약은 저희가 처방해 드립니다. 매일 해주어야 효과가 있으니 꼭 잊지 말고 해주세요."

당장 다음 주부터 출근하기로 했는데 아이가 기관지염이라니…. 첫째 아이 때 겪어보지 못했던 일이라 머리가 복잡하고 당황스러웠다. 네뷸? 뭐라고 했지? 기억도 잘 안 난다.

마치 모든 잘못이 나에게서 비롯된 것 같았다. 아이를 일찍 어린이집에 보내지만 않았어도… 아이가 지금처럼 아프지 않았을 텐데….

'엄마 욕심에, 배 속에서부터 너를 너무 힘들게 한 것 같아 미안해.'

부리나케 의료기기 업체를 방문해서 휴대용 레뷸라이저를 구입했다. 병원에서 준 약으로 매일매일 꾸준히 치료를 해주었다. 아들의 상태는 많이 좋아졌지만, 앞으로도 자주 해주어야 한다고 한다.

그렇게 우여곡절을 넘기고, 5월이 되면서 매일 아침을 아이 둘과 함께 시작하게 되었다. 남편은 새벽부터 나가야 하니 혼자서 아침마다 전쟁을 치른다. 출근까지 시간이 촉박하다. 승원이는 왼쪽에 있는 어린이집으로, 나혜는 오른쪽에 있는 유치원으로. 그렇게 보내고 나는 차로 달려간다.

전지적 와이프 시점

#4. 실망

복직을 하니 매일 정신없이 반복되는 일상으로 돌아갔다. 아침에 일어나 아이들을 등원시키고 늦지 않게 회사로 출근하는 것. 아이가 한 명일 때도 늘 정각에 맞춰 출근하곤 했는데, 둘이 되니 예측하기 힘든 변수가 너무 많았다. 집에서 막 나서려는 찰나에 둘째 아이는 똥을 싸기도 하고, 첫째 아이는 이유도 없이 투정을 부리거나 심술을 부린다. 항상 칼출근을 하면서 "죄송합니다."라는 말과 함께 자리에 조용히 앉는 것이 일상이 되었다.

남편이 반찬가게를 내놓았지만 깜깜무소식이었다. 창업컴퍼니라는 회사는 페이퍼컴퍼니가 아닐지 의심했지만, 가게를 매도하려면 별다른 방법이 없었다. 초반에는 가게 홍보자료를 만든답시고 사진도 찍어가고 자료를 넣은 제안서도 만들어오면서 열과 성을 다하는 것 같더니, 매수 의사가 있는 팀을 한 번 데려온 뒤로 연락이 전혀 없다. 남편에게 사기인 것 같다고 이야기했지만 이미 지난 일. 기다리는 것 말고는 딱히 방법이 없었다.

남편이 창업박람회에 다녀왔다고 한다. 처음에는 업종 변경을 하려는 것 같아 걱정이 되었다. 반찬가게도 이제 자리 잡았는데 여기서 또 업종 변경이라니. 다행히 업종 변경이 아닌 키오스크를 설치하겠단다. 중고로 키오스크를 설치하면 직원 한 명의 한 달 인건비 정도였으니 설치하는 데 별다른 이견은 없었다. 그저 프랜차이즈 본사의 입장도 들어봐야 할 것 같았다. 오픈하기 전 사인했던 두꺼운 계약서에는 우리가 미처 생각하지 못한 내용들이 가득할 것임을 알기에 설치를 해도 된다는 확실한 대답을 듣고 진행해야 할 것 같았다. 다행히 본사에서는 본인들의 책임이 일절 없다는 전제하에 설치해도 무방하다고 의견을 주었고, 우리는 바로 키오스크를 설치했다.

연세가 많으신 고객분들은 못 하겠다며 빈손으로 가게를 나가곤 했지만, 다달이 나가는 인건비를 줄이는 데는 효과가 있었다. 남편도 키오스크를 설치한 뒤로 여유시간을 가질 수 있게 되었다. 저녁에 정리하는 일은 가끔 내가 퇴근하면서 들러주면 되니 가족과 함께할 수 있는 시간도 생기게 되었다. 우리 딸이 저녁마다 가족과 함께 공원에 가고 싶어 했는데, 이제야 그 꿈이 이루어진 것이다.

그러던 어느 날 남편이 저녁에 후배들을 만나고 온다고 하였다. 느낌적인 느낌이랄까. 그동안 고생한 것도 있고 하니 술은 적당히 마시고 늦지 않게 들어오라고 신신당부했다. 아이들을 재우고 나도 잠이 들었다. 얼마나 지났을까. 밤이 늦은 것 같은데 남편은 아직 귀가 전이다.

시계를 보니 새벽 2시, 불안한 마음에 일어나 혹시나 싶어 이 방 저 방을 살피고, 설마 하는 마음에 베란다 밖을 쳐다봤다. 저 멀리 택시가 한 대 들어온다. 설마 남편인가? 택시 기사님이 내려 뒷좌석의 승객을 질질 끌고 내렸다. 어두워서 잘 보이지 않았지만 남편이었다. 술에 잔뜩 취해 길바닥에 누워 있는데 저러다 큰일 나겠다 싶어, 자는 아이 둘을 뒤로하고 얼른 밖으로 나갔다.

제 몸도 못 가눌 정도로 술은 떡이 되어있었고, 화가 나다 못해 진짜 갖다 버리고 싶었다. 그렇게 신신당부를 했건만 역시나 또 이렇게 만취 상태로 오다니. 정말 꼴도 보기 싫었다. 애들도 있는 가장이 어쩜 이렇게 무책임할 수가 있지? 세상에 고생은 자기 혼자만 하나?

질질 끌고 집으로 데려와 바닥에 내팽개쳤다. 연애 초기에도 경찰한테 전화를 받은 적이 있다. 길에서 자고 있으니 와서 데려가라고 말이다. 그때 정신 차리고 이런 인간이랑 만나질 말았어야 했는데… 왜 결혼까지 해서 이렇게 고생인지. 아이들만 아니었으면 혼자 짐 싸서 나가고 싶었다.

아침 일찍 일어나 아이 둘을 데리고 놀이터로 나왔다. 남편과 마주치고 싶지 않았다. 거기다 오늘은 키오스크를 설치하고 처음으로 아이들과 동물원에 가기로 한 날이었다. 딸내미는 동물원에 언제 가냐고 아침부터 성화인데 저 인간은 술에 찌들어 일어나질 못하고 있으니… 도대체 어떻게 해야 정신을 차릴까. 나도 너무 지친다. 그냥 이럴 바엔 이혼하는 게 낫겠다 싶었다. 남편에게 그만하자고 문자를 보냈다. 더 이상 얼굴 보고 살 자신이 없었다. 그냥 아이 둘을 데리고 나 혼자 키우더라도 저런 아빠를 보며 자라게 하고 싶지 않았다. 술을 마시지 말라는 것도 아니고, 제정신으로 집에만 걸어 들어오라는데 그게 이렇게 어려운 일인가? 아무리 생각해도 도무지 이해가 안 되었다.

어떻게 알았는지 남편은 금세 놀이터로 왔다. 딸아이가 동물원 얘기를 하자 아차 싶었는지 지금 출발하잖다. 오전 11시가 넘어가는 시간이라 지금 가면 주차하는 데만 한 시간이 넘게 걸릴 것이다. 아니나 다를까 주차 대기 중인 줄이 끝도 없이 늘어서 있었다. 그새 아이들은 잠이 들었고 그냥 집으로 돌아가자고 했다.

잠든 아이들을 눕히고 나왔더니, 남편이 잘못했다며 다시는 술을 마시지 않겠다고 했다. '연애 기간만 7년에, 결혼한 지도 5년… 도합 12년을 못 고쳤는데 그 말을 나보고 믿으라고?' 기가 막혔다. 그나마 남아있던 한 줄기 희망마저 사라진 기분이었다.

이 사람과 더 이상 함께 같은 공간에서 숨조차 쉬고 싶지 않았지만… 맥주조차 마시지 않겠다는 말에 또다시 속는 셈 치고 믿어보기로 했다. 이제는 어떤 종류의 술도 입에 안 댈 것이고, 지키지 못하면 본인이 이혼서류에 도장을 찍어 가지고 오겠단다. 한두 번 속는 것도 아니고 한두 달 이러다 말겠지 싶었지만, 마지막 용서라는 생각으로 넘어갔다.

위드 코로나로 마스크를 벗는 일상이 시작되었다. 마스크를 벗자 어린이집, 유치원 등에서는 작년에 잘 보이지 않았던 감기가 다시 유행하기 시작했다. 나혜는 며칠이 지나도 열이 떨어지지 않았고, 기관지가 약한 승원이는 기침 소리가 심상치 않았다. 어린이 전문 병원으로 가서 각종 검사를 한 결과 폐렴이라는 판정을 받았다. 거리 두기는 해제되었지만 입원실에 들어가려면 코로나 검사는 필수였고, 밖에 나가면 들어올 때마다 검사를 해야 했다. 가게를 운영해야 하는 남편보다는 내가 들어가서 간호를 하는 게 낫겠다 싶어 짐을 챙겨와 입원 수속을 밟았다.

링거주사 바늘을 꽂는데 아이들이 얼마나 울고불고하는지… 태어나 처음 느끼는 고통이었을 텐데 얼마나 아팠을까. 내 가슴이 다 찢어지는 기분이었다. 간신히 어르고 달래 문 앞에서 아빠와 작별 인사를 하고는 입원실로 올라왔다. 아픈 아이들이 너무나 많았다. 아직도 진정되지 않은 아이들을 달래느라 가방은 던져두고 약도 먹이고, 호흡기 치료도 해주기 시작했다. 아이 둘의 호흡기 치료만 1시간이 걸렸고, 보채는 아이들을 달래고 먹이고, 가방 정리를 끝내고 나니 하루가 순식간에 끝나고 말았다. 그렇게 잠든 아이들을 보고 있으니 또 모든 게 내 잘못 같아 죄책감이 밀려오면서 눈물이 흘렀다.

'엄마 욕심에 너무 빨리 복직을 해서… 너희들이 이렇게 아

픈 것 같아, 미안해….'

다행히 꾸준히 치료를 받은 아이들은 상태가 호전되어 퇴원할 수 있었다. 주삿바늘을 뺀 아이들은 정말 행복해 보였다. 아직 표현이 서툰 아이들이 아파서 누워있는 걸 다시는 보고 싶지 않았다.

'우리 이제 아프지 말고 행복하게 지내자!'

전지적 와이프 시점

#5. 희망

가게를 시작한 지 1년 반 정도 지나니 때마다 지출되는 고정적인 세금의 흐름을 알 수 있었다. 초반에는 월말에 수익을 계산하며 일희일비했었는데, 순이익이라고 생각했던 돈이 전부 우리 수입은 아니라는 걸 알아차리는 데까지 1년이 걸린 것 같다.

연말연시에 이어 설 명절까지… 가게에서 들어오는 수입은 점점 줄어들고 있었고, 이제 이 가게를 이렇게 운영해도 되나 싶었다. 남편은 새벽같이 나가 노동을 하는데 우리 주머니 사정은 점점 더 나빠졌다. 남편의 고생에 비해 수입은 턱없이 부족했고, 건강도 점점 안 좋아지는 것 같아 걱정이 되었다. 날씨가 따뜻해지면 나아질 거라는 것을 알지만, 장기적으로 봤을 때 자영업보다 취업을 하는 게 수입, 건강, 시간적인 부분에서 훨씬 나을 것 같았다.

남편도 겉으로 내색은 안 했지만, 상당히 지쳐 보였기에 내가 먼저 가게를 그만두자고 했다. 비록 가맹 계약은 3년이지만, 부동산 상가 계약이 2년이었기에 임대차계약이 끝나는 시점에서 정리하는 것이 더 나을 것 같았다. 이 상태로 1년을 더 버티다간 도저히 회생할 수 없어 보였다. 남편도 내 의견에 동의하였고, 천천히 하나씩 가게 정리를 시작하기로 하였다.

창업을 시작하고 끝날 때까지 우리 가족에겐 정말 많은 변화가 있었다. 예전에는 몰랐던 가족의 건강과 평범한 일상이 정말 소중한 것임을 알게 되었고, 아이들의 해맑은 표정과 웃음이 우리에게 만병통치약이라는 사실을 깨닫게 되었다. 아침을 함께 먹고, 저녁에 산책을 하는 그런 소소한 일상이 얼마나 행복한 것인지 이제야 조금 알 것 같다.

나 또한 가게를 접고 1억이라는 빚이 생기는 것에 큰 두려움과 걱정이 앞선 건 사실이다. 1억이라는 돈은 우리에게 엄청나게 큰돈이었고, 아이들을 키우면서 모으려면 얼마나 걸릴지 알 수 없었다. 하지만 시간을 돈으로 살 수는 없기에 우리 부부는

1억이라는 값비싼 수업료를 지불하고 그 이상의 시간을 벌었다고 생각하기로 했다. 계속 붙들고 있었다면 시간이라는 자산을 더 허망하게 날렸을 것이라는 이야기다. 물론 그 돈을 잃지 않고 깨달았다면 더할 나위 없이 좋았겠지만, 건강을 잃기 전에 좌절하지 않고 나아갈 수 있는 올바른 길을 찾았다는 것만으로도 참 감사하다.

와이프 시점의 글쓰기를 통해 바라본 남편의 자영업 일상은 절반 이상이 내가 모르는 이야기였고, 상상하지도 못했던 사건들의 연속이었다. 혼자서 감내했던 그 시간들을 이제야 알게 된 것 같아 너무나 미안했고, 힘들었을 남편을 생각하니 눈물이 흘러내렸다. 서로에게 말할 수 없었던 일들을, 글을 통해 풀어가니 그 감동도 배가 될 수 있었던 시간이었다.

자영업은 우리에게 돈과 시간에 대한 개념을 새롭게 만들어 주었다. 남편은 나보다 하루를 먼저 시작하고 더 늦게 일과를 마무리한다. 또 우리 가족의 식사 준비와 아이들 등하원까지 맡아가며 정말 알찬 하루를 보내고 있다. 옆에서 지켜보면서도 참 대단하기도 하고, 한편으로는 짠하기도 했지만… 태풍이 지나가면 어김없이 찾아오는 푸른 하늘처럼 우리 가족의 앞날도 맑음이라는 것을 이제는 믿어 의심치 않는다.

부록

자영업자들의 솔직한 이야기

저자가 직접 만난 다른 업종의 자영업자 이야기입니다. 창업 시장에서 가장 인기가 많은 업종을 뽑아서 인터뷰하였습니다. 예비 창업자분들에게 조금이라도 도움이 되시길 바랍니다. 인터뷰에 응해주신 사장님들께 진심으로 감사드립니다.

자영업 인터뷰 1

개인 카페(2015년 개업)

수호 안녕하세요! 사장님.

사장님 네네, 안녕하세요.

수호 창업을 시작하게 된 시기가 언제인가요?

사장님 저는 2015년에 처음 카페 창업을 했고, 그 당시 나이가 29살이었어요.

수호 생각보다 젊은 나이에 창업하셨네요. 창업하시게 된 이유가 따로 있으실까요?

사장님 저는 카페에서 아르바이트하면서 연기 활동을 하고 있는 배우였습니다. 지금도 카페 운영과 배우 생활을 겸해서 하고 있어요. 20대에 다양한 아르바이트를 해 보았지만, 커피를 좋아하다 보니 자연스럽게 카페에서 가장 오래 일했던 것 같아요. 그러다 20대 후반이 되면서 여러 가지 고민이 들기 시작했습니다. 변동이 심한 촬영 일정에 맞춰 아르바이트 시간을 유동적으로 변경하기가 어려웠고, 두 번째는 나이가 들어감에 따라 카페 사장님들이 본인보다 나이가 많은 사람을 알바생으로 선호하지 않는다는 것을 알게 되었죠.

그래서 고민 끝에 카페 창업을 결심하게 되었고, 돈을 모으면서 틈틈이 자리를 알아보았습니다. 가진 돈이 많지 않아서 우선은 보증금과 월세가 싼 곳을 찾을 수밖에 없었고, 작은 공간이더라도 그곳에서 로스팅한 원두를 직접 팔아봐야겠다는 생각으로 로스팅 랩을 차릴 계획이었습니다. 그렇게 1년 정도의 준비 끝에 광진구 구의동에 저만의 공간을 가지고 창업할 수 있었어요.

돈이 없다 보니 인테리어를 전부 스스로 진행했고, 공사를 하는 중간중간 동네 주민분들이 관심을 많이 가져주셨습니다. 생각보다 동네 상권 수요가 있겠다 싶어서 단순한 로스팅 랩이 아닌 작은 카페로 방향을 전환했고, 2015년 8월 25일에 로스터리 카페 '차이브'를 오픈했습니다.

수호 준비 기간이 생각보다 길었네요. 1년이나 걸리셨다는 건 그만큼 준비를 굉장히 철저하게 했다고 볼 수 있는 거죠?

사장님 철저하게 준비하려고는 했지만 배우 활동도 해야 했고, 아르바이트를 하면서 준비했기에 생각보다 완벽하게는 준비를 못 했던 것 같아요. 그리고 사실 완벽이라는 것은 없는 것 같습니다. 막상 오픈을 하고 보니 예상대로 흘러간 것이 거의 없었거든요.

수호 창업으로 카페를 선택하신 이유는 단순히 커피를 좋아해서 하신 건지 궁금하네요.

사장님 여러 가지 일을 해 봤는데 아이템을 선정하는 과정에서 중요하게 생각했던 것이 의, 식, 주였던 것 같아요. 사람들이 평소에 가장 많이 접하게 되는 부분들에서 아이템을 찾으려고 노력했어요. 그중에 같이 운동하던 형들과 함께 공동창업으로 의류 사업을 경험해 봤지만 생각보다 쉽지 않아서 2년도 안 돼서 정리하게 되었고, 결국은 제가 좋아하는 커피 창업으로 노선을 정하게 되었습니다. 그 당시 거창한 이유보다는 내가 좋아하는 일을 해야 오랫동안 즐겁게 할 수 있을 것 같다는 생각이 결정적이었던 것 같아요.

수호 그렇다면 카페를 창업하는 데 들어간 투자금과 보증금, 월세를 말씀해 주실 수 있나요?

사장님 물론 매장의 위치나 크기에 따라 천차만별이겠지만 제 경우를 말씀드리자면, 보증금은 500만 원, 월세 30만 원으로 시작했어요. 정말 말도 안 되는 금액이라고 생각하실 수도 있겠지만, 그 공간이 아무것도 설치되어 있는 것이 없었고, 심지어 화장실도 없으면서 전기도 들어오지 않던 공간이었기 때문이에요. 창업을 준비하면서도 대출에 대한 막연한 두려움 때문인지 은행 상담보다 우선 부모님께 구체적인 계획과 도움을 주실 수 있는지 여쭤봤어요. 감사하게도 부모님께서 지원을 해주셨고, 이자를 따로 받지 않고 원금만 갚으라고 해주셨어요. 그래서 보증금 포함 약 3천만 원 정도의 창업비용이 들었던 것 같아요.

그 공간에서 7년 정도를 있었는데, 월세를 3번이나 올리셨고 4번째 월세를 올려달라고 하시길래 그 공간을 포기하고 현재의 다른 매장으로 옮기게 되었습니다.

수호 사장님의 카페에 대해 간단히 소개 부탁드릴게요.

사장님 현재는 강동구 성내동으로 매장을 이사하면서 사업의 방향성이 많이 바뀌었어요. 기존의 '차이브'는 로스터리 카페로 시작했다면 현재는 원두 납품업에 조금 더 포커스가 맞춰져 있다고 봐야 해요. 카페를 오랫동안 하면서 원두 납품 문의가 조금씩 들어오게 되었고, 그때부터 납품업에 관심이 생기기 시작했어요. 로스팅 물량이 늘어나면서 마침 매장을 확장해야 하는 상황이 생겼고, 그때 납품업으로 방향을 좀 더 잡아보자 결심하게 되었죠.

창업하면서 지금까지 운영을 해 보니 모든 게 다 처음 겪는 일이었고, 어려운 부분도 정말 많았던 것 같아요. 결국은 혼자 부딪혀보면서 시행착오를 겪어보는 방법밖에 없더라고요. 지금도 식품 제조에 대한 규정과 필수 자료들을 열심히 공부하고 있고, 유통에 대해서도 끊임없이 고민하고 있어요. 카페의 트렌드가 빠르게 바뀜에 따라 그에 맞는 서비스를 해야 하는 것도 큰 어려움 중 하나이고요.

수호 카페를 창업하고 가장 좋았던 점은 무엇일까요?

사장님 제가 좋아하는 일을 하고 있다는 것?? 커피를 좋아하니 일을 재미있게 하고 있어요. 생각보다 스스로 좋아하는 일을 하는 사람이 많지 않잖아요. 그리고 나만의 공간이 있다는 것도 정말 좋아요.

수호 반대로 힘든 점이 있다면요?

사장님 장사나 사업이라는 게 고정수입을 예측하기가 굉장히 어려워요. 내가 열심히 한다고 손님이 지속해서 늘어나는 것도 아니고, 경제 상황이나 날씨에도 굉장히 민감하기 때문에 돈의 흐름을 예측하기 어렵다는 것이 제일 힘들었던 것 같아요. 그리고 납품업을 시작하면서 고정 지출 비용이 카페만 운영할 때보다 훨씬 큰 단위로 들어가게 되더라고요. 기본적인 공간 유지관리에 들어가는 비용이 카페만 운영했을 때보다 훨씬 더 들어간다고 보시면 돼요. 그렇게 늘어난 고정지출 비용에 비해 매출로의 현금 순환이 빠르지 않다는 것도 굉장히 힘든 점인 것 같아요.

기본적으로 생산하기 위해 보유하고 있어야 하는 자재들이 상당히 많은데, 그것들 비용이 꽤 되거든요. 그런데 중간에 거래처가 끊기거나 망해서 없어져 버리면 그 돈들이 예상보다 느리게 들어오는 경우가 많아요.

수호 카페를 운영하면서 느낀 점을 짧게 말씀해 주세요.

사장님 자영업자분들은 대부분 공감하시겠지만, 장사는 하면 할수록 더 어렵다는 생각이에요. 신경 써야 할 부분들이 정말 너무나 많고, 나의 가게를 더욱 발전시키기 위해서는 끊임없이 연구해야 해요. 아무런 문제 없이 매출이 자동으로 늘어난다면 정말 좋겠지만 그런 매장은 전 세계에도 없을 거예요.

수호 만약 지인이 카페를 창업한다면 사장님은 어떻게 말씀해 주실 건가요?

사장님 우선은 말릴 것 같아요. 진지하게 생각했다고 하면 그 계획을 들어보고 판단할 것 같은데, 아무리 계획이 좋다고 하더라도 일단은 말릴 것 같아요. 정말 힘들기 때문이죠. 개인 카페는 저가 브랜드 커피를 모조리 이길 수 있을 정도의 실력을 가지고 있어야 하고, 홍보도 프랜차이즈에 비해 어려운 것이 현실이에요. 카페 창업을 해서 성공한다는 것은 생각보다 정말 어려운 일이라고 생각하셔야 해요.

수호 창업에서는 투자금 회수를 하는 것이 가장 중요한 것 같던데 사장님은 투자금 회수 기간이 얼마나 걸리셨나요?

사장님 카페를 운영했을 초기에 투자금을 제대로 정리하지 못했기 때문에 정확한 투자금 회수 기간은 잘 모르겠어요. 하지만 중간에 확장하면서 부모님의 도움과 2번의 대출을 추가로 받으면서 처음 생각했던 투자금보다 훨씬 늘어났어요. 생각해 보면 8년이 지난 지금까지도 투자금을 회수하지 못한 것 같아요. 그냥 없어진 돈이라고 생각하는 게 훨씬 마음 편할 것 같네요.

수호 사장님께서 생각하는 자영업자란 어떻게 설명할 수 있을까요?

사장님 보이는 것 이외의 정말 많은 시간을 들여야 하고 건강이 많이 안 좋아질 정도로 힘든 일이라고 생각합니다. 물론 쉬운 일은 없겠지만, 자영업을 보통 직장보다 낫다고 생각하시고 창업하시는 분들이 많은 것 같아요. 저는 그런

분들이 창업을 하겠다고 하시면 말릴 것 같고, 무조건 하겠다고 하시는 분들은 정말 오랫동안 차근차근 준비해서 시작하라고 말하고 싶어요. 근데 웬만하면 하지 말라고 얘기하고 싶네요.

수호 창업을 하신 이후 가장 힘들었던 기억 하나만 말씀해 주세요.

사장님 항상 힘들어요. '그때가 가장 힘들었지.'라는 생각을 하고 있다 보면 갑자기 더 힘든 일이 생겨요. 그렇지만 그런 힘든 일들을 해결해 나가면서 본인의 경험이 쌓인다고 생각해요. 인터뷰하고 있는 지금 이 순간도 커피 업계의 위기는 다가오고 있고, 그 위기를 나만의 방법으로 헤쳐 나가기 위해 끊임없이 고민하고 있어요.

수호 그렇다면 가장 좋았던 기억은요?

사장님 새로운 거래처와 계약을 하게 될 때가 가장 좋았던 것 같지만 돌이켜보면 항상 즐겁고 오랫동안 기억에 남는 장면들은 손님들과 유대관계를 쌓으면서 지내온 시간인 것 같아요. 아무래도 차이브를 찾아주시는 고객들 덕분에 힘을 잃지 않고 계속 운영해 갈 수 있는 것 같아요.

수호 카페에도 진상 손님이 있나요?

사장님 특이하게 매장을 시작했던 아차산 점과 현재 위치한 성내동 매장 모두 사이비종교 사람들이 자주 왔었어요. 우르르 와서 음료는 한 잔만 시키고 계속해서 저에게 나오라고 강요하고 그랬어요. 나중에 다른 일반 손님들이 있으실 때도 그러기에 강한 어조로 나가라고 했더니 그제야 안 오더라고요.

수호 카페 창업을 꿈꾸는 예비 창업자분들에게 한마디 부탁드릴게요.

사장님 저의 이야기를 전부 들려드리진 못했지만, 카페 창업을 생각하고 계신 분들에게 작은 도움이 되었으면 좋겠네요. 카페 창업에 진심이신 분들은 나중에 차이브로 놀러와주세요. 궁금하신 부분들을 자세히 말씀드릴 수 있을 것 같네요. 감사합니다.

자영업 인터뷰 2

배달 전문 떡볶이 프랜차이즈 (2021년 개업)

수호 안녕하세요! 사장님.

사장님 네네, 안녕하세요.

수호 창업을 시작하게 된 시기가 언제인가요?

사장님 2021년 초에 창업을 했습니다. 코로나가 한창 유행을 하면서 배달업종이 많이 뜨고 있는 시기였기에 도전했던 거죠.

수호 떡볶이 프랜차이즈로 창업하시게 된 계기가 있을까요?

사장님 친구의 권유로 함께 시작했어요. 장사라는 것을 해 보고 싶었지만, 자금이 많지 않았기에 친구의 제안을 받아들였죠. 투자금은 친구가 마련하고, 일은 제가 하는 구조로 시작했어요. 처음에 저는 이 프랜차이즈를 반대했어요. 본사에서 마진율을 설명해 주는데 대략 20~30%라고 하더라고요. 근데 제 생각에 이 마진율이 정말 잘 나올 때나 가능하다고 판단했었거든요. 하지만 저는 자금이 없었기에 친구의 결정에 따를 수밖에 없었습니다.

수호 배달전문점의 프로세스를 설명해 주실 수 있을까요?

사장님 필요한 식자재는 모두 본사에서 공급받고 있고, 프랜차이즈이다 보니 개인적으로 설정할 수 있는 것들은 거의 없어요. 본사 프로세스에 맞춰서 배달 지역이나 가격도 다 정해져 있고, 따로 구매할 게 없어서 편하긴 했던 거 같아요. 주문 들어오는 대로 조리만 해서 보내기만 하면 돼요.

수호 창업을 하시고 좋았던 점이나 어려웠던 점을 간략히 말씀해 주세요.

사장님 저는 창업을 하고 좋았던 점이 한 개도 없는 것 같아요. 그냥 다 힘들었어요. 오픈 초반 장사가 잘될 때는 몸이 너무 힘들었어요. 하지만 장사가 잘되는 시기도 오픈 때 반짝이었고, 그 뒤로 계속 장사가 안돼서 걱정했던 것 같아요. 장사가 안돼서 먹고 살기가 힘들어지니 한 개라도 더 팔기 위해 쉬는 날도 없이 계속 매장을 열었어요. 혼자 있다 보니, 냉난방이라도 아껴보려고 에어컨이나 히터를 안 틀기도 했고, 주문이 들어오기를 한없이 기다리는 날도 많았습니다.

그리고 떡볶이라는 메뉴가 보통 밤 10시부터 자정 사이에 주문이 몰리는 경우가 많아서 그 시간에만 정신없이 일했어요. 하지만 결국 월세 내고, 본사 자재료 결제하고 나면 남는 게 거의 없었습니다. 몸은 몸대로 지치고 힘든데 매출은 안 나오고.

열심히 일해서 배달했는데도 고객분들이 리뷰를 안 좋게 달아주시면 정신적으로도 힘들어지곤 했어요. 그리고 배달업종의 가장 큰 어려움은 배달 대행과 연동해서 운영하다 보니 배달업종 자체의 실수로 배달에 문제가 생기기도 하고, 배달기사의 실수로 문제가 생기기도 하더라고요. 그 문제를 해결하기 위해서 배달이 완벽하게 끝나는 시점까지 기다리는 것도 보통 힘든 일이 아니었습니다. 배달 시간이 1시간 이상 걸릴 때도 있었어요.

수호 장사를 하시면서 느끼셨던 점도 부탁드릴게요!

사장님 창업이라는 게 정해진 틀 없이 스스로 개척해야 하는 세상인 것 같더라고요. 프랜차이즈이긴 했지만 결국 장사가 안돼서 샾인샾까지도 생각했었어요. 결국 현재에 안주하면 아무것도 할 필요가 없지만, 창업이나 장사라는 게 현재에 안주할 수 없더라고요. 계속 뭔가를 시도해야 하고 찾아내야만 발전할 수 있는 부분인 것 같아요. 말이 좋아 창업이고 사업이지 결국은 본인이 죽어라 일해야 하고, 책임감을 가지고 사업적 마인드로 발전시켜야 더 올라갈 수 있겠더라고요.

아직도 배달업종의 창업을 생각하시는 분들이 계신다면 단일업종으로는 절대 성공할 수 없다는 것 꼭 말씀드리고 싶네요. 두 가지 이상의 업종을 함께 하는 것이 선택이 아닌 필수라는 것을 알고 접근하셔야 해요.

수호 사장님 지인분이 만약 배달업종을 창업하겠다고 한다면 어떤 말씀을 해주실 건가요?

사장님 절대 하지 말라고 하겠죠. 한번 경험해 보니까 확실히 알겠더라고요. 장점이라곤 하나도 없는 창업을 굳이 하겠다는데… 내가 싫어하는 사람이 한다면 그냥 내버려두겠지만. 그래도 아마 창업을 결심했다면 해 보지 않고서는 뜯어말린다고 멈추지 않을 확률이 높아요. 저도 그랬으니까요. 배달업종은 특히 누가 먼저 망하냐는 진흙탕 속에 빠져들어 간다고 보시면 될 것 같아요. 절대 도전하지 않으셨으면 좋겠습니다.

수호 투자금 회수는 전혀 생각 못 해보셨겠네요?

사장님 계산을 해 본 적은 있어요. 총 투자금이 4,000만 원이었고, 월평균 매출이 250이었지만 순이익은 50만 원 내외였으니… 7~8년 걸리더라고요. 이 장사를 7년 동안 해야지 겨우 본전이라는 생각에 잘못 시작했다는 것을 알았죠. 물론 투자금은 제가 넣지 않았지만 제 일당을 한 푼도 받기 어려웠던 상황이었습니다.

수호 자영업에 대한 사장님의 생각을 짧게 말씀해 주세요.

사장님 제 생각에 자영업이나 창업은 선천적으로 잘하는 사람이 정해져 있는 것 같아요. 노력으로도 물론 가능할 수 있겠지만 장사에 재능을 가지고 있는 사람을 따라간다는 것은 결코 쉬운 일이 아닌 것 같아요. 저처럼 재능이 없는 사람은 투자금 회수에 7년이 걸리겠지만 재능이 있는 사람은 1년 만에도 회수하고 돈을 벌 수 있다는 생각은 들어요. 제가 노력을 더 한다면 그런 재능 있는 사람을 좇을 수는 있겠지만 그러기엔 시간이나 비용이 너무 많이 들 거라는 생각이 드네요.

수호 창업을 한 뒤로 가장 힘들었던 기억 하나만 말씀해 주세요.

사장님 시작 전부터 폐업하는 순간까지 모두 기억에서 지워버리고 싶을 정도로 힘들었습니다. 저 같은 경우 혼자 창업을 한 게 아니기 때문에 동업자였던 친구와의 관계가 가장 힘들었고, 동업이라는 것이 가까운 사이끼리 하는 것보다 상하 관계가 명확한 사이에서 해야 한다는 것을 느끼게 되었네요. 아마 동업이라는 것도 다시는 안 할 것 같습니다.

수호 운영하는 기간 동안 기억나는 진상 손님이 있을까요?

사장님 생각보다 진상 손님은 많지 않았어요. 요새 뉴스에 나오는 말도 안 되는 고객들은 정말 개념이 없는 사람들이나 나오는 것이고, 하나 떠오른다면 매운맛을 주문해 놓고 너무 맵다고 별점 테러하는 사람들이 그나마 진상 손님이었던 것 같아요.

수호 사장님께서 생각하시는 자영업자에 대해 마지막으로 말씀 부탁드릴게요!

사장님 제가 직장을 다니다 창업을 해 보니 결국 창업을 선택한 사람들은 직장생활이 싫어서 창업을 하는 경우가 많은 것 같더라고요. 직장에서 쫓겨났다는 생각이 들기도 했고요. 저 또한 실패를 기회 삼아 다시 도전해 본 것이지만 결국 또 실패를 경험했어요. '실패라는 타이틀을 최대한 감추기 위해 도전하는 것 중 하나가 창업이지 않을까?'라는 부정적인 생각이 들었습니다. 물론 꿈과 희망을 품고 창업을 하시는 분들도 계시겠지만 저처럼 직장생활을 벗어나고 싶고, 퇴직을 당하면서 창업에 도전하시는 분들도 정말 많을 거예요. 실패를 감추기 위해 창업을 하시는 분들은 절대적으로 말리고 싶습니다. 또 다른 실패를 낳을 뿐이에요. 차라리 알바하시는 게 정신적으로나 육체적으로 더 낫다고 생각합니다.

자영업 이야기 3

스터디카페(2018년 개업)

수호 안녕하세요! 사장님.

사장님 네네, 안녕하세요.

수호 사장님께서는 왜 스터디카페를 창업하시게 되셨나요?

사장님 저는 직장을 다니다가 너무 힘들어서 자기 가게를 가지고 싶었어요. 그냥 작은 카페 하나 차리는 게 저의 로망이었던 거 같아요. 그러다가 친척이 거주하고 있는 노원구에 놀러 가게 되었는데, 조카가 스터디카페에 간다고 하더라고요. 궁금하기도 해서 같이 방문했는데, 그때 스터디카페가 눈에 확 끌리더라고요. 그래서 사장님을 바로 만났는데, 프랜차이즈로 준비를 하고 계시더라고요. 그래서 한번 해 보라고 권유를 받았죠. 회사를 다니면서 열심히 준비했고, 퇴사하기 바로 하루 전날, 이 스터디카페를 오픈하게 되었어요.

수호 사장님은 왜 이 프랜차이즈를 선택하게 되신 거예요?

사장님 그 시기에는 스터디카페가 지금처럼 많지 않았어요. 그리고 브랜드도 거의 없었고요. 저는 스터디카페 초창기 생길 때 진입했던 터라 규모에 비해 투자금도 많이 들었어요. 1억 정도 투자금이 들었고 보증금은 3,000만 원으로 시작했어요. 그래서 조카 따라서 들어간 스터디카페에서 사장님을 만나고 바로 그냥 이 프랜차이즈를 선택할 수밖에 없었어요.

수호 코로나까지 이겨내셨다고 들었는데 사장님만의 스터디카페 운영 차별화 전략이 있을까요?

사장님 저는 사업을 한다는 마인드보다는 엄마의 마음으로 스터디카페를 운영했던 것 같아요. 처음엔 학생들이 많이 와줘서 애들 코 묻은 돈 뺏어간다는 죄책감이 들었어요. 그래서 학생들을 더 잘 챙겨주고, 음료도 직접 만들어 주고, 응원 메시지도 보내주고 그랬어요. 근데 그게 시간이 흐르다 보니 자연스럽게 마케팅이 되었고, 학생들뿐만 아니라 학부모님들까지도 감사 인사해 주시고 믿고 보내는 스터디카페라고 해주셔서 정말 감사했죠. 따로 마케팅을 하려고 했던 것도 아니었고, 그저 아이들이 공부를 잘할 수 있도록 내 자식 같은 마음으로 다가가고 영업했던 게 차별화 전략이라고 할 수 있을 것 같네요. 그리고 저는 무인 점포라고 하더라도 다른 스터디카페보다 더 많은 시간을 관리했던 것 같아요. 청소도 좀 더 자주 하고, 신경을 많이 쓰다 보니까 고객분들이 다른 곳보다 훨씬 쾌적하고 사용하기 좋다고 얘기들 해주시더라고요.

수호 스터디카페를 본업으로 접근하는 게 좋을까요? 아니면 부업으로 접근해야 할까요?

사장님 저는 남편도 일을 하고 있어서, 퇴사하고 아이를 케어하기 위해 스터디카페를 시작했던 이유도 있어요. 근데 막상 해 보니 본업으로 하기에는 조금 위험하다고 생각돼요. 그래서 부업으로 접근하시거나 투잡으로 운영하셔야 안정적으로 끌고 갈 수 있을 것 같아요. 무인으로 돌리면서 다른 쪽에서 돈을 벌 수 있다면 더 좋은 거니까요.

수호 사장님은 투자금을 다 회수하셨나요?

사장님 네네, 저희는 투자금 다 회수할 수 있었어요. 코로나가 있을 때도 방역 수칙 다 지키면서 운영했고, 거리두기를 하면서 매출은 당연히 줄었지만, 항상 만석이었어요. 룸도 쉬지 않고 예약을 받을 수 있었고요. 그리고 처음에 시설을 세팅한 뒤로 크게 돈이 들어가지 않아서 꾸준히 장사했더니 2년 정도 지났을 때 다 회수할 수 있었던 것 같아요.

수호 그럼 코로나 시기에 타격이 어느 정도 있으셨던 거예요?

사장님 사실 저는 코로나로 큰 타격을 입었던 거 같지는 않아요. 코로나 전에도 계속 만실은 아니었고, 밤 10시 되면 거의 손님이 없었어요. 그리고 철저하게 방역 수칙을 지켜서 확진자가 한 명도 나오지 않았어요. 그래서 문을 닫은 적도 없었고요.

수호 그럼 앞으로도 계속 이 스터디카페를 운영해 나가시겠네요?

사장님 근데 장사라는 게 생각보다 힘들더라고요. 5년 정도 운영을 하다 보니까 조금 지친 거죠. 사실 코로나 직전에 위층 자리가 매물로 나와서 확장까지도 생각했었어요. 그런데 코로나가 터진 거죠. 어떻게 보면 다행이라고 볼 수도 있었어요. 확장해서 더 크게 운영해 보고 싶을 정도로 목표가 커졌고 야망도 생겼었는데 코로나 터지면서 그게 싹 사라지니까… 지금은 좀 쉬고 싶다는 생각이 들어요. 아무리 무인이라고는 하지만 자영업이거든요. 하루 종일 머릿속에서 생각해야 하고 신경 써야 하는 일이라는 거죠. 회사를 그만둘 때는 정말 세상을 다 가진 기분이었지만 자영업을 계속하다 보니 회사만큼 편한 곳이 없다는 생각도 가끔은 들어요. 그래서 지금은 매물로 내놓을지 말지 고민하는 중이에요.

수호 기억나는 진상 손님도 있었어요?

사장님 진상 손님이 많지는 않았는데 예전에 이런 일은 있었어요. 총무를 대학생으로 한 명 뽑았는데, 친구들을 데려와서 룸을 막 쓰거나 술 먹고 다음 날 와서 커피 뽑고 안에서 친구들하고 자고 그랬어요. 그런 일이 있고 나서는 그냥 사람 안 쓰고 제가 다 하게 된 거죠. 사람을 몇 번

써봤는데도 참 어렵더라고요.

수호 지인이 스터디카페를 하고 싶다고 하면 추천하실 건가요?

사장님 아니요. 자영업 자체를 절대 추천하지는 않을 것 같아요. 비록 시작했으니까 어쩔 수 없이 하고는 있지만, 정말 쉬운 길이 아니더라고요. 물론 직장을 다니는 것도 고충이 있지만 자영업자의 고충은 여러 가지로 발생하기 때문에 더 힘든 것 같아요. 저는 여기 건물주님과 위아래 세입자랑도 많이 싸웠어요. 가게가 여러 번 바뀌었는데 공사를 하다 보니 엄청 시끄럽고 민원도 많이 들어왔어요. 건물주님이 알려주면 좋았을 텐데 그런 것도 안 알려주시고, 갑자기 공사를 진행하기도 해서 굉장히 힘들었어요. 그리고 여기 주변 잡상인이 굉장히 많아요. 막 시끄럽게 하고 노래 틀고 그러면 고객이 전화 주셔서 달려가서 쫓아내고 신고하고 그런 적도 많았던 것 같아요. 자영업이라는 게 업종마다 다르긴 하겠지만 사건 사고들이 계속 생기기 때문에 항상 신경이 곤두서 있기도 해요.

수호 마지막으로 예비 창업자들에게 한마디만 부탁드립니다.

사장님 자영업을 하시면서 장사라고 접근하지 마시고, 진심으로 고객을 위해 일한다고 생각하는 게 더 중요한 것 같아요. 돈을 벌겠다는 마음으로 운영하다 보면 손님이 더 도망가는 것 같고요. 그리고 장사가 안될 것을 대비해서 다른 일도 차근차근 준비해 나가시는 걸 추천해 드립니다. 장사 시작했다고 자기 계발을 멈추지 말고 꾸준히 해 나가시는 게 미래를 위해서 안정적이지 않을까 하는 생각이 드네요.

자영업 이야기 4

무인 아이스크림 할인점(2022년 개업)

수호 안녕하세요! 사장님, 자영업을 하시게 된 계기가 무엇일까요?

사장님 월급으로는 한계가 있었습니다. 아이들은 점점 더 커가고, 생활비는 더 필요한데 계속 직장을 다닌다고 방법이 생기지는 않더라고요. 그래서 매월 꾸준한 현금흐름을 만들고 싶었고, 장사를 해 보자고 생각하게 되었습니다.

수호 요새 하면 안 된다는 업종 중 하나인 무인 아이스크림 할인점을 개점하셨던데 왜 이 업종을 선택하신 걸까요?

사장님 22년도 당시 오전 11시부터 오후 4시까지 마케팅 업무를 하고 있었는데, 아이들이 등교한 후 오전 9시부터 11시까지 두 시간을 잘 사용한다면 추가 소득을 얻을 수 있겠다고 생각했어요. 아이들 때문에 풀타임 근무는 하기 어려웠고, 그로 인해서 큰 소득이 만들어지지 않았습니다. 아이들을 잘 키우면서 어떻게 하면 현금흐름을 더 늘릴 수 있을까 고민하던 끝에 무인 창업을 알게 되었어요. 1년 정도 유튜브를 시청하며 공부했고, 지인들을 통해 정보도 얻으면서 직접 상권 공부를 하였습니다. 그렇게 공부를 1년 정도 하고 창업하게 되었죠.

수호 직장을 다니시면서 겸직이 가능하셨어요? 사업자를 따로 내야 하잖아요?

사장님 네네 겸직은 가능했고요. 육아까지 쓰리잡을 하면서 새벽 5시에 일어나 하루를 시작했습니다. 시간이 없다 보니 자연스럽게 잠을 줄이게 되더라고요. 그때 시간이 소중하다는 것을 알게 되었습니다.

수호 무인 아이스크림 할인점의 투자금은 어느 정도 들어가나요?

사장님 투자금하고 보증금 포함해서 3,000만 원 조금 안 되게 들어갔어요. 아이스크림 대리점이나 영업소로부터 냉동고를 무상 임대 받았고요, 아이스크림과 기타 식음료들을 비치해 놓고 키오스크로 계산할 수 있도록 만들었어요. 인테리어는 할 게 많지 않아서 생각보다 큰돈이 들어가지는 않았어요. 키오스크는 리스가 총비용이 더 커서 300만 원에 구입했어요.

수호 키오스크는 문제없이 잘 작동되나요?

사장님 창업 초창기에 몇 번 기계가 꺼진 적이 있었습니다. 다행히 바로 키오스크 직원분이 오셔서 고쳐주고 하셨는데, 그래도 2~3시간의 매출은 포기해야 했었습니다. 초반에만 그러더니 지금은 잘 돌아가고 있어요.

수호 운영해 보시면서 느낀 이 업종의 장점을 한 가지만 말해 주세요.

사장님 매장에 상주하지 않아도 된다는 것이 가장 큰 장점이에요. 무인 매장이기 때문에 효율적으로 시간 활용을 하면서 운영할 수 있다는 것이죠. 직장인의 경우 출근 전 시간이나 퇴근 후 시간을 활용할 수 있고, 주부들의 경우 아이가 학교에 간 사이 일할 수 있어서 매우 좋죠. 키오스크가 있어서 요즘같이 인건비 높은 시기에 참 괜찮은 것 같아요.

수호 반대로 단점이 있다면요?

사장님 크게 어려운 점은 없지만 유행하는 상품이 수시로 바뀌기 때문에 흐름을 일찍 알아채고 구색을 채워놓으면 매출을 더 올릴 수 있다는 거예요. 그래서 정보를 얻을 수 있는 유튜브나 무인 관련 카페, 다른 오프라인 매장들을 수시로 체크해 주는 게 좀 힘들 수 있어요. 매장에 정말 다양한 제품들이 있기 때문에 재고를 파악하여 주문하고 채우는 부분에 가장 많은 시간을 쓸 수밖에 없더라고요. 단점이라기보다 힘든 점을 뽑자면 그 정도일 것 같네요.

수호 무인 점포를 운영하시면서 느끼신 점이 있다면요?

사장님 무인이라고 해도 똑같은 자영업이에요. 매장에 대한 애정과 관심을 쏟아야 비로소 매출이 올라간다는 것을 몸소 느꼈습니다. 무인 점포라고 하더라도 손님들과 소통을 위해 다양한 이벤트도 진행해 보고, 원하시는 물건을 바로바로 채워드리니 매출이 확 달라지는 걸 알았습니다. 차려놓기만 하면 자동으로 돈이 벌린다고 생각하면 절대 안 됩니다. 무인 점포도 매일 방문해서 깨끗하게 청소하고 정리 정돈을 해 주어야 해요. 그래야 손님들도 이 매장은 관리한다고 생각하셔서 자주 와주시고 깨끗하게 사용해 주시더라고요. 창업 후 어떻게 운영하는지에 따라 매출은 달라진다고 확신합니다.

수호 그렇다면 만약 지인분께서 이 사업을 하겠다고 하신다면?

사장님 무인 아이스크림은 레드오션이기 때문에 입지의 선정이 가장 중요합니다. 무인 점포는 입지가 매출의 90%를 좌지우지한다고 해도 과언이 아니에요. 그 정도로 위치가 중요합니다. 그러니 성급하게 창업을 하는 것보다 상권 분석을 열심히 하고 발품을 팔며 좋은 상가를 찾기만 한다면 저는 무조건 하라고 얘기할 것 같아요. 입지가 좋다면 절대 손해 보지 않을 수 있기 때문이죠.

수호 혹시 투자금을 회수하는 기간은 얼마나 걸리셨나요?

사장님 저는 투자금이 적은 편이라 1년 정도 걸렸습니다. 1년 정도면 훌륭하다고 생각해요.

수호 무인 아이스크림 할인점을 운영하시면서 가장 힘들었던 기억 하나만 말씀해 주세요.

사장님 처음엔 본업이 있는 상태에서 육아하며 무인 매장을 운영했어요. 그랬더니 정말 체력적으로 너무 힘들었습니다. 자영업 하시는 분들이 모두 그렇겠지만 제가 몸이 아플 때도 쉬지 못한다는 게 가장 힘들었어요. 아파도 매장에 가서 물건을 정리해야 하고 채워 넣어야만 하니 그때가 제일 힘들었지만 그래도 할 만합니다.

수호 그러면 가장 좋았던 기억은 어떤 게 있을까요?

사장님 손님들께서 메모하실 수 있도록 공간을 만들어 놨는데요. 거기에 '우리 동네에 무인 아이스크림 할인점이 생겨서 너무 좋아요. 오래오래 운영해 주세요.'라는 메시지를 자주 남겨주시는데 그런 쪽지를 볼 때가 가장 행복하고 뿌듯해요.

수호 무인 점포는 진상 손님도 많다던데 혹시 사장님이 겪어보신 진상 손님이 있을까요?

사장님 거의 직접 대면하지 않기 때문에 CCTV로 보게 된 손님들이 대부분이에요. 물건값 일부만 계산하고 가는 손님, 카드 계산하는 척만 하고 그냥 가는 손님, 물건은 구매 안 하고 봉지만 가져가는 손님, 물건은 구매 안 하고 쓰레기통에 자기 쓰레기 버리고 가는 손님, 냉동고 문 실수로 열고 가는 손님. 드물긴 하지만 간혹 이런 진상 손님들이 계시긴 합니다.

수호 무인 아이스크림 할인점은 훔쳐 가는 것도 너무 많다고 하던데 사실인가요?

사장님 없다고는 못하지만 많지는 않았어요. CCTV가 곳곳에 설치되어 있고, 그 화면을 직접 볼 수 있도록 크게 TV로 켜놨습니다. 저는 동네 장사라서 그렇게 심하게 잡아내지는 않았어요. 그냥 학생들이 간혹 그러면 훈계하는 정도입니다. 저희 매장 아이스크림 담당자분께서 훔쳐 가는 장면을 CCTV에서 찾아 캡처한 뒤 매장 앞에 붙여 놓으면 효과적이라고 알려주셨어요. 실제로 그렇게 하니 지나가는 동네 분들이 다 쳐다봐 주시고, 제보도 해주셨어요. 심지어는 훔쳐 갔던 고객이 자진해서 연락을 주기도 했었습니다. 훔쳐 가는 거에 너무 신경 쓰면 더 스트레스받을 거예요. 할 수 있는 방법으로 최대한 방지하면 될 것 같아요.

수호 마지막으로 자영업에 대한 생각과 예비 창업자분들에게 한마디 부탁드립니다.

사장님 '아프니까 사장이다'라는 카페를 보시면 유명한 프랜차이즈들부터 매출이 높은 가게들까지도 하루에 수십 건, 수백 건이 매물로 올라옵니다. 하나하나 검색해 보면 대부분이 임대료가 높은 물건들이더라고요. 아무리 입지가 좋다고 하더라도 임대료와 인건비, 각종 세금을 제외하고도 순이익이 얼마 남을지 잘 분석해서 뛰어들어야 한다고 생각해요.

자영업을 한다고 해서 모두가 돈을 버는 건 더더욱 아닙니다. 보증금도 까먹고 본인 주머니에서 월세를 내는 분들도 정말 많아요. 창업할 때 희망 회로보다는 사전에 업종에 관한 공부, 상권에 관한 공부를 충분히 하시고 준비된 상태에서 오픈하시는 걸 강력히 추천해 드립니다.

철저히 준비하지 않는다면 반드시 망하게 되어있어요. 망하지 않는 창업을 하셨으면 하는 바람입니다.

자영업 이야기 5

무인 카페(2023년 개업)

수호 창업을 하시게 된 시기가 언제인가요?

사장님 아주 초기에는, 육아 휴직 중에 창업에 대한 막연한 생각을 했었어요. "아이들과 엄마들이 함께 안전하고 행복하게 즐길 수 있는 공간을 만들고 싶다."라는 나름의 사명감으로 '육아 공간'에 대한 창업을 생각했습니다. 그러다가 조금 더 뾰족하게 창업이라는 코어에서 가지를 뻗어보니 '무인 창업'으로 힘이 쏠렸고, 무인 아이스크림, 무인 오락실, 무인 카페, 공유오피스 같은 것들이 떠올랐어요. 맞벌이 가정이 또 다른 파이프라인을 늘리는 창업에는 무인이 핵심이라고 생각했기 때문입니다. 그래서 2023년 여름 무인카페를 창업하게 되었네요.

수호 창업을 하시게 된 이유가 따로 있으실까요?

사장님 맞벌이 부부가 또 다른 파이프라인을 늘리기에는 무인 점포가 가장 적절하다고 판단하였습니다. 무언가 나의 의지와 결정으로 움직일 수 있는 비즈니스를 직접 하는 것이 샐러리맨의 삶보다 매력적이라고 생각했던 이유도 있고요. 주도적인 삶 그리고 책임지는 삶은 내 자본이 투여된 사업에서 확실하게 느낄 수 있다고 생각합니다.

수호 이 업종을 선택하신 이유는 무엇인가요?

사장님 새벽 기상을 시전하고 있는 부부에게 그래도 능동적으로 움직일 수 있는 시간은 일과시간이 아닌 새벽입니다. 일과 중에는 본업에 충실해야 하기에 새벽 운영으로도 가능한 무인 점포를 선택하게 되었고, 커피라는 타이틀에 매력을 느끼고 있는 부부에게 무인카페는 적당하고 합당한 업종이었습니다.

수호 매장이 몇 평이고 투자금과 월세/보증금은 어느 정도 하나요?

사장님 매장은 10평이 조금 넘습니다. 투자금은 권리금, 보증금을 포함해서 7,000만 원 정도 됩니다. 월세는 100만 원 정도입니다.

수호 무인카페 전반적인 하루 시스템에 대해 간단히 알려주세요.

사장님 새벽 5시에 매장으로 출근합니다. 부족한 원료들을 충분히 충전하고, 소모품들도 새롭게 세팅해야 하죠. 커피머신 내부 청소와 매장 청소, 기타 관리적인 부분까지 약 1시간~1시간 30분 정도 소요됩니다. 필요한 자재는 20~30% 정도 남았을 경우 발주를 진행하고, 원두는 숙성이 필요하기에 조금 더 이르게 주문을 합니다. 관리는 CCTV로 가능하고, 고객 응대도 초반에 비해 현저하게 줄어들었습니다. 업무에 지장이 없을 정도로 관리 시스템이 나쁘지 않습니다.

수호 무인카페를 창업하고 가장 좋았던 점은 무엇일까요?

사장님 아무래도 나만의 매장이 있다는 것이 좋습니다. 이곳은 나의 생각과 결정, 그리고 나의 행동으로 이루어질 수밖에 없는 공간이기 때문이죠. 고객서비스에 대한 마인드도 많이 바뀌고 있고, 점점 사업에 필요한 것이 나보다는 고객의 입장이라는 것을 알아가는 것도 정말 긍정적인 부분입니다.

수호 반대로 힘든 점이 있다면요?

사장님 당연히 매출에 대한 부분을 신경 써야 하는 것이 힘든 부분이라고 할 수 있습니다.

아직 단단한 마인드를 갖추고 있지 못하기에 일희일비하는 순간도 많이 경험합니다. 그리고 일부 좋지 못한 고객들의 행동도 힘들게 하는 부분인데, 이는 경험으로 조금씩 다듬어가고 있습니다.

수호 무인카페를 운영하면서 느낀 점을 짧게 말씀해 주세요.

사장님 무인카페도 창업이고 사업이며 경영이고 영업입니다. 차려놓고 스스로 굴러가는 비즈니스는 세상에 없습니다. 더 부지런하게 만들어주고 더 행동을 옮기게 해주기에, 창업하지 않았다면 몰랐을 이 세상 살아가는 방법에 많은 힘을 보태주고 있다고 생각합니다.

수호 만약 지인이 무인카페를 창업한다면 사장님은 어떻게 말씀해 주실 건가요?

사장님 경험으로 한번 도전해 보고 싶다면 괜찮겠지만 그것이 아니라면 반대하겠습니다. 완벽하게 준비해야 한다는 것은 아니지만, 책임을 질 수 있는지 먼저 생각하시고 준비하시기를 바랍니다.

수호 창업에서는 투자금 회수를 하는 것이 가장 중요한 것 같던데 사장님은 투자금 회수 기간이 얼마나 걸리셨나요?

사장님 아직 투자금 회수까지는 생각하고 있지 않은 초보 경영 중입니다. 다만, 매월 발생하는 순수익은 고스란히 적금 통장으로 넣고 있습니다. 대출을 끼지 않았기에 고스란히 순수익이 되는 부분이 고무적이라고 생각합니다. 질문에 맞는 부분은 아니지만, 초기에 무조건 보증금이 없고 월세가 싸야 한다는 고정관념을 버리고, '권리를 내더라도 내가 그 권리 이상의 권리를 받고 팔겠다!'라는 마음가짐도 정말 중요합니다. 저희 매장은 바닥 권리가 있는 지역이기에, 만약 매도한다면 권리금으로도 투자금의 일부가 회수 가능하다고 판단합니다. 모든 것에 정답은 없습니다. 내가 생각한 것을 옳게 만드는 것이 정답입니다.

수호 사장님께서 생각하는 자영업자란 어떤 걸까요?

사장님 자영업의 기준을 어떻게 생각하느냐의 차이가 분명히 있을 거예요. 내가 하루를 맞이하고 하루를 살아가는 것 또한 자영업입니다. 내 하루를 살아가는 것처럼 진심을 담는 일이 자영업자 아닐까요.

수호 운영하는 기간 동안 가장 힘들었던 기억이 있다면요?

사장님 매 순간 쉽지 않다는 것을 느낍니다. 힘들다기보다는 쉽지 않다는 것이 맞겠어요. 아무래도 무인 매장이다 보니 관리가 소홀한 부분이 있는데 이를 악용하는 고객들이 보일 때 쉽지 않음을 느낍니다. 매출이 적게 나오는 날이 가장 속상하지만, 일희일비하지 않고 과정이라고 생각하려 무던히 노력하고 있습니다.

수호 반대로 좋았던 기억이 있다면 어떤 게 있을까요?

사장님 부부가 함께 경영하다 보니 의견이 맞지 않는 경우가 있습니다. 하지만 그 부분들을 맞춰나가면서 해결하는 것이 생각보다 좋더라고요. 더불어 무조건 청사진은 아니지만, 발전적이고 생산적인 생각을 서로 공유하고 키워

나갈 수 있는 것이 좋은 부분이라고 생각합니다.

수호 사장님께서 기억에 남는 진상 손님이 있다면 말씀해주세요.

사장님 여러 명이 와서 한 잔도 안 먹고 앉아 있는 학생 손님들, 새벽녘에 컵라면을 사 들고 카페에 와서 취식하는 손님들, 의자가 아닌 테이블에 걸터앉아서 신발을 벽면에 툭툭 부딪치는 손님들 이런 분들이 가끔 있습니다.

수호 마지막으로 무인카페 창업을 꿈꾸는 예비 창업자분들에게 한마디 부탁드릴게요.

사장님 무인카페 운영을 아직은 잘한다고 생각하지 않습니다. 아직 1년도 운영하지 않은 초보 사장입니다. 다만, 해 보지 않으면 절대 알 수 없는 사업이고 100% 준비하면 할수록 더뎌지는 것이 창업입니다. 본인의 생각과 행동을 옮게 만들어 가보세요. 한 번의 인생에서 하지 않으면 모를 것들이 정말 많습니다. 알아가면서 배우는 인생의 재미, 응원합니다!

에필로그

당신의 꿈은 무엇인가요?

수호는 은채와 약속한 대로 2024년 연말까지 열심히 자기 계발에 매진했다. 새벽 4시 30분에 일어나 글쓰기와 독서를 하고 아이들을 등원시킨다. 집 청소를 하고 밥을 먹은 뒤 바로 임장을 가기 위한 준비를 했다. 정장을 입고, 구두를 신고, 임장하기 좋은 옷과 신발을 들고 차에 탄다. 임장지 부동산을 두세 곳 들러 대화도 나눠보고 집도 같이 보면서 시야를 넓혔다.

다시 차로 와 옷을 갈아입은 뒤 임장을 하기 시작한다. 그렇게 오후 5시까지 4만 보 이상의 임장을 하고 난 후, 아이들 하원 시간에 맞춰 집에 도착한다. 그러고는 아이들과 함께 놀이터로 향했다. 놀이터에서 놀고 있으면 잠시 후 퇴근한 은채가 오고, 네 식구는 그제야 집으로 들어간다. 저녁 식사가 끝나면 수호는 바로 가방을 싸서 스터디카페로 출발. 그렇게 12시까지 공부를 하고 돌아오면 하루 일과가 끝난다.

투자하기 좋은 시기가 온다면 바로 움직일 수 있도록 끊임없이 공부해야만 했다. 아이들에게 너무나 미안했지만 지금 이 시기가 수호에게는 정말 중요하기 때문에 어쩔 수 없었다. 눈 딱 감고 1년만 노력하기로 다짐하는 수호다.

은채도 수호에게 시간을 만들어주기 위해 동분서주했다. 새벽 6시 30분에 출근을 한다. 수호가 소득이 없으니 은채가 더 열심히 회사를 다녀야 한다. 오전 7시부터 오후 6시까지 일하는 것이 쉬운 일은 아니었을 것이다. 그래도 은채는 수호의 성장을 위해 본인이 할 수 있는 모든 일을 하려고 노력했다. 워킹맘에 독박 육아까지 해야 하니 정말 많이 힘들었을 것이다. 은채는 일을 마치고 오면 수호를 빨리 보내고 설거지를 하고 아이들을 씻긴다. 그러면 순식간에 저녁 9시가 넘어간다. 아이들이 잠들고 나면 그제야 일어나 씻는 은채. 안 힘들다면 거짓말이겠지만, 노력하는 수호를 보니 예전에 망나니처럼 살던 시절보다는 훨씬 나은 거 같아 덩달아 열심히 움직이는 은채다.

수호는 '다꿈스쿨'과 '꿈꾸는 부자여행'이라는 곳에서 열심히 활동하고 있다. 다꿈스쿨은 '다시 꿈을 꾸는 사람들의 학교'라는 뜻을 가지고 있는 곳이고, 꿈꾸는 부자여행 또한 부자를 꿈꾸는 사람들이 모여 함께 성장하는 커뮤니티다. 최근엔 다꿈스쿨에서 진행하는 자기혁명캠프라는 프로그램에 참여하여 열심히 자기 자신을 알리고, 퀀텀 점프하는 성장을 달성할 수 있었다. 말 그대로 정말 자기를 혁명하는 프로그램이었다. 수호는 본인을 더욱 채찍질하기 위해 시작하였지만, 생각보다 만만치 않았다. 사명과 비전, 인생 목표를 적어보고 생산자의 삶을 살기 위해 어떻게 노력해야 하는지를 배울 수 있었다. 수호는 자기혁명캠프를 통해 본인이 얼마나 잘못된 방향으로 살아왔는지를 깨달을 수 있었고, 미래를 위해 더 단단해질 수 있는 기회였다고 생각한다. 조만간 은채도 자기혁명캠프에 밀어 넣을 생각을 하는 수호다.

이제 수호는 다른 사람들에게 자신 있게 이야기할 수 있다. 멈추지 않고 천천히 꾸준하게 성장한다면 분명 밝은 미래가 기다리고 있다는 것을 말이다. 아직도 '성장'을 헛소리라고 생각하는 사람은 무시하고 넘어가자. 그런 사람은 본인에게 전혀 도움이 안 되는 사람일 확률이 높을 것이다.

현재 스스로 본인이 구렁텅이에 빠져있다고 생각한다면 당장 자기혁명에 도전해 보자. 누구나 다 할 수 있고, 변할 수 있다. 지극히 평범하게, 목표 하나 없이 살아온 수호도 이제는 생산자의 삶으로 들어가고 있다. 물론 이렇게 되기까지 누적된 경험과 지식, 노력이 필요했던 것은 사실이지만, 누구나 다 도전해 볼 수 있는 영역이다.

"가장 높이 나는 새가 가장 멀리 본다. 하늘을 나는 법을 배웠고, 그 대가로 치른 희생은 아쉽지 않았다."

다꿈스쿨 청울림 대표님께서 항상 강조하는 '갈매기의 꿈'. 높은 곳으로 가기 위한 희생은 기꺼이 감당해야 한다는 것이다. 수호에게 있어서 그 희생은 반찬가게를 창업하면서 날린 시간과 돈일 것이다. 그 경험이 밑거름되어 하늘을 나는 법을 배워가고 있고, 멀리 보기 위해 자기 자신을 많이 알리고자 노력하고 있다.

"지금을 미루면 3년 뒤에 나를 만난다. 지금 모습 그대로!"

꿈꾸는 부자여행의 대표이신 꿈꾸는서여사님의 슬로건이다. 3년 동안만 딱 눈감고, 성장을 위해 노력하자는 의미이다. 수호는 이 문구를 매일 아침 읽으면서 하루를 시작한다. 3년 뒤, 은채와 아이들에게 돈 걱정 없는 세상을 만들어 주고 싶기 때문이다.

"어제보다 아주 조금만 더 성장하는 오늘을 만들자! 그리고 나를 알리자!"

지금의 수호가 함께 성장하는 사람들에게 말하는 내용이다. 본인이 이렇게 해왔기에 자신 있게 말할 수 있는 것이다. 수호는 항상 어제의 자기 자신과 비교하고, 스스로를 알리기 위해 노력한다. 두 거인이 수호를 이끌어준 것처럼 운도 따라줘야 한다. 하지만 운은 반드시 준비된 자에게만 나타난다. 누구나 다 성장의 기회가 있고, 그 성장을 통해 새로운 삶을 살 수 있다고 생각한다. 포기하지 말자. 그리고 멈추지 말자. 힘들다고 자책하지 말고, 자기혁명을 통해 생산자의 삶을 살아가자! 화이팅!